Droemer
Knaur®

Guy Garcia

Unter der Haut

Roman

Aus dem Amerikanischen
von Klaus Berr

Droemer Knaur

Für meine Eltern,
für deren Eltern,
und für Cathleen

CIP-Titelaufnahme der Deutschen Bibliothek

Garcia, Guy:
Unter der Haut: Roman / Guy Garcia.
Aus dem Amerikan. von Klaus Berr. –
München: Droemer Knaur, 1990
Einheitssacht.: Skin Deep <dt.>
ISBN 3-426-19267-5

Titel der amerikanischen Originalausgabe: Skin Deep

Umschlaggestaltung: Atelier Zero, München
Satzarbeiten: IBV Satz- und Datentechnik GmbH, Berlin
Druck und Bindearbeiten: Mohndruck, Gütersloh
Printed in Germany
ISBN 3-426-19267-5

2 4 5 3 1

Josefina Juárez betet, während der Bus Nummer 19 an der Ecke Whittier und Atlantic Street, tief im *barrio* von East Los Angeles, rumpelnd zum Stehen kommt. Ihre Hände umklammern eine Kette mit kleinen, schwarzen Perlen, die sie eine nach der anderen durch die Finger gleiten läßt.

O Santíssima, Señora, reina del cielo y de la tierra. Madre de Dios, óyeme...

Zum drittenmal, seit sie am Santa Monica Boulevard in den Bus umstieg, zieht sie sich den weißen Strickschal enger um die schmalen Schultern. Quer über die graffitiverschmierten Sitze verkünden kryptische Buchstaben die rätselhafte Botschaft: LUDE LADY LOVES ELECTRIC VATO.

...Madre bueníssima, oye mis pecados, no me dejes sola en esta hora de mi esperanza...

»Glaub bloß nicht, daß dir die Bank allein gehört!« Eine übergewichtige Frau zeigt auf den leeren Sitz neben Josefina. »Verstanden, Miss?«

Der Schatten, der über Josefinas Gesicht huscht, deutet an, daß sie verstanden hat. Doch anstatt hinüberzurutschen, packt sie ihre Einkaufstasche und huscht zum Ausstieg. Erst als sie auf der Straße steht und die Abgasschwaden ihr in die Nase steigen, wagt sie den

Kopf zu heben. Die Kirche Our Lady of Guadalupe ist noch drei Blocks entfernt. Sie kann sie neben dem Friendship-Motors-Autohändler bereits sehen. Dahinter ist der Parkplatz der Kirche, auf dem die Nonnen jeden Frühling ihren Osterbazar abhalten. Josefina umklammert ihren Rosenkranz noch fester und denkt an das erste Mal, als sie die Bogenfenster und den Glockenturm im Pseudokolonialstil sah. Das fröhliche Durcheinander, die kreischenden, lachenden Kinder, die gemächlich schlendernden dunkelhaarigen Männer in ihren gestärkten weißen Hemden, das kräftige Aroma von *pozole*, *menudos*, *frijoles* und frischen *tortillas*, das alles hatte sie angezogen wie Butter die Fliegen. Der Anblick war wie ein Wunder für sie gewesen, zugleich vertraut und doch entsetzlich weit weg von den pockennarbigen Straßen ihres winzigen Dorfes bei Zihuatánejo in Mexiko.

An jenem Tag stand sie dann plötzlich vor einem Verkaufsstand mit Kreuzen an geflochtenen Silberkettchen, Plaketten des heiligen Christopherus und schwarz glänzenden Rosenkränzen. Die Nonne in dem Stand fragte sie, ob sie sich etwas genauer ansehen wolle. Josefina schüttelte den Kopf und lächelte. Die zerknitterten fünfzig Dollar in ihrer Börse mußten reichen, bis sie Arbeit und einen Platz zum Schlafen gefunden hatte. »Es ist ja fast eine Sünde, daß ein hübsches Mädchen wie du so traurig aussieht«, sagte die Nonne freundlich. Sie war in Josefinas Alter, und ihr Lächeln hatte etwas Schelmisches. Eh' sie sich's versah, erzählte Josefina die Geschichte ihrer Reise in den Norden, vom Tod ihrer Mutter, ihrer unglücklichen Zeit bei Verwandten in den tristen Außenbezirken New Mexicos und von ihrer Entscheidung, über die Grenze zu gehen und in den Vereinigten Staaten ein neues Leben anzufangen. Dann kamen die heimlichen Vereinbarungen, der überstürzte Abschied und die beengte Fahrt auf der Ladefläche eines Lastwagens, der Baumaterial transportierte. Josefina kannte all die Schauergeschichten von Raub und Mord, von ganzen Familien, die mitten in der Wüste ausgesetzt wurden und dort starben oder von der Grenzpolizei eingefangen wurden, aber ihr Entschluß stand fest. Wenn ich hierbleibe, bin ich so gut wie tot, dachte sie sich und war deshalb zur festgesetzten Zeit am vereinbarten Ort. Für dreihundert US-Dollar wurde sie zusammen mit Julio und Rosa, einem jungen Paar aus Sinaloa, und einem halben Dutzend anderer nervöser Fremder auf die Ladefläche des Lastwagens gestoßen. Kurz vor Morgengrauen ließ der Schlepper dann bei einer Greyhound-Haltestelle irgendwo außerhalb von Bakersfield anhalten und befahl den Leuten auszusteigen. Zusammen mit den anderen drückte Josefina sich, geblendet von den grellen Scheinwerfern des Lastwagens, an die Außenwand des Hauses. Dann war der Schlepper verschwunden, und die Einwanderer starrten einsam und verlassen den schwarzen Horizont an, während eine blutrote Sonne die Wüste entzündete.

Als sie in L. A. den Bus verließen, fragten Julio und Rosa Josefina, ob sie nicht auf die Erdbeerfarm ihres Onkels in Sacramento Valley mitkommen wolle. Josefina ließ den Blick über die heruntergekommenen Gestalten wandern, die sich auf den dreckigen Plastikstühlen lümmelten, und war versucht, das Angebot anzunehmen. Aber dann fiel ihr ein, wie Julio in der lärmenden Dunkelheit auf dem Lastwagen sein Bein an das ihre gedrückt hatte, und sie beschloß, ihr Glück lieber alleine zu versuchen. Außerdem hatte sie vor, bei der Cousine einer Freundin ihrer Tante zu wohnen. Die Cousine arbeitete als Schneiderin in einer Textilfabrik in der Innenstadt und konnte ihr bei der Arbeitssuche behilflich sein. Josefina war noch keine zwanzig Schritte gegangen, als eine dicke, gutangezogene Frau sie ansprach und ihr eine Karte mit einer Telefonnummer gab. Sie solle anrufen, wenn sie Geld verdienen wolle, sagte sie zu Josefina auf spanisch. Dann bot sie an, ihr bei der Suche nach der richtigen Busverbindung zu helfen, und schüttelte ihr geschäftsmäßig die Hand, bevor sie weiterging.

Während der Fahrt nach East Los Angeles war Josefina vom allgegenwärtigen Wohlstand ihrer neuen Umgebung beeindruckt. So viele Autos hatte sie bis jetzt nur in Mexico City gesehen. Aber sie konnte nicht fahren und dankte Gott für die Busse, denn die erinnerten sie an zu Hause. Im *barrio* selbst brauchte Josefina dann noch einmal fünfundvierzig Minuten, bis sie die richtige Adresse gefunden hatte, nur um dort festzustellen, daß die Cousine verzogen war. Offensichtlich war sie mit ihrem Freund durchgebrannt. Etwas verwirrt ging Josefina ziellos die Straßen entlang. Sie kam an *Taco*-Ständen und Möbelgeschäften vorbei, an Garfield High und Millie's Bar, ohne auf die Pfiffe der Männer zu achten, die an der Ecke standen und Bier tranken; sie war blind und taub für ihre Umgebung und nahm nur den verzweifelten Ton ihrer Gebete wahr. Und so war sie schließlich auf den Bazar gestoßen.

Als Josefina ihre Geschichte zu Ende erzählt hatte, nahm die Nonne sie bei der Hand und führte sie zu einem anderen Stand, wo eine beleibte Dame in einem geblümten Kleid Tombolalose für eine Whirlpool-Waschmaschine verkaufte. Die Frau stellte sich als Doña Sánchez vor und sagte Josefina, sie könne bei ihr wohnen, bis sie eine Arbeit oder einen Ehemann gefunden habe.

»Egal, was zuerst kommt«, fügte sie schnaubend hinzu. Tags darauf rief Josefina die Nummer an, die ihr die Frau am Busbahnhof gegeben hatte. Ein Mann hob ab und gab Josefina nach einer langen Pause eine zweite Nummer. Diesmal meldete sich ein Mädchen, das von einem Englisch mit spanischem Akzent ins Spanische wechselte, als Josefina sich vorstellte. Das Mädchen hieß Marta und meinte, sie arbeite in einem Haus, wo gerade eine Aushilfskraft gesucht werde. Sie wollte von Josefina wissen, ob sie sich mit Hausarbeit auskenne, und gab ihr schließlich eine Adresse, bei der sie sich am folgenden Morgen melden sollte.

Als Josefina dann am nächsten Tag in Beverly Hills aus dem Bus stieg, wurde ihr endgültig klar, daß die Fama vom unvorstellbaren Reichtum Amerikas stimmte. Zuerst ließ sie sich von der Größe des Hauses so einschüchtern, daß sie sich kaum traute, auf die Klingel zu drücken, aber Marta gab sich anschließend alle Mühe, ihr die Angst zu nehmen, und erklärte Josefina, daß sie nur zu putzen brauche, während die erfahreneren Dienstmädchen sich um eine Party kümmerten. Josefina tat genau das, was man ihr aufgetragen hatte, und polierte die Armaturen im Badezimmer, bis sie funkelten wie Spiegel. Marta war offen-

sichtlich zufrieden, denn sie sagte Josefina, sie könne am nächsten Tag wieder kommen, und bald war sie für das gesamte Obergeschoß des Hauses zuständig. Die Stellung brachte ihr achtzig Dollar die Woche, eine phantastische Summe in Mexiko, aber hier gerade genug, um Essen und Kleidung zu kaufen, Doña Sánchez zu entschädigen und das kleine Zimmer über deren Garage an der Hubbard Street offiziell zu mieten.
Josefina war glücklich oder zumindest nicht mehr unglücklich. Tagsüber arbeitete sie im Traumland des Luxus, und abends flüchtete sie sich in die Scheinwelt der *novellas*, die sie jede Woche bei dem Krüppel kaufte, dem der Buchladen neben der mexikanischen Bäckerei gehörte. Stundenlang saß Josefina über den bilderbunten Seiten und vertiefte sich in die herzzerreißenden Romanzen attraktiver Fremder. So verbrachte sie einige Monate. Im Spannungsfeld zwischen zwei entgegengesetzten Welten führte sie ein unauffälliges, einsames Leben, bis es sich plötzlich noch einmal veränderte.
Nun steht Josefina genau gegenüber der Kirche. Ihr Herz schlägt schneller, während sie auf das Gotteshaus zugeht. Our Lady of Guadalupe sieht nicht mehr so aus wie an jenem freundlichen Morgen vor fast einem Jahr. Müll liegt verstreut auf den Betonstufen, und in dem Maschendrahtzaun klafft ein Loch. Wie ein Bittsteller überquert sie die Straße, ohne auf das Kreischen der Bremsen zu achten. »Verdammte Kanaken!« schreit der Fahrer. »Laß dich doch in deinem eigenen Land überfahren!« In ihrer Hast, in die Kirche zu kommen, bemerkt sie auch ein zweites Auto nicht, das langsam vorbeifährt und etwa hundert Meter weiter in eine Parklücke einschwenkt.

Mit einem Seufzer der Erleichterung betritt Josefina die Kirche. Sie zieht den Schal über den Kopf, kniet vor dem Altar nieder und bekreuzigt sich und geht dann zu einem kleinen Tisch mit Votivkerzen und langen Streichhölzern. Josefina nimmt eine Kerze und steckt dafür einen Vierteldollar in den abgenutzten metallenen Opferstock. Die Statue der Jungfrau steht auf einem eigenen Altar in einer dunklen Ecke, beleuchtet nur von den vielen Reihen brennender Opferkerzen. Jede zuckende Flamme steht für eine brennende Sehnsucht, einen unerfüllten Wunsch, einen Akt der Hoffnung gegen die Verzweiflung. Und während hundert Schatten an der Wand hinter ihr tanzen, stellt Josefina behutsam die Kerze in ein rotes Glas und zündet sie an. Dann kniet sie sich auf die gepolsterte Bank und drückt den Rosenkranz an die Lippen.

... Santa María, Madre de Dios, ruega por nosotros pecadores, ahora y en la hora de nuestra muerte...

Während die beiden Männer den Lichtstrahl hinter ihr blockieren, der von der Straße hereinfällt, betet Josefina für ihre toten Eltern und ihre ungeborenen Brüder und Schwestern. Sie betet für ihre Freunde und für ihre Feinde. Sie betet für ihre Seele und die Seelen aller anderen. Sie betet um ihr Leben.

1. Kapitel

Die Predigt auf den Stufen der St. Patrick's Cathedral hatte eben begonnen, als David Loya nach Osten in die Fiftieth Street einbog und mit schnellen Schritten durch die City New Yorks ging. Der Straßenprediger hielt die zerfledderte Bibel vor seine Brust, nestelte an seinem fleckigen Kragen und räusperte sich.

»Die fetten Ratten der Stadt werden besitzen, was von der Welt noch übrig ist«, krächzte er und hob die aus zerschlissenen Ärmeln ragenden Arme, um ein asymmetrisches Kreuz zu bilden. »... Sehet das Ungeziefer von Bloomingdale's, die Sybariten von Saks ...«

Unzählige Male hatte David diese Rede schon gehört, diese Mischung aus schaum- und speichelfeuchter Gläubigkeit und alkoholbedingtem Schwachsinn. Die Reaktionen der Passanten, das wußte er inzwischen, ließen zwei deutlich unterscheidbare Gruppen erkennen: die hartgesottenen New Yorker, die ihren zornigen Ankläger keines Blickes würdigten, und die Touristen, die sich entweder auf der anderen Seite des Bürgersteigs vorbeidrängten oder zusammenliefen wie Schaulustige bei einem Straßentheater. Die Menge schien im direkten Verhältnis zum Eifer anzuwachsen oder zu schrumpfen, mit dem der Prediger alle verdammte und der für gewöhnlich in der Weihnachtszeit seinen Höhepunkt erreichte. Noch war es jedoch Ende September, und David hatte verschlafen.

»...Ich sage euch, diejenigen im Schatten unbegrenzter Kredite werden hinabgestoßen werden in die Flammen, die unter Macy's Sonderangebotskeller wüten...«

David war noch etwas benommen von zuviel Alkohol und zuwenig Schlaf. Szenen der letzten Nacht standen plötzlich überdeutlich vor ihm. War es letzte Nacht gewesen oder letzte Woche? Einen großen Unterschied machte es nicht. Nur die Namen und einige Kleinigkeiten änderten sich in diesem inzwischen so deprimierend vertrauten Szenario. Es fing meistens mit einer Vernissage einer Malergröße seiner Freundin Andrea an, gefolgt von einem Abendessen in einem dieser Restaurants, in denen es mehr Riesenkakteen und bröckelnde korinthische Säulen gibt als Gäste. Während des Essens kommen Leute an den Tisch und fotografieren, ohne um Erlaubnis zu fragen. David fällt immer auf, daß die Künstler, gleichgültig, wie lässig sie auch scheinen, sich mitten im Satz oder mitten im Bissen unterbrechen und für die Kamera posieren. Nach der Pflichttour durch die Nachtclubs des East Village endet der Abend im Atelier des Künstlers in SoHo, wo man David auf ein eben in Arbeit befindliches, sehr großes oder auch außergewöhnlich kleines Werk aufmerksam macht. Die Leinwand wird beherrscht von einem schwarzen Loch oder einer brennenden Marmorsäule oder der cartoonähnlichen Darstellung einer masturbierenden Mickey Mouse. Während David davorsteht, trinkt und sich fragt, wann sie endlich nach Hause gehen können, hört er plötzlich Schritte hinter sich. »Was halten Sie davon?« fragt der Künstler und legt David die Hand auf die Schulter oder auf den Arm. »Es ist eine perfekte Verschmelzung von Form und Inhalt«, antwortet David und ärgert sich über seine schwere Zunge und den sanften Druck der Finger dieses Mannes. »Und ich würde es sehr zu schätzen wissen, wenn Sie Ihre schmierigen Pfoten von mir ließen.« Der Künstler lacht und wirft schnell einen Blick in Richtung Wohnzimmer. »Das gilt natürlich auch für Andrea«, setzt er noch hinzu, als würde das die Sache wieder einrenken. Später im Taxi wirft Andrea dann David wieder eine seiner »typischen Unverschämtheiten« vor, und David erwidert, sie müsse ihm dankbar sein, daß er den Kerl nicht zusammengeschlagen habe.

Ihr Mund ist hart, wenn sie, zum Fenster gewandt, sagt: »Das wär' ja mal wieder typisch für dich.«

»Ja, das wär' typisch für mich«, wiederholt er.

Sonnenlicht, das sich in einer Fensterscheibe brach, stach David in die Augen und ließ ihn blinzeln. Er sah auf die Uhr: 9 Uhr 30. Seine Kollegen saßen bestimmt schon alle am Schreibtisch und ordneten ihre Unterlagen für den Gerichtstermin am Nachmittag. Die Firma, die sie im Augenblick verteidigten, ein mächtiges Konglomerat mit dem Namen Dynagroup, war angeklagt, die Satellitenübertragungen eines Konkurrenten zu stören. Vor zwei Wochen hatte der Kläger Davids Arbeitsgruppe zweihundert Seiten mit Belastungsmaterial auf den Tisch geknallt, und seitdem hatte er soviel über Modems, Mikrobits und Wellenlängenstreuungen gelesen, daß er schon glaubte, bei ihm selbst würde eine Sicherung durchbrennen. Das Schlimmste aber war, der Fall würde sich vermutlich über Jahre hinziehen, auf jeden Fall so lange, daß die Technologie, um die es ging, in der Zwischenzeit veraltete. Die Ironie dieser Situation war für David fast unerträglich. Sein einziger Versuch, die subversive Erkenntnis seinen Kollegen mitzuteilen, war an deren verständnislosem Blick gescheitert.

»Du bist Anwalt«, hatte ihm einer zu verstehen gegeben, »kein Richter.«

Davids Bürohaus schob sich in einem unmöglichen Winkel schräg vor ihm in die Höhe und zerteilte den Himmel in geometrische Muster. Wenigstens ist es Freitag, dachte er. Nach einer kurzen Besprechung mit seiner Sekretärin und einigen Tassen Kaffee würde er gegen Mittag den Rest des Arbeitstages in Angriff nehmen können. Nicht daß seine Anwesenheit wirklich von Bedeutung war, die Infos und Konferenzen und Vorladungen schienen einen eigenen Willen zu besitzen. Die Räder der Gerechtigkeit drehten sich, ob nun mit oder ohne ihn, er mußte sich nur für ein paar Stunden an dieser unerbittlichen Bewegung beteiligen. Mit etwas Glück war er dann zu beschäftigt, um darüber nachzudenken, was er eigentlich tat oder nicht tat. In letzter Zeit war er soweit, daß ihn nicht einmal mehr der zweiwöchentliche Gehaltsscheck aufmuntern konnte.

David durchquerte die Halle aus rosafarbenem italienischem Marmor und betrat den Aufzug. Während die Türen sich schlossen, fiel ihm ein Traum der vergangenen Nacht wieder ein.

Er steht in ebendiesem Aufzug und vermeidet wie immer die Blicke der Mitfahrenden, die sich als verschwommene Gestalten in den polierten Stahlwänden spiegeln. Irgendwo zwischen dem Erdgeschoß und dem fünfundzwanzigsten Stock bleibt der Aufzug plötzlich stecken. Nach einem Augenblick der Verwirrung sind David und sieben Fremde plötzlich gezwungen, die Gegenwart der anderen in dieser erstickenden Enge zur Kenntnis zu nehmen. Aus der Überraschung wird Verärgerung und Wut, und schließlich, während die Minuten langsam vergehen, Angst und Panik. Auf der Gegenseite der Kabine entdeckt David ein Mädchen mit langen, schwarzen Haaren, das ihn beobachtet. Sie schiebt sich zu ihm durch, und zwischen ihnen herrscht das stillschweigende Einverständnis, sich gegenseitig bei der Flucht zu helfen. Ihre Lippen sind nur Zentimeter von seinem Ohr entfernt, während sie ihm ihren Plan zuflüstert. Die Leute fangen an zu schreien und zu schieben. Eine alte Frau blutet an der Wange. In dieser Verwirrung gelingt es David und dem Mädchen, durch die Klapptür in der Decke hinauszuklettern. Während sie nun die Leiter im Aufzugsschacht hinaufsteigen, riecht David plötzlich Salzluft und hört Möwen schreien. Er erreicht den Ausstieg zum Dach, doch der gibt nicht nach. Das Mädchen hilft ihm, sie drücken gemeinsam. Die Tür bricht auf.

»Aussteigen, bitte!«

David kehrte gerade noch rechtzeitig in die Wirklichkeit zurück, um sein Stockwerk nicht zu verpassen. Augenblicke später ließ er sich von seiner Sekretärin Sarah über die Ereignisse des Morgens informieren.

Mit ihrem sachlichen, leicht nasalen Bostoner Akzent ging sie seinen Terminplan durch.
»Sie hatten vier Klientenanrufe«, sagte sie lebhaft. »Die Dynagroup-Anhörung ist heute nachmittag um 15 Uhr 30. Um 14 Uhr haben Sie eine Gruppenkonferenz, und ich hoffe, daß das, was Sie heute nacht getrieben haben, es wenigstens wert war. Ich hab' allen gesagt, Sie hätten einen Termin beim Zahnarzt.« Er zwang sich zu einem amüsierten Gesichtsausdruck. »Ach, und der Alte will Sie in seinem Büro sehen, und zwar sofort.«
Bei dieser Nachricht beschlich ihn ein unbehagliches Gefühl. In letzter Zeit hatte es eine ganze Reihe von Entlassungen gegeben, und jeder war ein Besuch in Mr. Metcalfs Büro vorausgegangen. Seit seinem Eintritt in die Firma vor zwei Jahren war er nur zweimal zu seinem Chef gerufen worden. Beim erstenmal erfuhr er, daß er eingestellt worden war. Und beim zweitenmal erhielt er eine Gehaltserhöhung. Er glaubte nicht, daß ihm schon wieder eine zustand.
David sah seine Sekretärin an und sagte: »Sie sind ein Engel.«
»In welcher Hinsicht?« fragte sie.
Gleich darauf klopfte David an die schwere Tür. Er sah noch immer den Gesichtsausdruck seiner Mutter vor sich an dem Tag, da er als einer der wenigen *Chicanos* aus East Los Angeles an der Harvard Law School sein Diplom erhielt. »Mein *hijo*, der Anwalt«, hatte sie ehrfürchtig flüsternd und mit Tränen in den Augen gesagt.
Hinter den drei Zentimetern polierten Mahagonis hörte David die gemurmelte Aufforderung einzutreten.

»Sie wollten mich sehen, Sir?«
Noch die trivialste Ehrerbietungsfloskel hatte für David den Beigeschmack einer Herabwürdigung. Trotz Harvard Law, trotz seines Einkommens und seiner Position reagierte er immer noch höchst empfindlich, wenn Unterwürfigkeit in irgendeiner Form verlangt wurde. Er hatte aber schnell gelernt, solche unbedeutenden Demütigungen nicht persönlich zu nehmen. Lippenbekenntnisse gegenüber Vorgesetzten gehörten zur Karriere- und Konzernkultur wie Spesenkonten und zweistündige Mittagspausen. Es stellte alles nur einen Teil des Rituals dar, das notwendig war, um auf der Karriereleiter eine weitere Sprosse nach oben zu klettern. Falls David je ein Opfer von Diskriminierung geworden war, so hatte er es nicht bemerkt. Natürlich war die Verbindung eines spanischen Familiennamens mit makellosen akademischen Zeugnissen nicht gerade von Nachteil gewesen, aber die Vorstellung, jemandem nur wegen seines Namens oder seiner Hautfarbe Zugeständnisse zu machen, war ihm absolut zuwider. David war der festen Überzeugung, sein schneller Aufstieg in die oberen Etagen seines Berufszweigs habe vor allem damit zu tun, daß er ebensoviel oder vielleicht noch mehr Talent hatte wie seine Kollegen. Er erwartete nichts anderes, als genauso behandelt zu werden wie jeder andere auch. Mit seiner angeborenen Intelligenz und dem Ehrgeiz, den seine Eltern ihm anerzogen hatten, war David wirklich sehr weit gekommen, und es sah aus, als gebe es für ihn nach oben keine Grenze. Wenn er es nur geschickt anstellte, so dachte er, hatte er in den nächsten Jahren gute Chancen auf eine Teilhaberschaft. Es war nur

eine Frage von Fleiß und harter Arbeit. Und Schuldgefühle, die ihn vielleicht früher geplagt hatten, weil er glaubte, er würde sich für den hochdotierten Job »verkaufen«, waren längst der Überzeugung gewichen, daß er seinem Volk am meisten nützte, wenn er die Chancen zu seinem persönlichen Erfolg nutzte und so für die anderen zum Vorbild wurde. Einmal, nach einer besonders anstrengenden Nachtsitzung, hatte David zum Fenster seines Büros hinausgesehen und einen Luftballon beobachtet, der im Aufwind zwischen zwei Wolkenkratzern in die Höhe stieg. Während dieser Ballon durch die klare Morgendämmerung schwebte, hatte David sein Leben mit dessen Flugbahn verglichen: ein einsamer, in sich geschlossener und von Naturkräften angetriebener Aufstieg.
Metcalf wies David wortlos zu einem Sessel. »Mr. Loya, Sie sind ein brillanter junger Anwalt«, begann er und hielt dann inne, als wolle er das Gesagte einen Augenblick lang wirken lassen. »Ich habe viele brillante junge Anwälte durch diese Tür kommen sehen. Gerissen. Ehrgeizig. Wie Sie. Die meisten hatten bei uns keine Zukunft.«
Mit den Gedanken war David teilweise wieder bei dem Traum. Die Tür im Aufzugsschacht öffnet sich auf einen langen, weißen Strand. Der Dschungel dahinter hat die Farbe nasser Jade. In der Ferne erheben sich verstreut Hütten aus getrockneten Blättern im Sand.
»Wissen Sie warum, Mr. Loya?« fragte Metcalf.
»Nein, Sir.«
»Weil sie zu gerissen waren, zu brillant. Sind sich praktisch selber auf den Schwanz getreten.«
Metcalf zeigte die selbstzufriedene Miene eines Man-

nes, der eben ein schwieriges Problem gelöst hat. Er zupfte sich einen Fussel von seinem dunkelgrauen Anzug, und als er dann wieder sprach, hatte David das beunruhigende Gefühl, Metcalf mache keinen Unterschied zwischen seinem aufmerksamen Angestellten und diesem Fussel. Metcalf beugte sich vor und streckte den Hals, um das einzelne Blatt Papier vor ihm auf dem Tisch zu betrachten.

»Wie ich sehe, hatten Sie ab nächste Woche einen vierzehntägigen Urlaub eingetragen.«

»Das stimmt, Sir.«

»Den Sie dann wieder abgesagt haben.« Metcalf sah David scharf an. »Warum, Mr. Loya?«

David war auf diese Frage nicht vorbereitet. »Nun, Sir, ich... Wir stecken ja mitten im Prozeß. Da schien es mir unverantwortlich...«

»Das ist doch Unsinn, Mr. Loya, das wissen wir beide.«

David versuchte, mit den Lippen Worte zu formen, brachte aber keinen Ton heraus.

»Sie wissen so gut wie ich, daß sich dieser Fall über Jahre hinziehen kann.« In seiner Stimme schien fast etwas wie Belustigung mitzuschwingen. »Ich glaube, die Firma wird überleben, bis Sie zurück sind aus... wo Sie eben hinfahren. Sie sitzen jetzt seit – warten Sie – fast sechs Monaten an diesem Dynagroup-Fall. Ich glaube, es ist Zeit, daß Sie mal jemand anderen die Schwerarbeit machen lassen.«

David spürt die Sonne heiß auf seiner Haut, er hört das Tosen der Brandung.

»Ich bin mir nicht sicher, ob ich Ihnen folgen kann, Sir.«

»Dann werde ich es Ihnen erklären. Ich schlage vor, nein, nein, ich *befehle* Ihnen, daß Sie diesen Urlaub nehmen. Sie waren in letzter Zeit nicht mehr ganz bei der Sache. Es ist ganz natürlich, daß das Hirn bei einem Fall von solcher, äh, Komplexität, etwas durcheinanderkommt. Betrachten Sie es als Urlaub auf Befehl – als bezahlten natürlich.«
David schmeckt das Salz auf den Lippen.
»Darf ich Ihnen noch einen Vorschlag machen, Mr. Loya?«
»Selbstverständlich, Sir.«
»Suchen Sie sich einen Ort, wo Sie telefonisch nicht erreichbar sind. Auf den letzten Seiten des ›New Yorker‹ gibt's Hunderte davon. Oder noch besser, meine Sekretärin kann Ihnen etwas vorschlagen. Soviel ich weiß, soll Bora Bora dieses Jahr ziemlich *in* sein. Wenn Sie zurückkommen, sind Sie erholt und können sich wieder voll in die Arbeit stürzen. Verstehen wir uns, Mr. Loya?«
»Absolut. Vielen Dank, Sir.«
»Nichts zu danken, Mr. Loya.«
Davids Gesicht blieb unbewegt, während er aufstand und zur Tür ging. Erst als er wieder sicher im Gang stand, atmete er aus.
Wie ein Geier, der Blut gerochen hatte, lauerte Bragin an Davids Schreibtisch. »Erzähl mir bloß nicht, daß er dich zum Teilhaber gemacht hat«, sagte er beiläufig.
»Nein, außer wir eröffnen eine Filiale in Antigua.«
Bragin kniff fragend die Augen zusammen. »Was soll denn das heißen?«
»Das heißt, kümmere dich um deinen eigenen Dreck.«

»'tschuldigung, daß ich gefragt habe. Bis zur Konferenz dann!«
»Ja.«
David lehnte sich zurück. Er bedauerte seinen Ausbruch bereits, lieferte er doch Bragin nur weiteren Stoff für Klatsch. David griff zum Telefon. Andrea hob nach dem dritten Klingeln ab.
»Gibt es eigentlich einen besonderen Grund, weshalb du immer bis zum dritten Klingeln wartest?« fragte er ohne Grund.
»Ja, beim zweiten wirkt es übereifrig, und beim vierten ist es zu spät.«
»Ich kann mir nicht vorstellen, daß das überhaupt jemand bemerkt.«
»Du hast es getan. Außerdem rufst du bestimmt nicht an, um mit mir über meine Telefoniergewohnheiten zu reden, oder? Ich hab' die Hoffnung schon aufgegeben, daß du dich vielleicht wegen gestern abend entschuldigen könntest.«
»Ich hab' im Augenblick was Wichtigeres im Kopf.«
»Wart mal 'ne Sekunde!«
Er hörte, wie sie ihrem dominikanischen Mädchen sagte, es solle etwas *rapidamente* tun. Ihr Spanisch war ziemlich gut. Besser als seins, wenn man es genau nahm.
»Hör zu, David, das mit gestern abend tut mir ebenso leid wie dir – vielleicht sogar noch mehr. Vergessen wir's doch einfach, okay?«
»Vergessen. Aber ich...« Er hörte wieder Geplapper im Hintergrund.
»Tut mir leid, Liebling, was hast du gesagt?« Ihre Stimme hatte diesen leicht atemlosen Tonfall, der ihn je nach den Umständen erregte oder verärgerte.

»Man hat mich gezwungen, Urlaub zu nehmen.«
»Ist das schlimm?«
»Kommt darauf an.«
»Auf was?«
»Auf dich.«
»David, was ist denn los?«
»Nichts. Gar nichts.«
Er konnte ihre Ungeduld in dem Schweigen spüren, das nun folgte. David beschloß, es anders zu versuchen. »Vielleicht hat Metcalf recht«, sagte er mit gespielter Fröhlichkeit. »Ich muß wirklich mal von hier weg, raus aus der Stadt. Ich hab' da ein Bild von zwei Leuten im Kopf, die über einen langen, weißen Strand laufen. Das Wasser ist blau, die Sonne scheint, und diese gottverdammte Stadt ist ein paar tausend Kilometer entfernt. Und das Schönste daran ist, daß die beiden Leute aussehen wie du und ich.«
Im Geiste sah er sie am anderen Ende der Leitung: den Kopf leicht gebeugt, die blonden Locken in üppigen Wellen bis auf die zartknochigen Schultern fallend, die perfekten Brüste voll und spitz in dem grauen Kaschmirpullover, den er ihr zum Geburtstag geschenkt hatte. Er konnte ihre langen Finger um den Hörer beinahe fühlen, ihren Duft beinahe riechen. Aber sosehr er sich auch bemühte, ihren Gesichtsausdruck konnte er sich nicht vorstellen.
»Hab' ich das nur geträumt?« fragte er in die Sprechmuschel.
»Mach dich nicht lächerlich, David! Du weißt doch ganz genau, daß ich nicht kann. Bis zur Vernissage sind es nur noch zwei Wochen. Aber darüber haben wir doch schon gesprochen. Das war doch überhaupt

der Grund, warum du deinen Urlaub verschoben hast, erinnerst du dich?«

»Nur zu gut. Zuerst kommt die Galerie, und dann komm' ich. Und irgendwann kommt dann unsere Reise nach Antigua.«

»David, können wir das später besprechen?«

»Vielleicht stimmt deine Philosophie nicht ganz. Vielleicht ist es beim dritten Klingeln schon zu spät.«

»Was?«

»Überleg's dir!«

»David, hör zu! Ich erklär's dir.« Es war ihre verführerische Stimme, ihre Kleinmädchenstimme, mit der sie ihn immer herumkriegte. »Ich würde ja lachen, wenn ich nicht wüßte, daß du es ernst meinst.«

»Wie ernst muß es denn noch sein?« Er war selbst überrascht über seine Wut.

»Ich merk' ja, daß du nicht gerade deinen besten Tag hast, aber bist du nicht ein bißchen zu melodramatisch?«

»Jeder andere in deinem Leben ist melodramatisch, warum darf dann ich es nicht auch mal sein? Bloß weil ich nicht schon zum Frühstück Schwarz trage und mir die Haare mit Gel stachelig mache, oder weil ich nicht mit strategisch günstig plazierten Farbklecksen auf meinen Designerjeans in deiner Galerie auftauche?«

Die glücklichen Gestalten auf seinem Postkartenbild verschwanden langsam. Er wußte, wenn er in den nächsten Tagen irgendwo hinflog, dann allein.

»Vielleicht brauchen wir beide mal 'ne Veränderung«, sagte sie steif.

Bragin, eine Sekretärin und zwei Anwälte, die ebenfalls an dem Dynagroup-Fall arbeiteten, warteten bereits, als er in das Konferenzzimmer platzte.
»Tut mir leid, daß ich spät dran bin.«
»Erfolgreiche Prozeßführung heißt, sich nie entschuldigen zu müssen«, verkündete Bragin.
Becker, ein schlaksiger, milchgesichtiger Midwesterner, der Fliegen und Anzüge von Brooks Brothers bevorzugte, und Pearce, ein lakonischer Philatelist, der für seine Skrupellosigkeit innerhalb und außerhalb des Gerichtssaals berüchtigt war, nickten und warteten, bis David am Tisch Platz genommen hatte. Trotz ihres so offensichtlich unterschiedlichen Wesens waren beide, Pearce und Becker, Spezialisten für außergerichtliche Vergleiche. Ihre Teilnahme an der Arbeitsgruppe hatte bei David die Hoffnung aufkommen lassen, daß der gesunde Menschenverstand in diesem Fall vielleicht doch noch eine Rolle spielen könne.
»Habt ihr Jungs mein Memo gelesen?«
»Da drin ist es.« Becker tippte auf den Aktendeckel vor ihm. »Gute Arbeit, Dave.«
»Dann stimmt ihr mir also zu, daß ein außergerichtlicher Vergleich der einzige vernünftige Weg ist?«
Bragin gab sich alle Mühe, verbindlich zu wirken. »Das hat niemand gesagt, David.«
»Was dann?«
»Keiner hat seine Meinung in bezug auf die Prozeßführung geändert«, erwiderte Pearce gelassen. »Das war von Anfang an die Haltung der Kanzlei.«
»Und was ist eure Haltung?«
»Du hast gesagt, was du denkst«, bellte Pearce. »Und wir haben unseren Marschbefehl. Wir können ja wieder darüber reden, wenn du zurück bist.«

»Zurück von wo?« wollte David wissen.
Peinliches Schweigen entstand im Zimmer. Dann klickte es bei David, als würde bei einem Transistor ein Schaltkreis geschlossen. »Das ist doch ein abgekartetes Spiel, oder?«
Die Sekretärin hörte auf zu schreiben und legte ihren Stift auf den Tisch, so als hätte David plötzlich Unsinn geredet.
»Ihr steckt doch mit Metcalf unter eine Decke!« fuhr David mit wachsender Entrüstung fort. »Und dieser sogenannte Urlaub heißt doch nur, daß ich eins auf die Finger bekomme, weil ich nicht spure.«
»So kann man's auch sehen«, räumte Pearce trocken ein.
»Und wie sonst noch?« wollte David wissen. »Ihr hinterhältigen, intriganten Saukerle!«
Er sah sich in der Runde nach den winzigsten Anzeichen moralischer Unterstützung um, aber Bragin hatte sich umgedreht und sah zum Fenster hinaus. Becker sah auf die Uhr und runzelte die Stirn.
»David, du bist Anwalt...«, sagte Pearce.
»Ich weiß, ich weiß«, entgegnete David, »kein Richter.«

Es dauerte nicht lange, bis David seinen Tisch aufgeräumt, Bragin über sein Teilgebiet des Falles informiert und mit Sarah zum Abschied ein wenig geschäkert hatte. Wenige Minuten später stand er schon unten in der hallenden Lobby. Es war noch gar nicht so lange her, daß ihm nichts auf der Welt großartiger und wichtiger erschienen war, daß nichts mehr zählte, als hier hineinzupassen. David warf einen Blick auf sein

Ebenbild in der verspiegelten Fensterscheibe und mußte über seinen maßgeschneiderten Anzug grinsen. Vor noch gar nicht langer Zeit hatte er beim Anprobieren eines Armani-Sakkos eine fast körperliche Erregung gespürt. Nun war es nicht mehr als ein Teil aus einem Schrank voller schlechtsitzender Eitelkeiten.

In der Drehtür bemerkte David einen Kollegen, der ihn anlächelte, und wandte instinktiv den Blick ab. Das letzte, was er im Augenblick brauchen konnte, war leeres Geschwätz, das unweigerlich mit einem feuchten Händedruck endete und dem Versprechen, sich einmal zum Mittagessen oder abends zum Rakketball zu treffen. »Meine Sekretärin«, flüsterte David unhörbar, »wird Ihre Sekretärin anrufen.«

Draußen auf dem Bürgersteig blieb er einen Augenblick stehen und betrachtete den seelenlosen nachmittäglichen Trubel. Dann lockerte er seine Krawatte und setzte sich in Bewegung. Während er sich geschickt einen Weg durch die Phalanx nadelgestreifter Geschäftsmänner bahnte, fragte er sich, ob er inzwischen auch so aussah wie sie mit ihren zugeknöpften Kragen und zugeknöpften Leben hinter der eleganten Fassade ihrer Wochenendbräune, ihrer Wochenendfamilien und Wochenendträume.

Er erreichte die Kreuzung an der Fifth Avenue, wo der Prophet des Profits dankbar Groschen und Gnaden sammelte, wandte sich dann nach Süden, vorbei an den Schaufensterbummlern und den reichen Hausfrauen, die Schulter an Schulter mit blinden Bettlern und Managern vorwärts drängten, vorbei an dem nadelspitzen Turm des Empire State Building und dem kommerziellen Niemandsland hinter der Fourteenth Street, wo die Stadt schon in den psychedelischen Alptraum von Greenwich Village und die egozentrischen Enklaven SoHo und TriBeCa überging.

David hörte die Hupe eines Taxis, das mitten auf einer Kreuzung in einer Horde wildgewordener Fußgänger feststeckte. Das Auto schob sich vorsichtig durch die Menge und schnitt dabei einer gutgekleideten Frau den Weg ab, die daraufhin ihre Handtasche auf die Motorhaube knallte und weiterging. Der Fahrer sprang blitzschnell aus dem Auto, lief der Frau nach und schlug sie auf den Kopf.

»Wie können Sie es wagen!« schrie sie in selbstgerechtem Entsetzen. »Er hat mich geschlagen!«

David war, wie die anderen auch, zu überrascht, um zu reagieren.

»Das ist mein Auto, du weiße Schlampe«, bellte der Fahrer. »Laß bloß meinen Karren in Ruhe!«

Wie auf ein geheimes Zeichen hin gingen nun plötzlich vier Männer mit Aktenkoffern auf den Fahrer zu.

»Ich habe Ihr Auto nicht angerührt«, schrie die Frau zurück. »Warum unternimmt denn hier keiner was!«

Einen Augenblick hatte es den Anschein, als würde der Fahrer nicht nachgeben, als er aber die Wand aus weißen Gesichtern um sich herum sah, trat er eilends den Rückzug an.

»Keiner macht an meinem Auto rum«, rief er ein letztes Mal, wie ein verwundetes Tier. Dann brauste er mit quietschenden Reifen davon.

Inzwischen war ein Polizist dazugekommen. Die Frau machte ihm eben weis, daß der Taxifahrer sie ohne Grund geschlagen habe. Sie sah sich um und ent-

deckte David. »Sie haben es doch gesehen, nicht wahr?« sagte sie und wies auf David.
»Ich habe überhaupt nichts gesehen«, erwiderte David.

In Andreas Galerie brannten noch die Lichter, als er dort ankam. Übergroße Leinwände lehnten an den Wänden. David konnte die Bilder nicht genau sehen, aber es schienen Darstellungen von Naturkatastrophen zu sein: Tornados, Blizzards, Erdbeben.
In dem kahlen, weißgetünchten Büro sprach Tomi, Andreas Partner, mit einer Frau im Herrenanzug. »Das hat doch überhaupt nichts zu sagen, meine Liebe«, sagte Tomi eben. »Leonardo war der rechte Arm des Papstes, und er malte nackte Jungen.«
»Wo ist Andrea?«
»Mit einem Künstler ausgegangen«, antwortete Tomi, ohne sich umzudrehen.
»Offensichtlich. Wann kommt sie wieder?«
»Wann kommt der Minimalismus wieder?«
»Hat der Minimalismus ein Lieblingsrestaurant?«
»Versuch's mal bei Verdi's.«
Dort fand er sie dann auch; sie saß mit einem hageren Mann, den David vom Titelblatt des »Artforum« her kannt, in einer Nische. Auf jedem Tisch stand in einem Lichtstrahl eingefroren eine Rose. Der Künstler hatte gerade etwas auf eine Serviette gezeichnet, über das Andrea lachen mußte. Die Serviette würde wahrscheinlich irgendwann in einem Museum landen. Um die Situation nicht unnötig zu komplizieren, blieb David an der Bar, bestellte sich ein Heineken und wartete, bis Andrea von ihrem Endiviensalat aufsehen

würde. Nach einigen Minuten entdeckte sie ihn und entschuldigte sich bei ihrem Gast. Davids Laune half es überhaupt nichts, daß sie großartig aussah.

»Ich hoffe, du bist hierhergekommen, um dich zu entschuldigen.«

»Ich bin hierhergekommen, um mit dir zu reden.«

»Das ist weder der Ort noch die Zeit.«

»Es ist inzwischen nie mehr der passende Ort oder die rechte Zeit. Das ist ja das Problem.«

»Warum habe ich immer das Gefühl, in einem Minenfeld zu stehen, wenn ich mit dir rede?«

»Du bist diejenige, die auf die Minen tritt.«

»David, du machst einen totalen Narren aus dir. Ich hab' dir doch schon gesagt, ich fahre nächste Woche mit dir weder nach Antigua noch irgendwo anders hin. Du weißt ganz genau, weshalb, und es ist sehr egoistisch von dir, daß du immer wieder damit anfängst. Und anstatt in der Wohnung auf mich zu warten, kommst du hierher und führst dich auf wie ein eifersüchtiger Liebhaber. Das ist absolut unpassend.«

»Tut mir leid, daß diese Unterhaltung nicht in deinen Terminplan paßt. Deswegen bin ich ja hier, und deswegen werde ich auch nicht brav nach Hause gehen und auf dich warten wie dein kastrierter Sechshundert-Dollar-Köter.« Da er den Hund mochte, kam er sich erst recht wie ein Scheißkerl vor.

Der Künstler reckte den Kopf, um nachzusehen, was Andrea so lange aufhielt. David warf ihm einen mordlustigen Blick zu, und der Kopf des Mannes schnellte zurück wie bei einer Gummipuppe. Unter anderen Umständen hätte David laut gelacht.

»Was willst du von mir?«

»Ich will mehr«, erwiderte er.
Es war passiert: Sie machten sich eine Szene. Andreas Augen bekamen langsam ihren Ich-muß-gleich-weinen-Ausdruck. Am liebsten hätte er nachgegeben, sich entschuldigt und sie in die Arme genommen, bevor es zu spät war. Aber etwas in ihm ließ nicht locker, gab nicht nach. Es war, als würde man an einem Faden ziehen und plötzlich merken, daß sich da etwas viel Größeres auftrennte.
»Mehr ist nicht da. Zumindest im Augenblick nicht. Dräng mich nicht! Bitte!«
Während sie sprach, wirkte sie unglaublich fragil, als würde sie jeden Augenblick in hundert winzige Splitter zerbrechen.
»Komisch«, sagte David. »Das klingt, als wärst du tausend Kilometer weit weg.«
»Nur weil ich nicht mehr weiß, ob ich dich überhaupt noch kenne.«
»Hast du mich je gekannt?«
Seine Frage war der letzte Strohhalm, die äußerste Untreue. Schlimmer als Gleichgültigkeit oder eine andere Geliebte. Schlimmer als eine Lüge, denn sie war die Wahrheit.
Sie drehte den Kopf weg.
»Ich kann nicht einmal mehr mit dir reden.«
Er streckte die Hand aus, um sie zu berühren, aber sie stand vom Hocker auf und ging zum Tisch. »Es tut mir leid«, sagte er, ohne zu wissen, warum.

David zog ziellos durch die Straßen und ging hier und dort in eine Bar, um Andreas Nummer anzurufen und ein schnelles Bier hinunterzukippen. Schließlich landete er auf einer Bank im Washington Square Park. Immer und immer wieder gingen ihm Bilder aus dem vergangenen Jahr durch den Kopf: wie er sie bei einer privaten Silvesterparty kennengelernt hatte, die wunderbaren Augenblicke des Sichnäherkommens, der Kuß um Mitternacht, wie sie die ganze Nacht aufblieben und im Central Park mit einer Flasche Champagner die Sonne begrüßten, ein Winterwochenende in Montauk, an dem sie das Schlafzimmer ihres Holzhauses kein einziges Mal verließen, die friedvollen Monate der regelmäßigen Rendezvous, ihre immer häufigeren Streitigkeiten, seine immer stärker werdende Unzufriedenheit mit seiner Arbeit und sich selbst. Das Bild war klar und deutlich, nur die Tonspur rauschte. Und falls es Untertitel gab, konnte er sie nicht lesen.

»He, probier's mal: Crack. Speed. Gras. Shit. Meskalin und LSD.«

Erst allmählich nahm er die Gestalten wahr, die durch die Schatten unter den Bäumen huschten. Er hörte auch Stimmen. Ermahnungen. Drängendes Flüstern. Anrufungen der chemischen Götter.

»He, Mister! Probier's mal! Ich hab' alles, was du willst.«

Die Stimme war näher und jünger als die anderen. David drehte sich um und sah einen etwa zwölfjährigen Jungen auf der Bank neben sich.

»Ich hab' das beste Crack und das beste Speed im ganzen Park. Frag einfach nach Mouse! Zu jeder Zeit, sobald's dunkel ist. Kein Beschiß. Großes Ehrenwort.«

David schüttelte den Kopf. »Nein danke. Heute abend nicht.«

»O Mann, mach doch nicht so ein trauriges Gesicht! So schlimm kann's doch gar nicht sein.«
»Bist du dir da ganz sicher?«
»Nicht aus der Gegend, was?«
»Nein. Vom anderen Ende der Stadt.«
»Ich weiß, weil ich dich noch nie gesehen habe. Ich kenne jeden. Jeder kennt mich.«
Der Dealer sah ihn einen Augenblick lang schweigend an. »Halt mal! Ich bin gleich zurück.«
Bevor David sich weigern konnte, war Mouse schon verschwunden, verschluckt von der Horde nächtlicher Gespenster. David widerstand der Versuchung, die kleine Plastiktüte zu öffnen, und bekämpfte das spontane Verlangen, sie wegzuwerfen. Dann kam ihm der Gedanke, daß das Ganze eine Falle sein könnte.
Doch der Junge war zurück, bevor David einen Entschluß gefaßt hatte.
»Danke, Mister. Ehrliche Weiße gibt's nich oft.«
»Sag mal«, fragte David. »Woher hast du gewußt, daß ich dir den Beutel nicht klaue?«
»Du bist nicht wegen Dope hier. Das sieht doch ein Blinder.«
»Ach so? Und weswegen dann?«
»Wenn ich das wüßte« – der Junge zeigte ein funkelndes Lächeln – »dann hätte ich dir's schon längst verkauft.«
Es war schon nach Mitternacht, als David zum Times Square zurückkam, wo sich der Broadway und die Seventh Avenue in einem Chaos von Lärm und Neon kreuzen. Vor sechs Jahren hatte er, während eines zweitägigen Aufenthalts auf dem Weg nach Harvard,

an genau derselben Stelle gestanden. Es war ein entsetzlicher Anblick gewesen für den jungen Studenten aus East Los Angeles, der viel zu naiv war, um zu ahnen – wie er es nun wußte –, daß die besseren Gebiete der Stadt woanders waren, eigentlich überall, nur nicht am Times Square, wo das menschliche Treibgut vor Automatenläden und Shops, die HEISSE JUNGFRAUEN IN 3-D verkauften, an Land gespült wurde. Die berauschende Mischung aus Schund und Glitzer hatte David an die schäbigen Vergnügungsparks erinnert, in denen er sich als Junge herumgetrieben hatte. Aber hier war noch etwas anderes gewesen, etwas, das einem Angst einjagte und zugleich Mut machte, ein Strudel aus Licht und Energie, der David zeigte, daß er nicht nur am Scheideweg der Welt, sondern auch seiner eigenen Zukunft stand.

»Höchste Zeit, den neuen Morgen zu begrüßen, *amigo.*«

»Du hast die falsche Nummer gewählt, Freund«, lallte David in den Hörer, doch dann erkannte er den fröhlichen Bariton und die gewinnende Angewohnheit, immer die falsche Silbe im Wort zu betonen und es dennoch irgendwie richtig klingen zu lassen.

»Spricht man so mit seinem alten College-Kumpel?« fragte Kurt Randall mit gespielter Entrüstung. »Erzähl nur nicht, daß dieser großkotzige New Yorker Anwalt auf einmal zu wichtig geworden ist, um sich noch an seinen ehemaligen Partner im unorganisierten Verbrechen und im hochbezahlten Praktizieren des kleinsten gemeinsamen Nenners zu erinnern.«

»Randall, du quasselnde Kalaschnikow! Warum

kannst du eigentlich nie zu einer Zeit anrufen, zu der ein menschliches Hirn schon arbeitet?«

»Das ist ja recht lustig, Loya. Da, wo ich jetzt bin, zeigt die nächste Uhr 9 Uhr 30 vormittags – Pazifische Normalzeit.«

»Scheiße«, sagte David und sah nun selbst auf die Uhr. Er hatte keine Ahnung, wann er sich nach Hause und ins Bett geschleppt hatte. Er war sich aber ziemlich sicher, daß es lange nach seinem Besuch am Times Square gewesen sein mußte, denn danach war es noch zu einer heftigen Debatte über die Giants mit dem Barkeeper mindestens einer Kneipe namens Blarney Stone gekommen. Ein kalter Wind aus New Jersey hatte ihn schließlich Richtung Sixth Avenue und in die Arme einer übereifrigen Prostituierten getrieben. Er hatte schon beinahe ernsthaft über einen für beide Seiten akzeptablen Preis verhandelt, als ihm, gerade noch im rechten Augenblick, ein einsames Taxi wie eine moralische Kavallerie zu Hilfe kam.

Randalls Stimme schrillte noch immer in Davids Ohr. »Ob du es glaubst oder nicht, aber für diesen Weckruf von Küste zu Küste gibt es eine zwingende *raison d'être.*«

»Ach wirklich?« fragte David und versuchte, seinen schmerzenden Kopf auf dem Kissen abzustützen. »Und die wäre?«

»Na, auch wenn's blöd klingt, aber ich brauch' deinen juristischen Rat.«

David war sofort hellwach. »Du bist doch nicht etwa in Schwierigkeiten oder so was?«

»Schwierigkeiten nicht, aber ›so was‹ vielleicht schon. Ich möchte, daß du mir jemand an der Westküste

empfiehlst, der mir einen verläßlichen juristischen Rat geben kann. Jemand, bei dem ich mich auf gutes Urteilsvermögen, vor allem aber auf sein Stillschweigen verlassen kann. Du kennst nicht zufällig jemand, auf den diese Beschreibung paßt, Kumpel?«
»Einen vertrauenswürdigen Anwalt? So was existiert nicht.«
»Aha«, machte Kurt. »Hab' ich mir schon gedacht.«
»Bis auf mich natürlich.«
»Natürlich. Aber du weißt ja, was man über Beziehungen auf Distanz sagt...«
»Sie funktionieren nicht.«
»Genau das hat sie auch gesagt.«
»Aber weißt du«, schlug David beiläufig vor, »du könntest mir die Sache ja am Telefon erzählen.« Er gab sich alle Mühe, nicht zu interessiert zu klingen.
»Na, eigentlich nicht, *amigo*. Es ist ein bißchen kompliziert – und vertraulich. Ich bin sicher, daß du das verstehst.«
»Verstanden.«
Nun klingelte es wieder, aber diesmal in Davids Kopf. Zum einen war es für gewöhnlich David, der Kurt anrief. Und wenn von Kurt ein Anruf kam, dann fast immer nur nachts, und seine sentimentale Anwandlung war dann meistens noch verstärkt vom Alkohol oder einer anderen Substanz, die eben bei der Hand war. Gerade beendete Affären waren eins seiner Lieblingsthemen, gefolgt, sowohl in Häufigkeit wie an Bedeutung, von Kameradschaft und der Frage, ob die drei verbliebenen Beatles wieder zusammengehen sollen. Einmal hatte er David sogar dazu überredet, eine

Flasche aus dem Schrank zu holen und mit ihm »via Satellit auf die nie endende Partnerschaft und das ›White Album‹ zu trinken«. Am nächsten Morgen wußte dann David nicht, wem er die Schuld an seinem Kater geben sollte, Kurt oder der New Yorker Telefongesellschaft. Noch interessanter war die Tatsache, daß Kurt sich diesmal zierte, etwas zu erzählen, das immerhin so wichtig war, daß es einen Anruf am Samstagmorgen rechtfertigte. Und schließlich tat Kurt etwas, was er noch nie getan hatte: Er fragte David um Rat.

»Wie wär's, wenn ich rüberkomme?«

»Das wäre schön«, antwortete Kurt, der zweifellos dachte, daß David ihn nur auf den Arm nehmen wollte. »Aber es ist eine verdammt lange Reise nur fürs Wochenende.«

»Es wäre ja nicht übers Wochenende. Ich hab' ab Montag ein paar Wochen Urlaub.«

»Na großartig! Aber hast du keine Pläne mit deiner besseren Hälfte?«

»Die hatte ich, bevor ich versucht habe, sie wirklich in ein Flugzeug zu setzen. Sie hat mich mal wieder hängenlassen. Erst konnt' ich's einfach nicht glauben. Sie hat mir doch wirklich vorgeschlagen, ich soll allein fliegen. Verdammt romantisch, was?«

»Klingt, als hätte man dich eben von deiner Trauminsel verjagt«, bemerkte Kurt trocken.

David betrachtete die Kleidungsstücke, die auf dem Boden verstreut lagen, und atmete tief durch. Er konnte keinen klaren Gedanken fassen. Die Idee, an die Westküste zu fliegen, um etwas Dampf abzulassen und dabei, quasi als Ausrede, einem alten Freund zu helfen, gefiel ihm durchaus. Aber obwohl er immer noch wütend auf Andrea war, würde seine Abreise aus der Stadt die ganze Sache bei der Rückkehr nur noch schlimmer machen. Außerdem, was ist, wenn er in Los Angeles sitzt und sie plötzlich ihre Meinung ändert?

»Vielleicht sollte ich hierbleiben und versuchen, die Sache wieder ins reine zu bringen«, sagte er und versuchte, auf elegante Art sein Angebot zurückzuziehen.

»Immer mit der Ruhe, Kumpel!« erwiderte Kurt. »So wie ich es sehe, hast du bei der Sache überhaupt keine Wahl.«

»Keine Wahl?«

»Überhaupt keine.«

»Warum nicht?«

»Aus folgenden drei Gründen: Erstens, du hast einige Wochen unverplanter Zeit praktisch auf dem Präsentierteller vor dir. Zweitens, die Schwalben verlassen Capistrano.«

»Und der dritte Grund?«

»Ich brauche dich.«

»Kurt, so kenn' ich dich ja gar nicht«, entgegnete David und versuchte, seine Befangenheit mit einem Witz zu überspielen.

»Ironie verzögert das Unvermeidliche nur.«

»Was zum Teufel soll ich eigentlich in Kalifornien tun, was ich nicht an irgendeinem anderen Ort auch tun kann?«

»Dich besaufen, Trottel«, antwortete Kurt, bei dem der Thekenmacho die Ernsthaftigkeit für einen Augenblick verdrängte. »Surfen. Braun werden. Oder zu-

mindest dunkler, als du ohnedies schon bist. Zur Abwechslung mal wieder anständiges mexikanisches Essen mampfen.«
Einige Sekunden unterdrücktes Gelächter.
»David, hör mir zu! Trotz der amüsanten Beilagen geht es hier um eine ernste Sache von öffentlicher Bedeutung und persönlichem Vertrauen.« Kurts Stimme klang eindringlich, wie es David nicht für möglich gehalten hätte. »Betrachte es als ein längst überfälliges Wiedersehen von zwei Freunden, die sich gegenseitig mehr als nur schöne Erinnerungen zu bieten haben. Komm her und hör mich an! Mehr verlange ich nicht. Wenn du dann immer noch nicht interessiert bist, setze ich dich ins nächste Flugzeug zurück nach New York. Egal, wie du dich entscheidest, für dich ist es ein Urlaub vom Ameisenhügel, den du schon lange brauchst. Kein Haken, keine Verpflichtungen, bei Nichtgefallen Geld zurück!«
David war sprachlos.
»Stellen Sie sich vor, Mr. Loya, zwei großartige Wochen sonniges Südkalifornien im luxuriösen Randall Inn!« Kurt spielte nun wieder den witzigen Quizmaster, aber einen Augenblick zuvor war er noch todernst, fast verzweifelt gewesen. »Also, was ist, Mr. Loya? Wollen Sie behalten, was Sie haben – und bei Gott, viel ist es ja nicht –, oder wollen Sie alles riskieren für das, was Sie hinter der Tür Nummer eins erwartet, dort, wo die wunderbare Carol Merrill nun steht?«
Es war immer noch da, knapp unterhalb der lockeren Sprüche. David geriet nun wieder in Randalls Bann, wie damals in den alten Tagen, als sie gemeinsam in

Cambridge auf Mädchenjagd gingen und schließlich doch nur sämtliche Bars in der Stadt unsicher machten. Es war, als hätte es die Jahre seit der Abschlußprüfung nie gegeben, als wären sie beide nie getrennte Wege gegangen: David zunächst als Anwalt in einem Rechtshilfebüro und dann bei Metcalf & Stuart; Kurt auf Reisen durch Europa und Asien und schließlich, nach seiner unerwarteten Rückkehr nach Kalifornien, als Organisator des Wahlkampfs seines Vaters für die Wiederwahl als Senator. Dann hatte sich David allmählich immer weiter von seinem Freund entfernt. Er begann zu akzeptieren, daß ihre Nähe und Vertrautheit nichts Unveränderliches war, wie es früher den Anschein gehabt hatte, sondern daß der enge Kontakt ihrer gemeinsamen Vergangenheit entsprang, das Produkt einer bestimmten Zeit und eines bestimmten Ortes gewesen war, von den Wechselfällen der Alltagswirklichkeit so weit entfernt wie das Studentenleben selbst.
Auf den vornehmen Straßen von Cambridge hatten die beiden wirklich ein bemerkenswertes Paar abgegeben: David, der dunkelhäutige Newcomer, der sich zwischen den imposanten Ziegelbauten und auf den baumgesäumten Alleen zunehmend anerkannt und auch wohl fühlte, und Kurt, blond und von Natur aus locker und unbefangen, der Sohn eines liberalen Politikers, der beständig versuchte, seine so typisch weißamerikanische Herkunft herunterzuspielen. Es gab keine Situation, die Kurt nicht meistern, keinen Menschen, den er nicht für sich einnehmen konnte. David entdeckte dabei fast etwas Edles an dem Verlangen nach Zuneigung bei einem Menschen, der so offen-

sichtlich unabhängig und in sich selbst ruhend war. Gleich von Anfang an hatte Kurt alles getan, um sich David zum Freund zu machen, er hatte ihn in die exklusive Welt des Harvard Lampoon und des Porcellian eingeführt, hatte ihm die Tricks und Kniffe gezeigt und ihm sogar die sorgfältig kultivierte Schlampigkeit des standesgemäß studentischen Aufzugs beigebracht. David war eine exotische Neuheit, ein gebildeter Wilder aus dem Dschungel des *barrio*. Kurt dagegen war Davids bürgerlicher Don Juan, der ihm die fremden, aber faszinierenden Rituale des Yankee-Wegs des Wissens beibrachte. Bald lernte auch David die Vorzüge seines eigenen ruhigen Charmes und seines dunkelhäutig guten Aussehens genug schätzen, um zu erkennen, daß Kurts Motive nicht vollkommen uneigennützig waren. Es war eigentlich nur logisch, daß Kurt, der in diese Welt hineingeboren war und versuchte auszubrechen, und David, der von außerhalb kam und hineinwollte, Verbündete wurden. Kurt verlieh David Glaubwürdigkeit, David verlieh Kurt Menschlichkeit. Es wurde zu einem geflügelten Wort zwischen den beiden – die Frage, wer mehr von der Gesellschaft des anderen profitierte. Und auch nun wußte David noch immer nicht, wer den besseren Handel abgeschlossen hatte.

»Carol Merrill wartet«, sagte Kurt.

2. Kapitel

Bis zu seinem ersten Heimflug von Harvard hatte David Los Angeles noch nie aus der Luft gesehen. Seitdem war er schon oft auf dem LAX gelandet, aber noch immer gab es für ihn nichts Eigenartigeres als seine Heimatstadt aus der Vogelperspektive. Auch an einem so klaren Tag wie diesem, an dem heiße Santa Anas den Smog aus dem Becken vertrieben hatten, war er entsetzt über das amöbenhafte Fehlen einer klar umrissenen Stadtgrenze. Er sah hinunter auf die sich weit ausdehnenden kleinen Grünzellen und die pulsierenden Arterien, und es fiel ihm wieder einmal auf, wie stark die Stadt doch einem Organismus ohne äußere Begrenzung oder Haut glich.

In letzter Zeit war David der Gedanke gekommen, daß an dem Leben der Los Angelenos wohl etwas ähnlich Amorphes sein mußte. L. A. sprang viel weniger hart mit seinen Bewohnern um als New York, sein Zauber war durchscheinend und indirekt, so subtil und langsam wie das gemächliche Einsickern des Kohlendioxids in die Atmosphäre.

»Ladies und Gentlemen, im Namen des Kapitäns und der Crew möchte ich Sie im Stadtgebiet von Los Angeles recht herzlich begrüßen. Die Wettervorhersage verspricht einen strahlend blauen Himmel und Höchsttemperaturen von 28 Grad…«

Reger Applaus brauste in der Passagierkabine auf. El-Lay. Die große Orange. La Ciudad de La Virgen de los Angeles. Land der Autos und der Einkaufszentren. Land der Hinterhofgrillfeste. Wo sich die Autoabgase ungehindert mit dem Duft frisch geschnittenen Grases mischen.

Die Maschine legte sich in die Kurve, und David erhaschte einen kurzen Blick auf den Strand von Malibu, weiß vor den braunen Hügeln wie ein Streifen blassen Fleisches, der aus einem Bikini herauslugt. David kannte die hochklassigen Annehmlichkeiten des Südteils der Stadt. Seine Kollegen von der Westküste hatte ihn in ihre tiefergelegten Wohnzimmer eingeladen, hatten ihm im Spago, Le Dome und im West Beach Café eingeführt, ihm Simi Reserve, Courvoisier und feinstes Gras aufgenötigt und ihn anschließend zu einem Nacktbad in ihren Jacuzzis animiert. »Du mußt verrückt sein, in New York zu leben«, sagten sie häufig, um sich nicht rechtfertigen zu müssen. L. A. war das Mekka des guten Lebens, das Gelobte Land, und sie wurden nicht müde, ihn daran zu erinnern.

Aber der Unterschied zwischen David und seinen Freunden aus Los Angeles bestand darin, daß er auch noch ein anderes Los Angeles kannte: das nämlich, das er verlassen hatte. In gewisser Hinsicht war es vom Rest der Stadt weiter entfernt als New York von Kalifornien. Seine Eltern lebten in diesem anderen L. A. und auch die wenigen Angehörigen, die nicht über die Vororte verstreut wohnten, die an den Rändern des Orange County wie Pilze aus dem Boden schossen. Ernesto und Susanna Loya wohnten noch immer in demselben Stuckhaus, das sie vor über dreißig Jahren, kurz vor Davids Geburt, gekauft hatten. In diesem Augenblick waren sie vermutlich mittendrin in ihrem samstagnachmittäglichen Ritual. Sein Vater saß sicher im Wohnzimmer, vergraben in den Sportseiten der Zeitung, seine Mutter stand in der Küche vor einem Haufen *chile verde* und lief zwischen Ofen und Fernseher hin und her, um ihre spanische Seifenopfer nicht zu versäumen. Während des Abendessens würde jemand mit Neuigkeiten über eine entfernte Cousine anrufen, und Vater würde Mutter anfauchen, sie solle endlich auflegen und ihm das Essen vorsetzen. Sie würden sich über die Nachbarn unterhalten und das Wetter und darüber, daß es an der Zeit sei, sich von dem alten *gabacho* aus der Hubbard Street das Dach reparieren zu lassen, weil es ihnen sonst auf den Kopf fallen würde wie damals der armen Carlota Mendoza nach dem letzten großen Regen. Man stelle sich vor, Gott steh uns bei! Über all dies redeten sie in einem abgewandelten Spanisch voller Amerikanismen und alter Redewendungen, das David vorkam wie ihr persönlicher Geheimcode. Das unverfälschte Englisch war reserviert für die Arbeit, den Umgang mit Anglos und ihrem Sohn.

Die Familiengeschichte lag zu einem Großteil im dunklen. Die wenigen Einzelheiten, die David aus seiner Mutter herausgebracht hatte, waren wie Teilchen eines unfertigen Puzzles. Seine Großmutter mütterlicherseits arbeitete als Bedienung in Albuquerque, und William Daniels, ein junger Gelegenheitsarbeiter aus dem Londoner Westend, brauchte drei Portionen Nachtisch, bis er zu dem Entschluß kam, daß er ohne

sie nicht leben konnte. Lola Martínez war eine gescheite junge Frau, die es eigentlich hätte besser wissen müssen, als auf einen Mann wie Bill hereinzufallen. Aber offensichtlich war seine Cockney-Version von »Las mañanitas« für sie einfach unwiderstehlich. Bill zog mit Rosa nach El Paso, wo ein Bekannter ihm Arbeit als Barkeeper in einem Saloon vermittelte, und wo sie auch lange genug blieben, um zuerst Rosa und dann Susanna, Davids Mutter, zu bekommen. Der wilde Bill, wie er sich gern nennen ließ, hatte in Lola seinen Meister gefunden. Ihr grimmiger indianischer Stolz konnte sich mit dem Temperament jedes Mannes messen, und Bill merkte bald, daß es besser war, die ganze Nacht wegzubleiben, als sich betrunken dem Zorn einer Frau zu stellen, deren Vater im Kampf an der Seite von Pancho Villa gefallen war.
Die Mädchen lagen noch in den Windeln, als Bill und Lola ihre Zelte abbrachen und nach Los Angeles zogen. Dem Gerücht, Bill sei auf der Flucht vor der Polizei von El Paso, stand bald die Geschichte entgegen, die beiden seien nach Westen gezogen, weil Lola hoffte, Errol Flynn zu treffen, doch auch die wurde widerlegt von einer dritten Version, nach der der wilde Bill und seine Freunde eines Nachts so betrunken gewesen seien, daß sie das Haus anzündeten. Ganz gleich, was wirklich stimmte, die junge Familie ließ sich auf jeden Fall in einem Holzbungalow in der Nähe des Bahngeländes nieder, wo Bill Arbeit als Hilfsweichensteller fand. Doch als Susanna und Rosa ins Schulalter kamen, hatte sich Bill schon längst mit der Union Pacific aus dem Staub gemacht. David wunderte sich rückblickend weniger darüber, daß der

wilde Bill verschwunden war, sondern daß er es überhaupt so lange ausgehalten hatte. In den Dreißigern mußte Los Angeles für einen Mann, der in der Grand Ole Opry in Nashville gespielt hatte, eine ziemlich unbedeutende Stadt gewesen sein. Als Junge hatte sich David oft vorgestellt, wie Bill mit einer Flasche Bourbon in der Hand an einem Güterwagen hing und mit vom Wind zerzausten Schnurrbart und rosigen Wangen »Las mañanitas« lallte. Damals hatte er sich geschworen, es ihm eines Tages gleichzutun.

Nach Bills Verschwinden war es Lolas einzige Sorge, ihren Töchtern eine anständige Zukunft zu ermöglichen. Sie behielt den Namen ihres Gatten und ging nur mit wohlhabenden Männern aus. Potentielle Verehrer wurden eingehend nach ihren finanziellen Verhältnissen befragt. Doch einige von ihnen ließen sich davon nicht abschrecken, sie waren im Gegenteil von der Mischung aus körperlicher Schönheit und finanziellem Pragmatismus fasziniert. Lola heiratete schließlich keinen ihrer Geliebten. Statt dessen lieh sie sich genug Geld von ihnen, um eine eigene Schneiderei eröffnen zu können. Wie sie selbst waren auch ihre Schnittmuster so attraktiv wie praktisch. Das Geschäft blühte, und bald konnte sie sich ein eigenes Haus kaufen und die Kinder auf die Konfessionsschule schicken. Nachdem sie Rosa und Susanna glücklich verheiratet hatte, verkaufte sie das Geschäft und zog sich in ihr Haus in Echo Park zurück. In ihren späteren Jahren wurde sie zu einer Eigenbrötlerin, die in der ganzen Nachbarschaft wegen ihres lauten Zähneknirschens und ihrer fast schon unnatürlichen Vorliebe für Wiederholungen der »Beverly Hillbillies« bekannt war.

David mußte sich immer wieder wundern, wenn er überlegte, daß Lolas Vater möglicherweise in jener Rebellenarmee gekämpft hatte, die seine Großeltern väterlicherseits von ihrer Hacienda in der sonnenverbrannten Ebene von Sonora vertrieben hatte. Bei den seltenen Begegnungen der beiden Familienzweige hatte er immer eine sorgsam beachtete Förmlichkeit bemerkt, mit der sie sich behandelten. Sogar an Festtagen gab es einen Abgrund des Schweigens, der die Loyas und die Martínez-Daniels trennte, einer stillschweigenden Waffenstillstandsvereinbarung zwischen zwei verfeindeten Heerlagern ähnlich, die gezwungen waren, ein gemeinsames Territorium zu benutzen.
Nachdem sie dem mexikanischen Bürgerkrieg nur mit knapper Not entkommen waren, mußten Juan und Maria Loya feststellen, daß die Besitzurkunde für den Hof der Familie, den Doña Maria bei der Flucht aus dem Chaos in ihren Rock eingenäht hatte, von der neuen mexikanischen Regierung nicht anerkannt wurde. Ohne einen Pfennig Geld und körperlich am Ende, zogen sie nordwärts nach Kalifornien. Der Patriarch konnte den Schock über den Verlust des Vaterlandes und seines Vermögens an die Revolution nie überwinden. Trotz der finanziellen Zwangslage weigerte er sich, eine »gewöhnliche Arbeit« anzunehmen, und verbrachte den Rest seines Lebens, sich selbst strafend, in Bars und Bordellen. Statt einer blühenden Ranch erbte sein in Amerika geborener Sohn Ernesto nur die Erinnerung an einen unwiderruflichen Verlust. Wie für so viele andere Mexikaner seiner Generation war *Chicano* für Juan ein schmutziges Wort, das

man nur für Streuner, Landarbeiter und anderes Gesindel verwendete. Lediglich Maria Loya überstand das Martyrium einigermaßen unbeschadet. Sie flüchtete sich in die Religion und das trauliche Paradies ihres Gartens in El Monte und schöpfte so die Kraft, ihr unglückliches Leben zu akzeptieren. Da es nun allein ihre Aufgabe war, für ihren Mann und den Sohn zu sorgen, arbeitete sie als Verkäuferin bei Sears und an den Wochenenden als Babysitter. Bei Ausbruch des Krieges ging Ernesto zur Marine, unterstützte aber weiterhin seine Eltern. Einmal pro Monat erhielt Maria einen Brief aus Okinawa oder von der Insel Wake und darin eine Geldanweisung über die Hälfte seines Solds.

Nach dem Krieg kehrte Ernesto nach Los Angeles zurück. An dem Abend, als Susanna ihn bei der USO-Gala im Palladium kennenlernte, war er ihr in seiner Uniform und mit seinem bleistiftdünnen Schnurrbart vorgekommen wie Clark Gable. Und sie war für ihn das Ebenbild von Rita Hayworth. Sie tanzten unter einer sich drehenden Glitzerkugel zur Musik des Tommy-Dorsey-Orchesters, und Susanna hatte das Gefühl, von der Geschichte selbst in den Arm genommen zu werden. Ernesto machte ihr respektvoll, behutsam und beharrlich den Hof, er tat alles, was in seiner Macht stand, um sich bei der launischen Lola beliebt zu machen. Susanna war fasziniert von seiner aristokratischen Herkunft und seiner Anständigkeit, zwei Eigenschaften, von denen sie immer geglaubt hatte, daß sie sich gegenseitig ausschlössen. Als sie schließlich von den Schecks erfuhr, die er seiner Mutter nach Hause schickte, entschloß sie sich, ihn zu heiraten. So weiß ich wenigstens, daß er mich nie verlassen wird, sagte sie sich. Verglichen mit anderen im Viertel war die Feier nur klein und unbedeutend, die einzige Flitterwoche verbrachten sie in Santa Barbara. Bei der Marine war Ernesto zu einem hervorragenden Schweißer geworden, und so fand er bald nach seiner Entlassung eine feste Anstellung bei einer Baufirma. Ein Jahr später kaufte er mit Hilfe eines Kredits der Armee für neuntausend Dollar ein Haus in East L. A. Obwohl Ernesto sich nie darüber beklagte, daß die mexikanische Revolution und die Zügellosigkeit seines Vaters ihn um sein Erbe gebracht hatten, gärte der Unmut darüber die ganze Zeit in ihm wie eine unheilbare Krankheit, die ihn von innen her zerstörte. Als David geboren wurde, erkannten Ernesto und Susanna, daß sie nun noch einmal die Chance hatten, eine neue Zukunft aufzubauen, und sie schworen sich, dem Sohn alle nur möglichen Vorteile und Möglichkeiten zu verschaffen, die sie nie gehabt hatten.

Fast alles, was David über seine Herkunft wußte, hatte er von Susanna oder von »Mami«, wie er seine Großmutter Maria nannte, erfahren. Die Schilderungen des Lebens in Mexiko klangen zu phantastisch, um wirklich zu sein, so als stammten die beschriebenen Personen und Ereignisse nicht aus einem anderen Land, sondern von einem anderen Planeten. Die Weigerung seines Vaters, über die Vergangenheit zu reden, machte ihm wenig aus, bis ihn schließlich auf der High-School jemand fragte, aus welchem Teil Mexikos seine Familie denn nun genau komme. Erst in diesem Augenblick erkannte David, daß er das gar nicht wußte.

Obwohl ihn sein Beruf häufig nach Los Angeles führte, hatte David seine Eltern in den vergangenen sechs Jahren nur zweimal gesehen. Es war immer das gleiche: Während ihn seine Mutter aufgeregt nach seinem Leben in New York, seiner Arbeit und seinem letzten Urlaub in der Karibik ausfragte, hörte sein Vater mit schweigender Mißbilligung zu. »Also, was machst du denn da draußen außer Geld ausgeben?« war Ernesto einmal herausgeplatzt, worauf Susanna geantwortet hatte: »Wärst du glücklicher, wenn er zu Hause geblieben und ein Schweißer geworden wäre wie du?« Aber die Worte seiner Mutter konnten den Schaden nicht wiedergutmachen. David wußte, daß er, so stolz seine Eltern auch auf ihn waren, aus einer solchen Entfernung seine Schuld als Sohn nie zurückzahlen konnte, und daß er, indem er ihre in ihn gesetzten Hoffnungen erfüllte, sie gleichzeitig verriet.

Das Flugzeug setzte zur Landung an.

David hörte eine Frau fragen: »Warum sind denn keine Leute in den Swimmingpools?«

Kurt wartete am Ausgang auf ihn, die Nase in einer Ausgabe des »Congressional´ Quartely« vergraben. Obwohl David seinen alten Freund schon länger nicht mehr gesehen hatte, erkannte er ihn sofort an seiner athletisch lässigen Haltung, der Designer-Sportjacke, den verwaschenen Jeans und den Cowboystiefeln.

»Hervorragende Tarnung, Genosse«, alberte Kurt hinter den Seiten hervor, »die Amerikanskis werden keinen Verdacht schöpfen.« Er ließ den dicken Band sinken und zeigte sein vertrautes Randall-Grinsen.

»Shade!« sagte er und verwendete zur Begrüßung den alten Spitznamen.
»Flash!« erwiderte David. »Wie geht's?«
Die beiden Männer gaben sich die Hand, versuchten etwas ungeschickt einander zu umarmen und faßten sich schließlich an den Ellbogen.
»Laß dich ansehen!« sagte David und übertrieb mit Absicht. »O Mann, bist du gewachsen!«
»Du wirst überrascht sein«, sagte Kurt und nahm Davids Tasche. »Wir haben eine Menge nachzuholen.«
Sie gingen durch einige automatische Glastüren, und dann schlug David plötzlich die trockene Hitze ins Gesicht. Er konnte die Wüste beinahe riechen. »Ich hätte meine Safarishorts mitbringen sollen.«
»Ich kann dir welche leihen. Die gehören hier zur Standardausrüstung.« Kurt führte ihn zu einem schwarz glänzenden BMW und öffnete die Tür.
»Gehört der auch zur Standardausrüstung?«
»Aber klar doch«, entgegnete Kurt und schlug auf die Motorhaube. »Gefällt er dir?«
»Der alte hat mir besser gefallen.«
»Wir müssen alle irgendwann erwachsen werden, Kumpel.«
»Wirklich?«
Kurt setzte sich hinter das Steuer.
»Tut mir leid«, sagte David, nachdem er die Tür geschlossen hatte. »Ich hab's nicht so gemeint.«
»Nein, du hast schon recht. Mir hat der alte auch besser gefallen, doch am Schluß war er fast nur noch in der Werkstatt. Aber eins kann ich dir sagen. Als es dann schließlich soweit war, konnt' ich ihn einfach nicht verkaufen. Schon bei dem Gedanken, daß irgend

so ein schmieriger Affe ihn betascht und an ihm rummacht, wurde mir schlecht.«
»Was hast du dann getan? Ihn begraben?«
»So ähnlich. Ich hab' ihn angezündet, auf einem freien Platz an der Van Nuys, so 'ne Art Krematorium für Autos. Da saß ich dann mit 'ner Flasche Jack Daniels und sah zu, wie er brannte, und dachte an die wilde Zeit, die wir in diesem Krautmobil hatten. Haben einige Kilometer miteinander heruntergerissen. Und dann, kurz bevor die Reifen schmolzen, gab es eine kleine Explosion, und ich hätte schwören können, daß seine kleine Autoseele plötzlich durchs Schiebedach als eine winzige weiße Wolke in die Luft stieg und davonschwebte zu dem großen Parkplatz im Himmel.«
»Weißt du was, Kurt, ich habe eben gemerkt, daß sich eins nie ändern wird, egal, was passiert.«
»Und was?« fragte Kurt, während er den Motor anließ.
»Du hast immer nur Scheiße im Kopf.«
Kurt versuchte, verletzt auszusehen, fing aber dann zu lachen an. Sie lachten beide. Die Spannung wich.
Kurt legte den Gang ein, gab Gas und beugte sich gleichzeitig vor, um eine CD in die Stereoanlage einzulegen. Zwanzig Minuten später fuhren sie bereits durch die niederen Hügel von West Los Angeles. David wunderte sich wohl zum hundertstenmal über die Art, wie sein Freund mit einem Auto umgehen konnte. Für Kurt Randall war Autofahren wesentlich mehr als nur die Möglichkeit, schnell von Punkt A nach Punkt B zu kommen; es hatte vielmehr mit Mut und Geschicklichkeit zu tun, war sozusagen ein Lackmustest für den Charakter. Diese Haltung führte gelegentlich

zu einer gewissen Gleichgültigkeit gegenüber roten Ampeln und durchgehenden Linien, von Parkvorschriften ganz zu schweigen.

»Erzählst du's mir jetzt, oder willst du mich für den Rest meines Lebens auf die Folter spannen?« Davids Frage klang am Ende eher wie eine Feststellung.

»Du meinst, warum wir immer soviel Spaß haben?« Das Grinsen.

»Du weißt genau, was ich meine. Die Sache, in der du meinen Rat brauchst.«

»Alles zu seiner Zeit, mein Freund. Entspann dich! Du bist doch gerade erst angekommen, vergiß das nicht!«

»Okay. Wann also?«

»Nach dem Abendessen bei meinen Eltern.«

»Was haben deine Eltern damit zu tun?«

Kurt schaute geradeaus auf die Straße, aber sein Grinsen war verschwunden. »Hör endlich auf, so verdammt argwöhnisch zu sein«, sagte er.

Die Randalls wohnten auf einem sanft ansteigenden grünen Hügel, und ihr Anwesen war im Gegensatz zu allen anderen nicht von einer Zweimeterhecke begrenzt. Das Haus selbst war flach und weitläufig; durch die Panoramascheiben sah man hinunter auf den etwas weniger wohlhabenden Teil von Beverly Hills. Kurt nannte es abfällig ein »teures Reihenhaus«, was, wie David vermutete, in gewisser Weise sogar stimmte, aber er konnte sich noch immer kaum vorstellen, wie es war, in einer solchen Umgebung aufzuwachsen. Während sie den Kiesweg zur Haustür entlanggingen, bemerkte David einen braunhäutigen

Gärtner, der sich über die Blumenbeete beugte. David lächelte, und der Mann nickte ihm mit unbewegtem Gesicht zu. Kurt stieß die unverschlossene Tür auf, führte David in die geflieste Eingangshalle und rief: »Wo ist die Musik? Wo sind die Tanzmädchen? Der verlorene Sohn ist zurückgekehrt.« David hörte eine Stimme aus der Küche, und einen Augenblick später erschien Ann Randall; ein nachsichtiges Lächeln spielte um ihren Mund. Sie war eine kleine, drahtige Frau mit immer noch perfekten Zähnen und makelloser Haltung. David sah zu, wie sie sich auf die Spitzen ihrer hochhackigen Schuhe stellte, um ihrem Sohn einen Kuß auf die Wange zu drücken.

»Du erinnerst dich doch an David, Mutter«, sagte Kurt und wandte sich seinem Gast zu.

»Aber natürlich.« Sie streckte ihre zierliche Hand aus. »Schön, Sie wiederzusehen!«

»Mutter, David wird mit uns zu Abend essen.«

»Oh? Ein bißchen früher hättest du das aber schon sagen können, mein Lieber.«

»Es war ein spontaner Einfall.«

»Na, macht ja nichts. Teller haben wir ja wirklich genug in diesem großen, alten Haus.« Sie lachte über ihren eigenen Witz. »Also, Essen um sieben. Ich hoffe, Sie mögen Lamm, David. Ihr Jungs fühlt euch inzwischen wie zu Hause.«

»Mutter, das *ist* mein Zuhause«, erwiderte Kurt trokken.

»Ach du!« Sie tat so, als wolle sie Kurt mit ihrer winzigen Faust schlagen. »Dein Vater wird bald zurück sein. Aber jetzt müßt ihr mich entschuldigen, ich habe noch einiges zu tun.« Während ihre Schritte durch den

Korridor hallten, ordnete sie an: *»Lourdes, otro plato para la mesa, por favor.«*
»Achte nicht auf sie«, sagte Kurt, sobald sie außer Hörweite war. »Sie übt die First Lady.«
»Möchte dein Dad Präsident werden?« fragte David, als sie schließlich in Kurts altem Zimmer saßen.
»Machst du Witze?« Kurt holte zwei Bier aus der Minibar, gab eins David und trank einen Schluck, bevor er weiterredete. »Jeder Politiker möchte gern Präsident sein. Es erinnert mich an den alten Onanierwitz: Jeder, der sagt, er tut's nicht, lügt oder ist dumm. Im Augenblick hat er alle Hände voll zu tun, um wieder in den Senat gewählt zu werden.«
David lächelte über den unbeabsichtigten Witz. »Kann er denn verlieren?«
»Er hat schon zwei Amtszeiten hinter sich und liegt in den Umfragen ungefähr fünfzehn Prozent vorn.« Kurt verschränkte die Arme und spitzte die Lippen. »Aber wir können es uns nicht leisten nachzulassen. Zu große Selbstsicherheit ist unser größter Feind.«
Langsam verstand David, was Kurt mit dem Erwachsenwerden gemeint hatte. Sein Politslang, sein Pragmatismus und seine Stellung zur Karriere seines Vaters waren brandneu. An der Universität hatte sich Kurts Interesse für Politik fast ausschließlich auf Antiapartheid-Demonstrationen und respektlose Kommentare zu den Abendnachrichten beschränkt. Er war einmal sogar so weit gegangen zu behaupten, alle Politiker, sein Vater eingeschlossen, seien Betrüger, die der Öffentlichkeit nur erzählten, was die hören wolle. Und jetzt sprach er über politische Taktik. David war froh, daß Kurt endlich etwas gefunden hatte, für das er

sich engagieren konnte, aber der Gedanke, daß er sich dem System angepaßt hatte, war etwas demprimierend. Das Ende von etwas Unersetzlichem schien sich abzuzeichnen. David fragte sich, ob man sich so fühlte, wenn man erwachsen wurde.

Er sah sich im Zimmer um und betrachtete die teure Stereoanlage, die Surfer-Posters und das Neonreklameschild für Miller-Bier. Sein Blick blieb auf einem Schwarzweißfoto hängen, das Kurt und seinen Vater hinter einer Bar zeigte. »Wann war denn das?« fragte David und deutete mit dem Kopf auf das Bild.

»Ich weiß nicht mehr genau. Irgendeine Wohltätigkeitsveranstaltung. Es war das erstemal, daß ich einen Smoking trug. Ich glaub', ich war damals gerade fünfzehn.«

»Das hab' ich noch nie gesehen.«

Kurt zögerte einen Augenblick, bevor er antwortete. »Vielleicht, weil ich es erst vor kurzem aufgehängt habe.«

Ein dunkelhaariges Mädchen erschien in der Tür und verkündete schüchtern, daß es Zeit zum Essen sei. Als sie das Speisezimmer betraten, saßen die Randalls bereits. Der Senator stand auf, um sie zu begrüßen, und David bemerkte, wieviel kleiner er war, als er im Fernsehen wirkte. Er war etwas dunkler als sein Sohn, von kräftiger, fester Statur, mit einer große, unschuldigen Stirn und flehenden braunen Augen, die eigentlich gar nicht zu seiner selbstsicheren Ausstrahlung paßten.

»Schön, Sie zu sehen, David«, sagte der Senator, als sie sich setzten. »Kurt hat mir erzählt, daß Sie in einer Anwaltskanzlei in New York arbeiten. Metcalf und Partner, nicht?«

»Das stimmt, Sir.«
»Hervorragend. Ein sehr renommierter Laden. Ihre Eltern müssen sehr stolz auf Sie sein.«
»Ja, das sind sie.«
Der Senator trank einen Schluck Wein. »Haben Sie je daran gedacht, nach Hause zurückzukehren? Die Stadt verändert sich, sie wird reifer. Wir brauchen mehr brillante junge Männer wie Sie in Los Angeles.«
»Wie mich, Sir?«
Kurt wechselte einen kurzen Blick mit seinem Vater, dann wandte der Senator sich wieder an David: »Sie wissen doch, daß ich mich dieses Jahr der Wiederwahl stelle?«
»Ich versuche, auch weiterhin über die Ereignisse in meiner Heimat auf dem laufenden zu bleiben.«
Ein schwaches Lächeln kräuselte die Lippen des Senators. »Wie Sie vielleicht wissen, kämpfe ich in der Gesetzgebung für mehr Rechte für unsere neuen Einwanderer. Die meisten sind natürlich Hispanier, aber bei weitem nicht alle. Sie brauchen nur nach Monterey Park zu gehen, um zu sehen, was unsere Freunde aus Japan und Korea schon alles erreicht haben. Es ist eine emotionale Angelegenheit.« Der Senator hielt einen Augenblick inne. »Ihre Eltern stammen aus Mexiko, wenn ich mich recht erinnere?«
»Meine Eltern wurden hier geboren. Meine Großeltern kamen aus Mexiko, zumindest drei von ihnen.«
»Ach ja.«
Der Senator betrachtete einen Augenblick lang den Rand seines Weinglases, und David kam der absurde Gedanke, daß er ihn gleich um seine Stimme bitten

würde. Er hielt sich offensichtlich noch etwas zurück, vielleicht versuchte er, die richtigen Worte zu finden. Warum mußten nur alle Politiker immer wie eine Katze um den heißen Brei herumreden?
»Lassen Sie mich gleich zur Sache kommen, David«, sagte der Senator, als hätte er Davids Gedanken gelesen. »Das Hauptargument meiner politischen Gegner, und ob Sie es glauben oder nicht, es gibt wirklich Leute in diesem Staat, die mich verlieren sehen möchten…« Der Senator hielt wieder inne und wartete. Auf die Lacher des Publikums? Oder auf den rituellen Applaussturm? Er hatte offensichtlich vor, alle Register zu ziehen. David spürte förmlich, daß er sich innerlich anspannte wie ein Sportler kurz vor dem entscheidenden Sprung.
»…Sie argumentieren, daß die Flut der mexikanischen Einwanderer, eigentlich aller Einwanderer, eine Bedrohung für unsere Gesellschaft darstellt, und daß die meisten von ihnen im *barrio* oder im Gefängnis landen. Dieses Argument ist nicht nur unmoralisch und vollkommen unamerikanisch, sondern zufällig auch ganz offensichtlich falsch. Und der beste Beweis dafür sind junge Leute wie Sie – Hispanier mit Universitätsbildung, *Chicanos*, oder wie Sie sie nennen mögen, die etwas aus sich gemacht haben und die eine Zierde für unsere Gesellschaft sind.«
David wußte, was der Senator meinte, und er stimmte ihm sogar zu, aber etwas in ihm rebellierte gegen die Vorstellung, so einfach in eine soziologische Schublade gesteckt zu werden. Irgend etwas stimmte daran nicht.
Kurt brach das Schweigen. »Ich glaube, Dad will einfach sagen, daß auch er stolz auf dich ist.«

»Und daß er sich wünscht, alle Mexikaner wären so wie ich.«
Die Ohren des Senators hatten eine rötliche Färbung angenommen. Kurt hielt den Blick auf seinen Teller gerichtet, aber Ann Randall sah sich in unverhüllter Erregung am Tisch um. David sah ihr Gesicht zucken wie ein nervöses kleines Tier, und er fragte sich, ob sie vielleicht ein politischer Voyeur sei und ein hitziger Streit sie errege. Vielleicht hatte sie deshalb einen Politiker geheiratet.
»Sehen Sie, Senator Randall«, sagte David und bemühte sich um einen versöhnlichen Ton, »ich will nicht unverschämt oder undankbar sein, aber Leute wie ich wurden schon vor langer Zeit zu einem Teil des Systems. Klar, wir sind ehrbar, das schon, aber nur, weil wir uns assimiliert haben. Einige von uns sind sogar Republikaner.«
»David«, stammelte der Senator. »Ich wollte mit keiner Silbe andeuten...«
»Sir, bitte lassen Sie mich ausreden!« David merkte, daß er das folgende seit Jahren sagen wollte, aber nie den Mut dazu gehabt hatte. »Der Punkt ist doch, daß wir den Glauben an eine gute Ausbildung, eine Karriere und ans Sparen für das Alter bereits verinnerlicht haben. Wir haben das neueste Auto in der Garage und die Anzahlung für den Amerikanischen Traum auf der Bank. Glauben Sie wirklich, daß ein Stipendium für eine Ivy-League-Universität für Leute wie mich die richtige Antwort auf die Diskriminierung ist? Tatsache ist doch, daß Leute wie ich immer zurechtkommen, ob nun mit oder ohne Unterstützung. Wir sind nicht das Problem. Das Problem gärt in den Slums von

Mexico City und East L. A. Sorgen machen sollten Sie sich über die hungrigen illegalen Einwanderer, die nicht einmal Englisch können. Die Armen, die Hoffnungslosen, diejenigen, die sich zu Banden zusammenrotten und alte Damen ausrauben, weil sie spüren, daß das System, der Status quo, ihr eigentlicher Feind ist. Die sind es, die Ihre Hilfe am nötigsten brauchen und am wenigsten erhalten, die meisten wohl überhaupt nicht.«

»Einen Augenblick, mein Sohn, immer mit der Ruhe!« Der Senator versuchte, wieder Oberhand zu bekommen. Er beugte sich vor und gestikulierte mit seiner Gabel. »Ohne unsere Unterstützung wären Sie nie nach Harvard gekommen, oder? Wie können Sie hier sitzen und mir erzählen, daß die Ausbildung an einer erstklassigen Hochschule ihr Leben nicht zum Besseren verändert hat?«

Kurt und seine Mutter waren inzwischen zu reinen Zuschauern degradiert worden.

»Natürlich hat Harvard eine Rolle gespielt«, erwiderte David, dem die Diskussion plötzlich lästig wurde. »Aber ich bin mir über den Vorteil nicht sicher. Wenn ich zum Beispiel auf die California State gegangen wäre, würde ich wahrscheinlich noch immer in Los Angeles wohnen und mit Sicherheit weniger Geld verdienen. Und sehr wahrscheinlich wäre ich auch nie an diesen Tisch eingeladen worden. Aber macht mich das schon zu einem besseren Menschen? Es gibt Leute, die das leugnen.«

Ann Randall war die erste, die wieder sprach. »Noch jemand Lamm?«

Mit voll aufgedrehtem CD-Spieler, der eine Unterhaltung unmöglich machte, fuhren sie zu Kurts Wohnung. Während die elektronischen Rhythmen seinen Sitz zum Vibrieren brachten, betrachtete David durch die Windschutzscheibe den Strom entgegenkommender Autos. Verschwommene Gesichter tauchten kurz aus der ständigen Bewegung auf. Das war nicht mehr die Stadt, in der er aufgewachsen war. Etwas Fremdes lag in der Luft, unter der entspannten Oberfläche war der Sog der Berechnung zu spüren. Auch Kurt schien verändert. Noch vor gar nicht langer Zeit war ihre Freundschaft unverkrampft, ja selbstverständlich gewesen. Nun schien jeder zweite Satz voller Anspielungen zu stecken. Oder bildete er sich das alles nur ein, war er das Opfer einer sich selbst erfüllenden Voraussage? Vielleicht hatten sich Kurt und L. A. gar nicht verändert. Vielleicht war er selbst derjenige.

»Das war ja 'ne hübsche Vorstellung beim Abendessen«, sagte Kurt.

»Tut mir leid. Wirklich. Ich hoffe nur, ich habe deinen Vater nicht zu sehr brüskiert.«

Sie standen auf der Veranda von Kurts Eigentumswohnung am Strand. Meer und Himmel waren zu einer dunkelvioletten Ebene verschmolzen, die von einer durchbrochenen Kette von Lichtern am Horizont unterteilt wurde. Auf das Krachen der Brandung antwortete ab und zu das Zischen von Autos auf dem Pacific Coast Highway.

»Ich glaube nicht. Das stimuliert ihn nur. Er fährt auf so was ab. Ich hoffe nur, du merkst, daß er es gut meint. Er versucht nämlich wirklich zu helfen.«

»Klar.« David wurde nun langsam ungeduldig. »Hör

mal, Kurt, ich will ja nicht unverschämt sein, aber ich bin nicht hierhergekommen, um mit deinem Vater über Politik zu reden.«

»Nein, wohl kaum.« Kurt hatte zwei kalte Coronas auf das Geländer gestellt. Er öffnete eine Bierdose und bot sie David an. Der schüttelte den Kopf, und Kurt nahm achselzuckend selbst einen Schluck. »Vor ungefähr einem Monat machte sich eins der Dienstmädchen meiner Eltern, Josefina hieß sie, aus dem Staub. Sie wartete nicht einmal auf ihren letzten Scheck, verschwand einfach ohne ein Wort. Um ehrlich zu sein, so was passiert dauernd, aber niemand hat sich deswegen den Kopf zerbrochen.« Kurt fröstelte. »Wird langsam frisch hier draußen. Laß uns hineingehen.«

Er schloß die Glastür und führte David ins Wohnzimmer.

David bemerkte den typisch poststudentischen Einrichtungsstil. »Nette Bude.«

»Danke.« Aber Kurt konzentrierte sich auf seine Geschichte, die er langsam und bedächtig erzählte, als würde er die Handlung eines Films beschreiben.

»Na, auf jeden Fall, vor ein paar Wochen erhält mein Dad einen Anruf von einem Kerl namens Huero, und der sagt, er ist der Anführer einer *pachucho*-Bande aus East L. A., die sich die M-1-Boys nennt. Schon mal von ihnen gehört?«

»Nicht, daß ich wüßte.«

»Er sagt, Josefina, unsere ehemalige Hausangestellte, sei bei ihm und habe einige Unterlagen, Unterlagen, die meinem Vater bei der Wiederwahl schaden könnten, wenn sie in die falschen Hände gelangen. Mein Vater lacht nur und legt wieder auf. Dann geht er in sein Arbeitszimmer und sucht die Papiere, um die es geht. Er öffnet die verschlossene Schublade – und peng, weg sind sie.«

David sah sich selbst in diesem Film, nur in einer anderen Szene. Er saß wieder am Eßtisch, sah Kurts Mutter in ihrem Essen herumstochern und fragte sich, welcher Mensch wohl in dieser nervösen Schale steckte. Sogar das Brokkoli-Soufflé war zu einem perfekten kleinen keilförmigen Stück geformt.

Kurt wartete auf eine Reaktion.

»Was für Papiere waren das?«

»Unsere gesamte Medienstrategie. Wieviel wir zur Verfügung haben, wieviel wir für Funk, Fernsehen und Zeitungen ausgeben wollen. Solche Sachen eben.«

David, der plötzlich Durst bekommen hatte, griff nach einem Bier und trank einen großen Schluck. »Ich versteh' das nicht. Warum nimmt sich dieser Huero deinen Vater vor und nicht den Kandidaten der Republikaner?«

»Offensichtlich hat er so 'ne Art Benito-Juárez-Komplex. Sein Gewäsch war ja ziemlich unzusammenhängend, aber soviel ich verstanden habe, will er, daß Dad noch was in sein Wahlprogramm aufnimmt, das übliche Zeug mit besseren Wohnungen, mehr Schulen, mehr Geld von der Wohlfahrt. Der Kerl spinnt.«

»Warum geht dann dein Vater nicht einfach zur Polizei?

»Unmöglich.« Kurt schüttelte den Kopf im Zeitlupentempo. »Dann können wir es gleich an die ›Times‹ geben. Die Medien würden sich nur so drauf stürzen, und für die andere Seite wäre es ein gefundenes Fressen. Unsere ganze Strategie wäre im Eimer, und wir würden als Trottel dastehen. Die Sache muß so unauffällig wie möglich bereinigt werden. Sonst...« Kurt ließ sich in einen Sessel fallen, ohne den Satz zu beenden.

»Schon kapiert: Mexikanischer Robin Hood macht *barrio* zum Sherwood Forest. Sendetermin elf Uhr.«

»Haha. Sehr witzig.« Kurt starrte auf den Teppich.

»Tut mir leid«, sagte David. »Ich weiß, daß es ernst ist, aber es klingt eben so unwirklich. Wie der Fernsehfilm der Woche.«

Der Boden vibrierte leicht unter dem Brecher einer großen Welle oder vom Gewicht eines schweren Lastwagens. David wünschte sich, er könnte etwas anderes tun, außer lahme Witze zu reißen. Kein Wunder, daß Kurt gereizt war. David stand unwillkürlich auf und ging durchs Zimmer, während er die Tatsachen zusammenfaßte.

»Ich bin zwar kein Experte für Strafrecht«, begann er, »aber wenn das eine Erpressung sein soll, dann habt ihr es mit echten Amateuren zu tun. Hat dein Vater Feinde, abgesehen von seinen Konkurrenten, Leute, die ihm vielleicht schaden oder einen bösen Streich spielen wollen?«

»Mein Vater ist Politiker«, antwortete Kurt wütend. »Da muß ihn doch die Hälfte der Leute in diesem Staat bis aufs Blut hassen.«

»Akzeptiert. Aber wenn einer der Konkurrenten deines Vaters dahintersteckt, warum hat er die Sache nicht einfach an die Presse durchsickern lassen? Und für das Mädchen gilt das gleiche. Hat sie versucht, selbst mit euch Verbindung aufzunehmen?«

»Nee. Dieser Huero meint, sie hat zuviel Angst vor der Einwanderungspolizei. Sie hat ihn gebeten, für sie zu sprechen, sagt er.«

»Erzähl mir mehr über diese Josefina!«

»Jung. Hübsch. Schüchtern.«

»Hat sie je irgendwas Verdächtiges getan? Hast du sie mal beim Stehlen überrascht oder so was?«

»Nein. Aber ich bin ja auch nicht oft zu Hause. Ich weiß nur, daß keiner so was vorausgesehen hat.«

»Ich kann nur nicht verstehen, daß dein Dad so naiv sein konnte, überhaupt eine Illegale einzustellen.«

David fürchtete, Kurt könne gleich wieder wütend werden. Aber der zuckte nur mit den Achseln. »Wir hatten ja keine Ahnung. Das neue Gesetz existierte noch gar nicht, als meine Mutter sie einstellte. Glaub bloß nicht, daß ich mir der Ironie der Sache nicht bewußt bin! Das macht den ganzen Schlamassel ja nur um so peinlicher.«

Zum erstenmal an diesem Tag schien Kurt nun wirklich betroffen. David tat sein Freund leid, doch gleichzeitig fühlte er eine ganz eigenartige freudige Erregung, denn schließlich bat ihn Kurt um seinen juristischen Beistand.

»Ich glaube, es ist nur ein Bluff«, sagte er.

Kurts Laune besserte sich augenblicklich. »Ich auch. Das Problem ist freilich, wie zwinge ich sie dazu, die Karten auf den Tisch zu legen. Wir müssen den Kerlen irgendwie zuvorkommen.«

»Man müßte zunächst einmal diese Josefina finden und sich anhören, was sie zu der Geschichte zu sagen hat.«

»Ausgezeichnet, Watson.«

»Warum setzt du nicht einfach ein paar von den Leuten deines Vater auf sie an?«
Kurt schüttelte wieder den Kopf. »Zu gefährlich. Wir können nicht riskieren, daß daraus ein zweiter Watergate-Skandal wird. Es muß jemand von außen sein, der nicht zuviel Aufmerksamkeit auf sich zieht. Jemand, der absolut vertrauenswürdig ist. Am besten ein *Chicano.*«
Der Boden vibrierte wieder.
»Die Flut kommt«, sagte Kurt beiläufig.
David hätte beinahe laut gelacht. Er war also direkt in die Falle gelaufen, hatte sich selbst hineingeritten. Seine Handflächen waren feucht; von diesem Blickwinkel aus wirkten seine New Yorker Bürointrigen einladend direkt und berechenbar. »Jemand wie mich also«, sagte er.
»Ich hab' ja immer gesagt, du bist der schlaueste *cabrón,* den ich kenne.«
Das war also der Haken. Im Ringen nennt man das einen Umschwung. Der Kämpfer, der unten liegt, wirft den Gegner ab und erhält so einen Vorteil. Er ist zwei Punkte wert. David hatte das klaustrophobische Gefühl des Auf-die-Matte-genagelt-Seins noch nie gemocht, und er mochte es auch jetzt nicht.
»Der dümmste, meinst du wahrscheinlich.«
Nun war es Kurt, der überrascht aufsah.
»Hast du mich deshalb heute abend zu deinen Eltern mitgenommen?« fragte David. »Damit mich dein Vater schon ein bißchen aufheizen konnte?«
»Er weiß überhaupt nichts davon. Glaub mir, er würde durchdrehen, wenn er wüßte, daß ich es dir erzählt habe.«

»Warum probierst du's denn nicht bei deinem Gärtner, Kurt?«
»He, laß diesen pseudorassistischen Blödsinn. Wir sind doch Freunde fürs Leben, hast du das vergessen? Butch und Sundance.«
»Wie wär's denn mit Tonto und dem Lone Ranger?«
David wartete auf Kurts Reaktion. Doch aus den blauen Augen war die Ironie verschwunden, und David entdeckte etwas in ihnen, das ihm noch mehr Angst einjagte.
»Was ist jetzt mit deiner bewegenden kleinen Rede von heute abend?« fragte Kurt sarkastisch. »War das ernst gemeint, oder hörst du dich bloß gerne reden? Ein Yuppie, der ein paar Gewissensbisse abläßt, *amigo?* Hier ist deine Chance, mal wirklich was zu tun; jetzt kannst du versuchen, einem von denen zu helfen, für die du so leidenschaftlich eingetreten bist.« Als Kurt nach einer Pause weitersprach, klang seine Stimme beinahe sanft. »Hilf mir nur, das Mädchen zu finden, das ist alles. Du kennst East L. A. Das ist dein altes Viertel. Ich bitte dich als Freund. Du brauchst gar nicht mit ihr zu reden. Find einfach heraus, wo sie ist, und ich erledige den Rest.«
David schwieg. Er war sehr unschlüssig. Waren seine Worte beim Essen nur bedeutungsloses Theoretisieren gewesen, das selbstgerechte Schwadronieren eines schlechten Gewissens?
...die Sybariten von Saks, das Ungeziefer von Bloomingdale's...
»Außerdem bist du mir noch was schuldig«, sagte Kurt.
»Wie meinst du das?«

»Cape Cod.«
»Das war was ganz anderes.«
»Tu das für mich, und wir sind quitt.«
David wollte etwas sagen, überlegte es sich aber dann anders. »Schlaf mal drüber!« sagte Kurt. »Wir reden dann morgen früh weiter.«
Kurt schloß die Schlafzimmertür, und David saß eine Weile bewegungslos auf dem schwarzen Ledersofa. Daß Kurt Cape Cod erwähnt hatte, ging ihm nicht mehr aus dem Kopf. Es war so lange her. Plötzlich hatte er Lust auf einen Spaziergang. Vielleicht würde er in der frischen Luft einen klaren Kopf bekommen. Er nahm seine Jacke und verließ das Haus durch die Vordertür. Kurt brauchte es nicht zu erfahren, er würde ja nur ein paar Minuten wegbleiben. Es gab nur zwei Richtungen, in die er gehen konnte: entweder am Sandbankett des Highway entlang oder nach links in eine kleine Nebenstraße. Die Nebenstraße schien wegen der schnell vorbeifahrenden Autos auf dem Highway sicherer. Außerdem waren sie schließlich in einem exklusiven Viertel, oder? David stellte den Kragen gegen den kühlen Meerwind auf und ging los. Er wußte bereits, daß er Kurt trotz seines unguten Gefühls nachgeben würde, wie er schon so oft nachgegeben hatte. Wie damals, als sie wegen einer Wette eine Woche lang durch Kanada trotteten, oder als sie bei der Abschlußprüfung die Ethikaufgaben untereinander austauschten. Aber sie waren keine Studenten mehr, und das hier waren keine Frühlingsferien. Der Einsatz war höher, und David spürte sich schwanken, während die Sicherheit unter ihm nachgab wie Sand. Die Kontrolle über sein Leben drohte ihm aus der Hand zu gleiten, doch

vermutlich war er genau deswegen nach Kalifornien zurückgekehrt. Vielleicht war es nur Pech oder ein Wink des Schicksals, denn David war eben dabei, den Kreis seiner Vergangenheit zu schließen, ohne zu wissen, an welchem Punkt er zum Zentrum vorstoßen würde.
Hinter ihm wendete auf der Straße ein Auto. David wartete, daß es vorbeifuhr. Als es das nicht tat, drehte er sich um, weil er glaubte, es sei Kurt. Das Licht traf ihn voll ins Gesicht und blendete ihn. Aus dem Streifenwagen kamen die Geräusche des Funkgeräts. David hielt sich die Hand vor die Augen und trat einen Schritt vor.
»Kann ich etwas für Sie tun, Officer?«
»Bleiben Sie, wo Sie sind!« befahl der Polizist und hielt den Scheinwerfer auf David gerichtet.
»Ist das Licht notwendig, Officer?« David spürte, wie sein Herz raste. Das Licht kam näher, Stiefel knirschten über den Kies.
»Kann ich Ihre Papiere sehen, bitte?«
»Warum, hab' ich mich verdächtig gemacht oder was?«
»Schnauze und Papiere herzeigen!« Der Cop war typisch für die Polizei von Los Angeles – ein stiernackiger Bürokrat mit der Lizenz zum Töten.
»Da steht, Sie wohnen in New York, Mister. Was treiben Sie um diese Zeit ausgerechnet in dieser Straße?«
David erinnerte sich an eine Erzählung von Ray Bradbury mit dem Titel »Der Fußgänger«. Er hoffte, daß diese Begegnung nicht das gleiche Ende nehmen würde.

»Ich wohne bei einem Freund. Es ist doch nicht verboten, nach Einbruch der Dunkelheit spazierenzugehen, oder?« David wußte, daß es wenig Sinn hatte zu diskutieren, aber diesen Sarkasmus wollte er nicht unterdrücken.
»Wie lautet seine Adresse?«
»Weiß ich nicht. Es ist gleich um die Ecke am Highway. Außerdem, wenn Sie lesen könnten, hätten Sie bemerkt, daß in meinem Ausweis auch eine Adresse in L. A. vermerkt ist.«
»Hören Sie zu, Loya! Ich weiß nicht, warum Sie sich in einem so feinen Viertel herumtreiben, aber wenn Sie mir frech kommen wollen, dann können wir unsere kleine Unterhaltung gern auf dem Revier fortsetzen.«
David überdachte seine Lage, er spürte die Hitze aus dem Auspuff an seinen Turnschuhen. Dann traf er eine Entscheidung. Aber er mußte die Zähne zusammenbeißen, als er es sagte: »Nein, Sir.«
»Na, sehen Sie«, sagte der Polizist. »Und jetzt würde ich vorschlagen, Sie gehen zu Ihrem Freund zurück, bevor Sie sich verlaufen oder sonstwas.«
Kurt lag bereits im Bett, als David in die Wohnung zurückkehrte. Nachdem er die Tür verriegelt hatte, griff David sofort zum Telefon. Nach vier Klingelzeichen meldete sich der Anrufbeantworter. David hörte Andreas Stimme sagen, daß sie geschäftlich einige Tage unterwegs sei, und schließlich einen Pfeifton.
»Die alte Ansage hat mir besser gefallen«, sagte er.

3. Kapitel

Die vormittägliche Wagenkolonne schob sich noch immer Stoßstange an Stoßstange auf dem Santa Monica Freeway vorwärts, als David sich vorsichtig in die nach Osten führende Abbiegespur einreihte. Allmählich gewöhnte er sich wieder an den weitflächigen Lebensstil. Nach all den New Yorker Taxis war das Selbstfahren für ihn eine ganz neue Erfahrung, und er genoß es, wie der Mietwagen kraftvoll auf das Gaspedal reagierte.

Eine Wasserstoffblonde schob sich in ihrem hellblauen Camaro neben ihn und sah zu ihm herüber. Mit einem Auge auf der Fahrbahn erwiderte er ihren Blick und gehorchte instinktiv den ungeschriebenen Gesetzen des Autoflirts. Sie sang offensichtlich zur Musik aus ihrem Radio und nickte im Rhythmus mit dem Kopf wie eine Gläubige bei einer Gospel-Messe. David drehte sein Radio auf und versuchte, ihren Sender einzustellen. Es kamen Top-40-Rock, Fetzen von Popsongs und DJ-Stimmen, aber ihre Frequenz fand er nicht. Irgendwo hatte er einmal von einem Single-Club gelesen, dessen Mitglieder über verschlüsselte Autoaufkleber miteinander in Verbindung traten. Wenn man also irgendwo auf der Melrose etwas Ansprechendes entdeckte, brauchte man nur einen Zentralcomputer anzurufen, der sofort ein Treffen an der

nächstgelegenen Tankstelle arrangierte. Durchreiseromantik. Kostenlose Parkplätze.
Knapp hinter dem San-Diego-Autobahnkreuz wurde der Verkehr flüssiger, und der Camaro brauste in einer blauschwarzen Abgaswolke davon. Wie auf ein Zeichen wurden auch die anderen Autos schneller.
David atmete tief ein und wußte plötzlich wieder, was es heißt, auf diesen Straßen zu leben und sich einen ganz legalen Kick an den industriellen Düften von Benzin und verbranntem Gummi zu holen. Mit einer Hand zog er sich das Hemd aus, kurbelte das Fenster herunter und ließ sich die warme Luft um Gesicht und Brust wehen. Das Auto trieb im Fluß des Verkehrs weiter, es wurde schneller und langsamer in einem choreographischen Tanz aus Metall und Glas. Der Tacho zeigte siebzig Meilen, aber es war unmöglich, langsamer zu werden, ohne einen Unfall zu verursachen. Jemand hatte ihm einmal von einem gemeinsamen Freund erzählt, der einen Strafzettel bekam, weil er fünf Meilen langsamer als die erlaubte Höchstgeschwindigkeit gefahren war. Der Polizist hatte ihm erklärt, seine Weigerung, zu rasen wie die anderen, könne ihm als Verkehrsgefährdung ausgelegt werden.
Wie der gesunde Menschenverstand wurden auch Raum und Zeit verzerrt. Je schneller David fuhr, desto mehr schienen sich die Dinge seiner Umgebung in Zeitlupe zu bewegen. Er glitt vorbei an einem rostigen Lieferwagen mit einer Couch, die aus der Ladeklappe herausstand, an einer älteren Dame in einem schwarzen Jaguar, und an einem Teenager mit einem vorzüglich erhaltenen VW-Käfer. David fiel auf, daß diese

Autos den wesentlichen Widerspruch der postindustriellen Demokratie darstellten: den individualisierten Massenverkehr. Die Fahrer waren alleine und doch eine Gemeinschaft, vereinigt und synchronisiert von der gemeinsamen Geschwindigkeit und Fahrtrichtung. Es war, als würden sie alle auf einem zukkenden Band aus Teer und Beton reiten, einem brausenden Sturzbach aus Asphalt. David gab mehr Gas. Es gab keine Umkehr, kein Anhalten.

...ROBERSTON...LA CIENEGA...WASHINGTON...

Die Straßenschilder begannen als Flecken über dem Armaturenbrett, blühten drohend in der Windschutzscheibe auf und flackerten kurz über dem Kopf, bevor sie im Rückspiegel wieder auftauchten. Zwanzig Minuten später fuhr er an der Ansammlung von Wolkenkratzern vorbei, die das Stadtzentrum darstellten, und überquerte das wie immer ausgetrocknete Bett des Los Angeles River. Dann bog er in den Pomona Freeway ein und ließ sich von ihm durch die abwechslungsreiche Landschaft von East L. A. führen.

...LORENA...INDIANA...DOWNEY...

David ging vom Gas und merkte, wie Wind und Schwerkraft wieder ihr Recht beanspruchten, als er die Ausfahrt zum Atlantic Boulevard ansteuerte. Er hielt sich links, fuhr vorbei an Montebello und Monterey Park und schließlich im Schneckentempo am Pep-Boys-Ersatzteillager und dem Safeway-Supermarkt, auf dem Teil des Atlantic also, der an gewissen Abenden als Rennstrecke diente. Knapp vor der Whittier bog er rechts ab und war plötzlich in einem Netz baumgesäumter Straßen. Die Adresse, die Kurt ihm gegeben hatte, fand er ohne weiteres; die Gesichter waren inzwischen andere, aber das Viertel selbst war unverändert. Langsam fuhr er an den kaum voneinander zu unterscheidenden Häusern vorbei, er suchte nach Spuren aus seiner Jugendzeit und wartete auf eine Woge der Wehmut, die aber nicht kam.

Josefinas ehemalige Adresse war ein Bungalow im spanischen Stil, eingesäumt von aufgeplatzten Bürgersteigen und einem Lattenzaun, von dem die weiße Farbe abblätterte. Der ungepflegte Rasen glich einem Spielzeugfriedhof: ein verstümmelter Wagen, eine Puppe ohne Glieder, ein verstreuter Trupp Soldaten, eine zerrissene Baseballkarte.

David ging zur Tür mit dem Fliegengitter und klopfte. Von einer Veranda auf der anderen Straßenseite aus sah ihm eine Frau, die sich behäbig Luft zufächelte, aufmerksam zu. In einiger Entfernung probten Kinder in Kampfanzügen den bewaffneten Überfall auf ihre Freunde. David wartete und klopfte noch einmal. Irgendwo im Gewirr der Hinterhöfe bellten zwei Hunde. Es roch nach Haarspray und kochenden Bohnen. Er hörte, wie eine Kühlschranktür zugeschlagen wurde, dann näherten sich schwere Schritte.

»Bueno?« Eine rundliche Frau in einem rot gepunkteten Kleid musterte ihn durch das feine Drahtgitter der Tür. »Ja, Mister?«

»Buenos días, señora«, sagte David. »Ich suche Josefina Juárez.«

Die Frau machte die fetten Wangen hohl. »Sie nicht da. *Se fue.* Ist verschwunden.«

»Das habe ich gehört. Könnte ich einen Augenblick mit Ihnen sprechen?«

»Tut mir leid, Mister. Weiß nichts.«

Sie wollte die Tür schon wieder schließen.
»Por favor«, drängte David. *»Soy familia de Josefina.«*
Die Frau hielt die Tür einen Spalt offen, ihre Neugier war geweckt. *»Hermano?«*
»Sobrino. Ihr Cousin. Hat Josefina bei Ihnen gewohnt?«
Die Frau wischte sich die dicken Finger an ihrer Schürze ab.
»Atrás.« Sie wies auf den Hinterhof.
»Können Sie es mir bitte zeigen? *Es muy importante.*«
»Hablas español?« fragte sie. Der gutgekleidete Besucher war ihr noch immer verdächtig.
»*Sí, un poco. Soy Chicano.* Ich spreche nicht besonders gut Spanisch. Aber ich verstehe alles.« Das stimmte auch, trotz seines entsetzlichen Akzents.
»Wer zahlt ihre Miete?« fragte sie auf spanisch. »Sie schuldet mir einen Monat.«
»Wieviel macht das?«
»Fünfzig.«
David zog zwei Zwanziger und einen Zehner aus der Brieftasche.
»Sie zeigen mir aber ihre Wohnung?« fragte er, bevor er ihr das Geld gab.
»*Sí, como no*, ja, warum nicht?« Die Frau nahm das Geld, verschwand im Haus und kehrte einen Augenblick später mit einem Schlüsselbund in der Hand zurück.
»Venga«, befahl sie. »Folgen Sie mir!«
Draußen in der stumpfen Hitze des Tages schien sie etwas zugänglicher zu werden, ihr Englisch wurde schlagartig besser. David erfuhr, daß sie Lupe Sánchez hieß und Josefina das Zimmer über der Garage

für fast ein Jahr vermietet hatte. David hatte nun wenig Mühe, sie zum Reden zu bringen.
»Wissen Sie, sie war sehr schön und schüchtern und fiel keinem zur Last. Manchmal tat sie mir leid, und dann brachte ich ihr einen Teller *tamales.* Maispasteten sind meine besondere Spezialität.«
»Sie müssen eine gute Köchin sein.«
Sie war ganz offensichtlich geschmeichelt. »Sie müssen mitkommen und probieren«, rief sie mit einer großzügigen Geste. »Die besten *tamales* im ganzen Viertel. Das hab' ich schon als kleines Mädchen in Jalisco gelernt. Sind Sie aus Los Angeles?«
»Aus New York.«
»Ich wußte, daß sie *familia* in Mexiko hat, aber von einem Neffen in New York hat sie nie was erzählt.«
»Hatte sie Männerbekanntschaften?« fragte David, um das Thema zu wechseln.
»Das hab' ich ihr gleich gesagt: Wenn du mit Männern ins Bett willst, gehst du ins Hotel. Aber«, Doña Sánchez stieß geräuschvoll die Luft aus, »so was ist nie vorgekommen. Glaub' ich wenigstens. Ich meine, *quién sabe.* Man kann ja nicht die ganze Nacht auf jemand aufpassen, oder?«
»Wann ist sie ausgezogen?«
»Ungefähr... warten Sie... vor zwei Wochen. Erst war sie noch da und im nächsten Augenblick: bye-bye und verschwunden, einfach so. Peng. Hat nicht mal danke gesagt oder die letzte Miete bezahlt. Deshalb hab' ich Sie gefragt, weil Sie ihr Neffe sind. Passen Sie bitte auf, wo Sie hintreten! Die Treppen sind alle morsch, und ich will nicht vors Gericht, weil Sie sich den Hals brechen. Heutzutage verklagt ja jeder jeden. Latinos

gegen Latinos, Gringos gegen Gringos. *Hijos* verklagen ihre eigenen Mütter. Ist das vielleicht Dankbarkeit, nachdem ich sie von der Straße aufgelesen habe wie eine streunende Katze? Jetzt brauch' ich jemand anderen für das Zimmer, und das ist nicht so einfach, das kann ich Ihnen sagen.«

David nickte mitfühlend, während sie ihn die Treppe hinaufführte.

»Da muß man ja ein Vermögen an Kaution verlangen, nur damit man in der Nacht ruhig schlafen kann; wissen Sie, was ich meine?« Doña Sánchez blieb stehen, um wieder zu Atem zu kommen. »Josefina ist doch nicht in Schwierigkeiten? Oder? Ich frag' bloß, weil vor ein paar Tagen ein Gringo da war, der nach ihr gefragt hat. Aber keine Angst, ich hab' so getan, als könnt' ich kein Englisch. Ist schon komisch. Die Gringos sind so blöd, die glauben alles. Erst hatt' ich Angst, weil ich denke, Sie sind er oder von der Polizei oder, *Dios mio*« – Doña Sánchez bekreuzigte sich – »von der Einwanderungsbehörde, der *migra.* Man weiß ja nie. Die kommen doch einfach ins Haus oder an den Arbeitsplatz und wollen die Versicherungskarte sehen. Papiere, sagen sie, und dann nehmen sie die Leute mit. Manchmal kommen sie wieder zurück, die Leute, als wär' nichts geschehen. Also halte ich Josefinas Zimmer frei für den Rest des Monats, falls auch sie wieder zurückkommt. Wenn Gott will. Mein Gott, die Treppe wird auch immer steiler. Ich bin zu alt dafür... Josefina war die beste Mieterin, die ich je hatte. *Una mujer santa.* Die war eine Heilige, dieses Mädchen.«

Mit einem dramatischen Schnauben hievte sich Doña Sánchez auf den schmalen Treppenabsatz. Sie han-

tierte mit dem Schlüsselbund, bis sie, zufrieden grunzend, den richtigen gefunden hatte und ins Schloß steckte.
Zunächst glaubte David, das Zimmer sei leer geräumt. Doch als sich seine Augen an das Dämmerlicht gewöhnt hatten, erkannte er ein schmales Bett, einen Stuhl, einen angeschlagenen Toilettentisch mit einer Decke aus weißer Spitze und ein Kreuz an der Wand über dem Bett. Eine Kochplatte und einige Gerätschaften in einer Ecke stellten die Küche dar. Er sah weder Fernseher noch Telefon, nur einen kleinen Radiowecker und einige Liebesromanhefte im Comicstil. Der Schrank war eine Nische in der Wand, die mit einem Plastikvorhang an einem Draht vom übrigen Zimmer abgetrennt war. An der Rückwand der Nische war ein schmales Regalbrett befestigt, und David strich instinktiv mit dem Finger über die Kante. Seine Finger stießen an ein Papierkärtchen. Es war ein Schwarzweißfoto von einem jungen Mädchen in einem einfachen weißen Kleid. Im Hintergrund war nur ein überbelichtetes Gebäude zu sehen und ein etwas dunklerer Abschnitt des Himmels. Das Foto hätte überall und zu jeder Zeit aufgenommen worden sein können.
Doña Sánchez bemerkte nicht, daß David das Bild in seine Tasche steckte.
»Haben Sie je von den M-1-Boys gehört?« fragte David.
Sie bekreuzigte sich wieder. »Die M-1-Boys bringen Ihnen nur Schwierigkeiten. Sie sehen aus wie ein kluger Junge. Sicher haben Sie einen guten Job. Lassen Sie von denen lieber die Finger!«

»Gehören Sie hier zu ihrem Gebiet?«
»Hören Sie, ich kümmere mich nur um meine Angelegenheiten. Ich weiß nichts über Banden.« Es folgte ein Schwall unverständlicher Flüche.
»Ich verstehe. Was hat Josefina denn an den Wochenenden getan? Sie hatte doch sicher Freunde.«
Doña Sánchez legte eine Hand auf ihre Brust und hob die Augen zum Himmel. »Gott und die Nonnen waren ihre Freunde. Sie ging jeden Sonntag und manchmal auch schon am Samstag in die Kirche. *Muy religiosa.*«
»Eine Kirche? Hier im Viertel?«
Sie streckte ihren fleischigen Arm aus. »Ja, Guadalupe.«
David dankte ihr für ihr Entgegenkommen und stieg die knarzenden Stufen hinunter. Während er zum Auto ging, sprang plötzlich ein Junge in tarnfarbenen Armeehosen aus dem Gebüsch und zielte mit einem Plastikgewehr auf sein Herz.
»Ergib dich, Yankee – oder stirb«, rief der Junge.

Seit Jahren war David in keiner Kirche mehr gewesen. Seine Eltern hatten sich wie viele nicht praktizierende Katholiken verpflichtet gefühlt, ihren Sohn in die Sonntagsschule zu schicken, und ihn damit eigentlich für ihren eigenen Mangel an Glauben bestraft. Die Nonnen hatten sich alle Mühe gegeben, ihm die Existenz Luzifers und des Heiligen Geistes beizubringen, er hatte die Zehn Gebote auswendig gelernt und versucht, den Unterschied zwischen einer läßlichen und einer Todsünde zu verstehen, um schließlich nur erstere einem gesichtslosen Priester zu beichten, der hinter dem Lochgitter mit sich selbst zu sprechen schien. David hatte nur schwer akzeptieren können, daß Gott sowohl absolut wie alles vergebend sein sollte, sowohl allmächtig wie machtlos – oder nicht willens –, seine Geschöpfe vor der Sünde zu schützen. Zur Zeit seiner Firmung wußte David bereits, daß er ein unverbesserlicher Agnostiker werden würde. Aber anstatt sich zu seinem wahren Glauben – oder eben zu dessen Fehlen – zu bekennen, ging er weiter in seinem unbequemen Sonntagsanzug in die Kirche und zu den Sakramenten. Lieber auf Nummer Sicher gehen, dachte er, als das Risiko eingehen, in der Hölle zu schmoren.

An Weihnachten, wenn die Familie im Gebet vor der Krippe kniete, die seine Großmutter jedes Jahr mit viel Liebe aufstellte, senkte er mit allen anderen den Kopf und formte mit seinen Lippen das Vaterunser, obwohl er die Worte kaum hörte. Statt dessen konzentrierte er sich auf die Figuren, die unter Lametta und farbigen Lichtern funkelten, und er ließ seine Augen von dem Licht blenden, das seine Seele nicht erreichte.

In seinem vorletzten College-Jahr hatte er den spirituellen Existentialismus eines Dostojewski gegen Zen und den Okkultismus vertauscht; mit dem Marxismus flirtete er nur kurz, dafür hatte er mit einer hübschen Astrologin eine leidenschaftliche Liebesaffäre, die bei einer Studentenparty erraten hatte, daß er Zwilling war. Doch im Sommer darauf hatte David in Italien unerwarteterweise eine echte religiöse Erfahrung. Er war in Rom und beschloß, den Petersdom zu besuchen, mehr aus einem Gefühl der Verpflichtung heraus als aus wirklichem Interesse, denn er hatte von Michelangelos Meisterwerken schon Fotos gesehen und jedes Jahr im Fernsehen die Ostermesse des Papstes verfolgt. Doch dann war er überwältigt von dem Gefühl, wirklich dort zu sein. Die überwältigende Größe des Vorplatzes, die seltene Schönheit der gewundenen Goldsäulen und der gewölbten Decke, die bis zum Himmel zu reichen schien, hatten ihm den Atem genommen. Während er dann in einer Bank saß und die schräg einfallenden Strahlen der Sonne die Kirche erleuchteten, verspürte David plötzlich wirkliche Ehrfurcht, freilich nicht vor der Herrlichkeit Gottes, sondern vor der monumentalen Manifestation des menschlichen Strebens nach einer Transzendierung der eigenen Sterblichkeit. Hier, unter den barocken Darstellungen leidender Heiliger und fliegender Engel, war der spürbare Beweis für eine Intensität des Glaubens, die David sich kaum vorstellen konnte. Er wußte plötzlich, daß Gott etwas war, das er vielleicht verstehen, aber nie kennen konnte, etwas, das er sehen, aber nie berühren konnte. Und er war nicht stolz auf diese Einsicht, er schämte sich. Von diesem Tag an regte sich in ihm auch in der einfachsten Kirche die Schuld eines Häretikers, der für immer dazu verurteilt war, in seinen Zweifeln zu leben.

Während David an den abgenutzten Bankreihen von Our Lady of Guadalupe entlangging, versuchte er sich vorzustellen, wie Josefina Juárez vor dem Altar kniete, und er beneidete sie. Sie hatte hier Zuflucht finden können, er dagegen spürte nichts anderes als die Beklommenheit des Eindringlings, dessen Anwesenheit allein schon das Heilige und Unbekannte verspottete.

Das Pfarrhaus lag hinter der Kirche neben einem Parkplatz, der, den Kreisen und diagonalen Linien auf dem Belag nach zu urteilen, während der Mittagspause auch als Sportplatz diente. Beim Näherkommen bemerkte David einen Mann in ordentlich gebügelten Hosen, der auf ihn zuging.

»Entschuldigen Sie, ich suche den Priester«, sagte David.

»Ich bin Pfarrer«, erwiderte der Mann knapp. »Kann ich Ihnen helfen?«

»Ich versuche, jemanden zu finden. Ein mexikanisches Mädchen. Anfang Zwanzig, lange schwarze Haare. Spricht kaum Englisch. Von ihrer Vermieterin weiß ich, daß sie oft hierherkam.«

»Und was wollen Sie von ihr?« fragte der Pfarrer.

»Sie ist seit einigen Wochen verschwunden. Ich bin ein Freund. Ihr Arbeitgeber hat mich gebeten, bei der Suche zu helfen. Mein Name ist David Loya.«

David streckte die Hand aus, aber der Priester nickte nur. David schluckte schwer.

»Und Sie sind Vater…«

»Rodríguez.«

»Können Sie mir weiterhelfen?«

Vater Rodríguez sah David an, als hätte der ihn um eine Million Dollar gebeten.

»Mr. Loya, Sie haben gerade die Hälfte meiner Gemeindemitglieder beschrieben. Ich brauche schon genauere Angaben…«

»Sie heißt Josefina Juárez.«

David holte das Foto aus der Tasche und zeigte es ihm.

»Tut mir leid«, sagte Vater Rodríguez, während er das

vergilbte Foto betrachtete. »Vielleicht kann Schwester Ramona Ihnen helfen. Sie kümmert sich besonders um die Mädchen. Im Augenblick unterrichtet sie da drin. Aber die Stunde ist bald vorbei, wenn Sie ein paar Minuten warten wollen. Doch nun müssen Sie mich entschuldigen...« Er gab David das Foto zurück.

»Aber natürlich. Vielen Dank, Vater.«

David ging ins Haus und stand plötzlich in einer Eingangshalle, die wie eine Mischung aus einem Klassenzimmer und einem Wohnzimmer der unteren Mittelschicht wirkte. Plüschige Sofas standen neben Stapeln von Schulbüchern und religiösen Schriften. Von irgendwoher drang Kindergesang, angeführt von einer kräftigen und beharrlichen Frauenstimme. David nahm eine Zeitschrift in die Hand, blätterte sie flüchtig durch und legte sie wieder weg, als er merkte, daß sie ein Jahr alt war.

Als nächstes lag auf dem Stapel eine Broschüre mit dem Titel »Die wahre Geschichte der Erscheinung unserer lieben Frau von Guadalupe«. Das Titelblatt zeigte einen jungen Indio in weißen Bauernkleidern, der ehrfürchtig zu einer Frau in einer Aura strahlenden Lichts hochblickte. Kopf und Schultern waren von einem blauen, mit goldenen Sternen verzierten Tuch verhüllt. Zu ihren Füßen schwebte bewundernd ein Engel auf einer Wolke. David erinnerte sich an ein ähnliches Bild, das er als Junge am Frisiertisch seiner Großmutter gesehen und immer bewundert hatte, weil die Jungfrau gleichzeitig glücklich und traurig, großartig und demütig aussehen konnte.

David öffnete die Broschüre und begann die antiquierte Schrift zu lesen.

Hiermit sei kundgetan von der wunderbaren Art, in der unsere Heilige Jungfrau Maria, die Mutter Gottes, unsere Königin, die wir Guadalupe nennen, kürzlich im Dezember 1531 auf dem Tepeyacae-Hügel erschien: Es geschah zehn Jahre nach dem Fall von Mexico City, zu einer Zeit, da nach vielen Jahren des Kampfes Frieden das Land segnete, daß Gott unser Herr, der Schöpfer allen Lebens, wieder einmal auf die Erde sah und den Menschen gütig die Hand reichte. Der erste Mensch, der den Ausdruck Seines gesegneten Willens sehen durfte, war ein armer Indio namens Juan Diego. An einem Samstagmorgen war Juan Diego, der in Cuautitlán lebte, sehr früh auf dem Weg zum Gottesdienst und um Besorgungen zu machen, als er an dem Hügel von Tepeyacac vorbeikam. Der Morgen dämmerte, und das Land war sehr still. Plötzlich hörte er von der Höhe des Hügels Gesang. Der Gesang war wie der von Millionen Vögeln, nur noch lieblicher. Er schien sich über den Hügel zu ergießen und alles in seinen goldenen Klang zu tauchen. Zunächst glaubte Juan Diego zu träumen. »Liege ich noch zu Hause im Bett?« fragte er sich. »Oder bin ich gestorben und in den Himmel gekommen?« Dann brach der Gesang ab, und Juan Diego hörte jemand von der Höhe des Hügels die Worte rufen: »Kleiner Junge, kleiner Juan Diego! Komm zu mir! Spute dich! Ich warte auf dich.«

Da Juan Diego reinen Herzens und reiner Seele war, fürchtete er sich nicht. Im Gegenteil, sein Herz hüpfte vor Freude, als er den Hügel hinauf in Richtung der Stimme kletterte, die ihn gerufen hatte. Auf der Höhe dann sah er eine wunderschöne Frau, die ihn näher kommen hieß. Juan Diego war geblendet von ihrer übermenschlichen

Herrlichkeit. Ihr Gewand strahlte wie die Sonne. In dem Fels, auf dem sie stand, funkelten Strahlen gleißenden Lichts, und die Erde darunter bedeckte ein Regenbogen. Die Mesquitesträucher und die Feigenkakteen, die um den Fels wuchsen, glitzerten wie Edelsteine, die Zweige und Stacheln glänzten wie Gold.

Juan Diego fiel auf die Knie, und die Frau sprach zu ihm in einer honigsüßen Stimme, wie jemand, der ihn über alles liebte: »Juanito, geringstes meiner Kinder, wohin gehest du?«

»Liebe Frau«, antwortete er, »ich bin auf dem Weg zu Eurem Haus in Mexico Tlatiloco, um mehr von den heiligen Geheimnissen zu erfahren, die uns die Priester lehren.«

Sie aber richtete wieder das Wort an ihn: »Wisse und verstehe, du, geringstes meiner Kinder, ich bin die Heilige Jungfrau Maria, die Mutter des einzig wahren Gottes, des Schöpfers allen Lebens, und ich wünsche mir sehnlichst, daß mir eine Kirche erbaut werde, worin ich allen meine Liebe und mein Mitleid, meine Hilfe und meinen Schutz gewähren kann. Denn ich bin deine barmherzige Mutter, und ich will dich erhören und dir helfen und allen, die in diesem Land wohnen. Und damit geschehen kann, wonach meine Gnade verlangt, mußt du zum Palast des Bischofs in Mexico gehen und ihm sagen, daß ich dich gesandt habe, um ihm kundzutun, wie sehr es mich nach einer Kirche hier an diesem Ort verlangt. Du wirst ihm alles genau erzählen, was du hier gesehen und bewundert und was du hier gehört hast. Wisse aber, daß ich dankbar sein und dich belohnen werde«, fuhr die Dame fort. »Jetzt geh, mein Sohn, du kleinster von uns allen, und tu dein möglichstes!«

Hierauf verbeugte sich Juan Diego tief vor ihr und sagte: »Liebe Frau, ich werde tun, was Ihr verlangt. Für den Augenblick nimmt Euer demütiger Diener Abschied von Euch.« Und damit verließ er den Hügel und machte sich auf den Weg nach Mexico, wie sie ihm geheißen.
In der Stadt ging Juan Diego direkt zum Palast des Bischofs, der den Namen Bruder Don Juan de Zumarraga trug. Juan klopfte an der Pforte des Palastes und flehte die Dienerschaft an, ihn zu melden. Nach einer guten Weile riefen sie nach ihm, denn der Bischof hatte befohlen, daß er eintrete. Juan Diego kniete vor dem Bischof und überbrachte ihm ohne Zögern die Botschaft der himmlischen Mutter. Er erzählte dem Bischof alles, was er gesehen und gehört hatte. Nachdem der Bischof sich angehört hatte, was Juan Diego zu sagen hatte, nickte er, doch schien er ihm nicht zu glauben. »Hab Dank, mein Sohn«, sagte er. »Komm wieder, und ich werde dir dann mit größerer Muße zuhören. Ich werde die Angelegenheit sehr genau prüfen und den guten Willen und die Sehnsucht, die dich hierher geführt haben, in gründliche Erwägung ziehen.«
Juan Diego dankte ihm und ging, doch er tat es sehr traurig, denn den Zweck seines Besuches hatte er nicht erreicht. Noch am selben Tag kehrte er auf den Hügel zurück und fand dort die himmlische Frau, die an derselben Stelle auf ihn wartete. Sofort warf er sich ihr zu Füßen und sagte zu ihr: »Liebe Frau, ich ging, wohin Ihr mich sandtet, um Euren Befehl auszuführen, obwohl es schwierig war für mich, zum Bischof vorgelassen zu werden. Ich sah ihn und überbrachte ihm Eure Botschaft, wie Ihr es mir aufgetragen habt. Er nahm mich freundlich auf und hörte mir aufmerksam zu, aber als er

sprach, wußte ich, daß er mir nicht glaubte. Ich merkte sehr wohl an der Art, wie er antwortete, daß er meinte, ich hätte mir die ganze Geschichte nur ausgedacht. So flehe ich Euch an, liebe Frau, vertraut einem wichtigeren Menschen die Botschaft an, jemandem, der gut bekannt und hoch geachtet ist. Denn ich bin nur ein kleiner Mann, und Ihr, liebe Frau, habt mich an einen Ort gesandt, der nicht der rechte für mich ist und an dem ich nichts zu sagen habe. Vergebt mir, weil ich Euch so viel Kummer und Ärger bereite, liebe Frau und Gebieterin!«

Die Heilige Jungfrau antwortete: »Hör mir zu, geringstes aller meiner geliebten Kinder, und wisse, daß ich viele Diener und Boten habe, und daß jeder einzelne von ihnen mir zu Willen sein und meine Botschaften überbringen muß. Aber es ist durchaus notwendig, daß du meine Sache vertrittst und mir hilfst, und daß durch deine Fürsprache mein Wunsch in Erfüllung geht. Mein kleiner Sohn, ich flehe dich an und ich befehle dir, morgen wieder zum Bischof zu gehen. Sag ihm meinen Namen und lege ihm meinen Wunsch dar: daß er mit dem Bau der Kirche beginne, um die ich ihn bitte. Sag ihm noch einmal, daß ich, die Heilige Jungfrau Maria, die Mutter Gottes, dich geschickt habe.«

Juan Diego antwortete: »Liebe Frau, möge ich Euch nie Kummer oder Sorgen bereiten. Mit frohem Herzen werde ich noch einmal hingehen, wie Ihr befehlt. Morgen gegen Sonnenuntergang werde ich zurückkehren und Euch die Antwort des Bischofs überbringen. Doch jetzt muß ich mich auf den Weg machen.« Mit diesen Worten ging Juan Diego nach Hause und legte sich zur Ruhe.

Der nächste Tag war ein Sonntag, und Juan Diego stand noch vor Sonnenaufgang auf, zog sich an, verließ sein Haus, um direkt nach Tlatiloco zur religiösen Unterweisung zu gehen. Er vergaß jedoch keinen Augenblick, daß er sofort danach beim Bischof vorsprechen mußte. Kurz vor zehn Uhr traf er dort ein, hörte die Messe und begab sich sofort danach zum Palast des Bischofs, wo er darauf bestand, eingelassen zu werden. Nach vielen Schwierigkeiten wurde er auch wirklich vom Bischof empfangen. Er kniete vor ihm und wiederholte traurig und furchtsam den Befehl, den er von der himmlischen Frau erhalten hatte, denn er wollte unbedingt, daß man ihm glaube. Der Bischof stellte ihm viele Fragen, um die Glaubwürdigkeit seiner Geschichte zu prüfen. Wo hatte er sie gesehen? Wie sah sie aus? Obwohl Juan Diego alles mit größter Genauigkeit schilderte, glaubte der Bischof ihm nicht und sagte, lediglich auf Juan Diegos Bericht hin könne er den Befehl nicht ausführen, er brauche ein direktes Zeichen von der Heiligen Jungfrau persönlich. Als Juan Diego die Worte des Bischofs hörte, sagte er: »Seigneur, welches Zeichen Ihr auch immer wollt, ich werde gehen und die himmlische Frau darum bitten, denn sie hat mich gesandt.«
Nachdem Juan Diego gegangen war, ließ ihn der Bischof von Angehörigen seines Gesindes, denen er vertrauen konnte, verfolgen, damit sie sahen, wohin er ging und mit wem er sprach. Das taten sie auch. Juan Diego ging den Weg zurück, immer geradeaus. Die ihm folgten, verloren ihn an der Stelle aus den Augen, wo der Weg in der Nähe der Brücke von Tepeyacac am Abgrund entlangführt. Obwohl sie überall nach ihm suchten, konnten sie keine Spur mehr von ihm finden. So machten sie

sich niedergeschlagen auf den Heimweg, nicht weil er ihnen entkommen war, sondern weil er ihnen so viel Mühe gemacht hatte. Nachdem sie dem Bischof erzählt hatten, was geschehen war, wollte er der Geschichte noch immer keinen Glauben schenken, denn sie sagten auch, daß Juan Diego sie in die Irre geführt, daß er die Geschichte nur erfunden oder geträumt habe, und sie verlangten, daß man ihn schwer bestrafen solle, falls er noch einmal zurückkehre, damit er nie mehr Lügen erzählen und sie zum Narren halten könne…

Lärmend und lachend kamen Kinder den Gang entlanggelaufen. David steckte die Broschüre in die Tasche und ging zu der Tür, hinter der er die Frauenstimme gehört hatte. Schwester Ramona trug die übliche schwarzweiße Tracht und sortierte Papiere auf einem abgenutzten Eichentisch. Als er das Klassenzimmer betrat, sah sie unwirsch auf, so als wäre er ein Eindringling.

»Kann ich etwas für Sie tun?« fragte sie.

Ihre Haare waren unter der Haube verborgen, aber David sah, daß sie im Gegensatz zu den Nonnen, an die er sich erinnern konnte, jung und attraktiv war.

David stellte sich vor und zeigte ihr das Bild.

»Ja, ich kenne sie«, sagte sie in perfektem Englisch. »Sie ist sehr gläubig. Aber ich muß Ihnen leider sagen, daß ich sie seit mehreren Wochen nicht mehr gesehen habe.«

»So lange wird sie auch schon vermißt«, entgegnete David. »Ich dachte mir, daß vielleicht Sie wissen, wo sie sein könnte.«

Ihre haselnußbraunen Augen sahen ihn eindringlich

musternd an. »Ich weiß es nicht. Aber auch wenn ich es wüßte, würde ich es Ihnen nicht sagen.«
»Warum nicht?«
»Weil Sie nur Scheiße erzählen.«
»Wie bitte?« Die Kirche hatte sich wirklich verändert.
»Ich weiß nicht, wer Sie sind, Mr. Loya, aber Sie sind mit Sicherheit nicht Josefinas Bruder. Wissen Sie denn nicht, daß Lügen eine Sünde ist?«
David konnte nicht umhin, die weißen Tennisschuhe zu bemerken, die unter ihrer Kutte herausspitzten.
»Sie haben recht, ich bin nicht ihr Bruder«, gab er zu, und es tat ihm jetzt leid, daß er versucht hatte, sie zu täuschen. David hatte das Gefühl, daß diese abgebrühte Nonne eine wertvolle Verbündete werden könnte. Vielleicht konnte er ihr Vertrauen doch noch gewinnen.
»Hören Sie zu, ich bin weder von der Polizei noch von der Einwanderungsbehörde. Ich will nur herausfinden, wo sie ist und ob es ihr gutgeht. Ein Freund von mir möchte mit ihr reden, das ist alles.«
»Tut mir leid, Mr. Loya«, sagte sie und stand auf, »ich habe Ihnen nichts mehr zu sagen.«
»Vielleicht sollten Sie es sich noch einmal überlegen«, erwiderte David, »Josefina zuliebe. Ich habe Grund zu der Vermutung, daß sie mit einer Bande aus dem Viertel, die sich die M-1-Boys nennt, verwickelt ist. Ich nehme an, Sie haben von dieser Bande gehört. Es ist auch möglich, daß sie entführt wurde. Ich bin einer der wenigen, die ihr vielleicht helfen können.«
Schwester Ramona hatte begonnen, mit ihrem Rosenkranz zu spielen. Als sie wieder sprach, war ihr Ton

weniger feindselig: »Ich weiß, daß sie Angst hatte, jemand könnte ihr etwas tun.«
»Kann man sie irgendwie erreichen?« fragte David. »Über jemand aus ihrer Familie?«
»Sie hat keine. Zumindest nicht hier. Ihr Vater wurde getötet, als sie noch ein kleines Mädchen war. Ihre Mutter starb vor einigen Jahren in den Slums von Mexico City. Sie kam in einem Lastwagen mit einem Dutzend anderer über die Grenze. Zwölf Stunden ohne Essen und Wasser. Viele überleben das gar nicht. Sie hatte Glück, zumindest eine Zeitlang. Ich konnte ihr eine Unterkunft besorgen. Sie arbeitete als Hausgehilfin bei einem angesehenen Politiker in Beverly Hills. Sie kam oft zum Beten hierher.«
»Es muß doch einen Weg geben, sie zu finden. Ich weiß, daß sie sehr gläubig war. Ihnen hat sie doch sicher vertraut. Hat sie je irgendwelche Freunde erwähnt?«
Schwester Ramona schob ihre Haube zurecht; ihm gefiel diese kleine Geste.
»Da war ein Mädchen, das mit ihr arbeitete. Marta hieß sie. Aber ich glaube, sie wollte zurück nach Mexiko. Ich bin mir nicht sicher.«
»Wissen Sie, wo ich sie finden kann?«
»Warum rufen Sie nicht ihren Chef an?«
»Eine gute Idee«, entgegnete David und beschloß, nicht mehr preiszugeben als nötig.
»Entschuldigen Sie, Mr. Loya, ich habe noch eine Menge Arbeit.«
»Ich verstehe. Wenn es Ihnen recht ist, melde ich mich in ein oder zwei Tagen wieder bei Ihnen?«
»Wie Sie wollen.«

»Danke.« Er sah zu, wie sie ihre Sachen zusammenpackte. »Nur noch eine letzte Frage: Besteht vielleicht die Möglichkeit, daß sie mit ihrer Freundin nach Mexiko zurückgekehrt ist?«
»Vielleicht«, antwortete Schwester Ramona zögernd. »Sicher weiß ich nur eins: Wo sie auch ist, Santa Guadalupe ist bei ihr.«

»*Madre de Dios!* Ernesto! Schau, wer da ist!«
Davids Mutter hielt mit der einen Hand die Tür auf und umklammerte mit der anderen den Löffel, den sie zum Bohnenrühren benutzte.
»Ernesto!« rief sie, während sie ihren Sohn in den Arm nahm und küßte. »Es ist dein *hijo!*«
Seine Eltern waren inzwischen daran gewöhnt, daß er immer völlig unerwartet aufkreuzte. Diese Gewohnheit reichte zurück bis in seine rebellischen Teenagerjahre, als er darauf bestand, daß er kommen und gehen konnte, wie es ihm paßte. Das Eigenartige war nur, daß sich dieses Privileg um so nützlicher erwies, je älter er wurde.
Nebenan hörte man das gedämpfte Plappern des Fernsehers. Einen Augenblick später tauchte sein Vater auf und packte ihn am Arm, als wolle er die Muskeln eines Weltergewichtsboxers begutachten. »Mein Gott, Susanna, der ist ja nur Haut und Knochen!« sagte er und schüttelte den Kopf. »Geben sie dir in New York denn nichts zu essen?«
»Ich bin alt genug, mir mein Essen selber zu besorgen, Dad.«
»David, *hijo*, komm, setz dich!« forderte ihn seine Mutter auf. »Ich mach' gerade *chile verde*, deine Lieblingsspeise.«

Sie setzten sich an den Tisch mit der Resopalplatte, die wie Marmor aussah, David seinem Vater gegenüber. Im angrenzenden Zimmer saß ein Kleinkind, lutschte am Daumen und starrte gebannt auf eine Pepsi-Werbung in Spanisch. David fiel auf, daß Werbung, im Gegensatz zu Opern, in einer anderen Sprache nicht weniger schwachsinnig klang.
»Wem gehört das Baby?« fragte er beiläufig.
»Uns«, antwortete der Vater, ohne eine Miene zu verziehen. »Seit wir das letztemal was von dir gehört haben, ist deine Mutter schwanger gewesen.« Der alte Mann hatte seinen bissigen Humor noch nicht verloren.
»Sag doch nicht so was!« tadelte ihn seine Frau aus der Küche und fügte, zu David gewandt, hinzu: »Das ist Veras kleines Mädchen, von gegenüber. Wir passen auf das Baby auf, während sie im Kino sind. Sie wollten sich den neuen Film mit diesem Schauspieler mit dem Schnurrbart ansehen.«
»Und ich hab' schon geglaubt, ich hätte ein Schwesterlein«, antwortete David als Erwiderung auf den Witz seines Vaters.
»Noch ein Kind?« fragte Ernesto ungläubig. »Für was denn? Damit es auch wegziehen und uns verlassen kann, wenn es erwachsen ist?«
»Ernesto, *por favor*, fang nicht schon wieder an!« bat seine Frau, während sie die dicke grüne Masse auf die Teller löffelte. »Kein Wunder, daß er nie mehr nach Hause kommt.«
David sah seiner Mutter gern in der Küche zu. Wenn sie eine ihrer Spezialitäten kochte, wurde das Durcheinander auf ihrem Herd zum Zentrum des ganzen

Universums. Groß und füllig, wie sie war, und mit ihren hennaroten Haaren glich sie einem nervösen Vogel, während sie vor sich hin plapperte und ihre Hände durch Dampfschwaden flatterten, die nach Koriander und Mais oder scharfen Gewürzen dufteten. Als Kind hatte sich David immer unter ihrer weiten Schürze versteckt und sich vorgestellt, sie sei eine mächtige Zauberin, die nach den Gesetzen uralter Alchimie wohlschmeckende Wunderwerke vollbrachte.

»Susanna, *mas tortillas!*« bellte Ernesto.

Die Art, wie sein Vater die Dienste seiner Frau für selbstverständlich hinnahm, ließ in David die Wut hochsteigen.

»Mom, zum Teufel, wann kauft dir Dad denn endlich einen neuen Eßtisch«, beklagte er sich, obwohl er wußte, daß dies einen Bruch des Waffenstillstands darstellte. »Es ist ja nicht so, als ob ihr kein Geld hättet.«

»Ich weiß, ich warte nur, bis Vera Zeit hat, damit sie mir beim Aussuchen hilft.«

»Die Möbel sind ihm also nicht mehr gut genug.« Der Seitenhieb war unvermeidlich. »Vielleicht sollten deine Mutter und ich uns auch noch zum Essen umziehen? Susanna, hol mir meinen Smoking, sonst ist es unserem Sohn peinlich.«

»Dad, gib doch wenigstens einmal Ruhe. Du weißt genau, daß ich das nicht so gemeint habe.«

»Streitet nicht, eßt!« befahl seine Mutter und drückte ihrem Mann eine heiße *tortilla* in die Hand.

David versuchte, nicht hinzusehen, wie sein Vater den Fladen zusammenfaltete und mit ihm die Soße in den Mund schaufelte.

»Und was führt dich nach Hause, mein Sohn?« fragte seine Mutter fröhlich. »Die Arbeit oder das Vergnügen?«

»Na, ich würde sagen, ein bißchen von beidem.«

»Hast du denn nicht gewußt, daß er noch Geld dafür bekommt, wenn er durch die Gegend fliegt und sich amüsiert?«

David und seine Mutter ignorierten ihn.

»Und was ist mit New York?« fuhr Susanna fort. »Gefällt's dir noch dort?«

»Ja, alles in Ordnung, Mom. In bester Ordnung.«

Was sollte er ihr sonst noch erzählen? Daß ein Computerproduzent wegen Patentverletzung bei einem Bauteil vor Gericht mußte, das nie auf den Markt kommen würde? Daß jeder in seiner Firma, der die ausschließlich honorarorientierte Logik in Frage stellte, gezwungen wurde, Urlaub zu nehmen? Daß es in Manhattan eine neue Diskothek gab, die gut ankam, weil sie von Transvestiten geführt wurde? Daß seine Freundin für ihn eine Fremde geworden war? Daß er nicht mehr wußte, woher er kam und wohin er gehörte?

Ernesto schob seinen Teller weg und räusperte sich, ein Signal, daß er gleich etwas sagen wollte.

»O Mann, jetzt kommt's«, murmelte David leise.

»Hast du was gesagt, *hijo?*«

»Eigentlich nicht.«

»Deine Großmutter wird langsam alt«, grummelte Ernesto. »Lang werden wir sie nicht mehr bei uns haben, das weißt du.«

David sah seine Mutter an, und ihr Blick bedeutete ihm: Denk dir nichts, es ist die alte Geschichte. Laß ihn reden, wie du's immer getan hast!

»Sie ist schon fast fünfundachtzig«, fuhr Ernesto fort, ohne den heimlichen Blickwechsel zu bemerken. »Du weißt, sie hat am Freitag Geburtstag.«
»Schon gut, Dad. Ich hab's nicht vergessen. Wenn ich morgen zu Johnny gehe, schau ich mal kurz bei ihr vorbei.«
David tat so, als würde er nicht merken, daß sein Vater ihn mit einem Blick durchbohrte.
»Ich dachte, wir hätten abgemacht, daß du dich nicht mehr mit diesen Kerlen rumtreibst? Hast du denn deine Lektion noch immer nicht gelernt? Bist du blöd oder was?«
»Johnny ist eine Ausnahme, Dad.« David mußte sich anstrengen, um seine Beherrschung nicht zu verlieren. »Er ist nicht wie die andern. Er ist nicht mehr in der Bande. Er war der einzige, der versucht hat, mir zu helfen.«
»Ist mir egal«, sagte Ernesto. »Denk dran, was beim letztenmal passiert ist!«
David fühlte sich, als hätte er einen Schlag in den Magen abbekommen. Wenn sie nicht wäre, dachte er. Wenn meine Mutter nicht wäre...
»Danke fürs Essen, Mom«, sagte er und vermied bewußt den Blick seines Vaters. »Ich rühr' mich wieder.«
»Ernesto! Entschuldige dich bei deinem Sohn! Sag ihm, er soll bleiben!«
Beim Aufstehen bemerkte David, daß das kleine Mädchen noch immer gebannt in den Fernseher starrte. Auf dem Bildschirm sah er einen Mann in einem karierten Anzug, der auf einem riesigen Parkplatz stand und ein Liedchen über Ford-Transporter trällerte.

The Pretenders dröhnten aus der Stereoanlage, als David in die Wohnung zurückkam. Er fand Kurt in der Küche, wo er nach Essen suchte wie ein hungriger Bär.
»Macht's dir was aus, wenn ich's ein bißchen leiser drehe?«
»Na, wenn das nicht der gefürchtete Inspektor Loya ist«, sagte Kurt mit dem Kopf im Kühlschrank. »Klar, mach nur! Kommst gerade rechtzeitig zum Abendessen.«
»Nein danke, ich hab' gerade gegessen«, erwiderte David und nahm sich ein Bier.
»Soll das heißen, daß du meine berühmten Spezialroggensandwichs nicht magst, oder war das eben ein moralisches Statement?«
»Ich mochte beide noch nie sonderlich. Und wie geht's dem demokratischen Prozeß?«
»Nicht schlecht.« Kurt nahm einen Bissen und kaute nachdenklich, als erwarte er, daß das Essen in seinem Mund ihm etwas mitteile. »Ich hoffe, daß ich dir in einigen Tagen ein paar interessante Statistiken zeigen kann. Was gibt's Neues an der Terroristenfront?«
»Sie ist wirklich verschwunden«, berichtete David. »Hat sich nicht einmal von ihrer Vermieterin verabschiedet. Und jemand anderes hat da auch schon rumgeschnüffelt.«
»Cops?«
»Glaub' ich nicht. Sie wäre von sich aus nie zur Polizei gegangen, und auch zu keinem anderen, soweit ich das beurteilen kann. Vielleicht hat die Einwanderungsbehörde sie geschnappt, oder vielleicht ist sie auch zurück nach Mexiko, aber das ist eher unwahrscheinlich.«

»Und warum?« Kurt spritzte sich den Saft einer Limone ins Bier und trank in einem Zug.
»Eine Nonne der Pfarrei, wo sie oft zur Kirche ging, sagte, sie habe Angst gehabt, daß jemand hinter ihr her sei.«
»Und wer?«
»Wenn sie es wußte, hat sie es nicht gesagt. Kannst du dir vorstellen, wer das gewesen sein könnte?«
»Das ist bei denen eine mittelalterliche Tradition – byzantinische Verschwiegenheit, säkulare List, du weißt schon.« Kurt zeigte sein gewinnendes Lächeln. »Unsere Freunde von den M-1-Boys vielleicht.«
»Vielleicht«, wiederholte David. »Arbeitet ein Mädchen namens Marta für deine Eltern?«
Kurt hörte auf zu kauen. »Was hat Marta damit zu tun?«
»Wahrscheinlich nichts. Aber ich würde gern mit ihr reden.«
»Das dürfte schwierig werden. Sie ging schon vor ein paar Monaten. Thomas Wolfe hatte unrecht: Es führt ein Weg zurück – mit genügend Dollars auf der hohen Kante. Vergiß Marta! Diese Leute sind Nomaden, die meisten zumindest. Man hat schon Glück, wenn sie so lange bleiben, daß man sich ihre Namen merken kann. Und wie machen wir jetzt weiter?«
»Die M-1-Boys«, antwortete David. »Ich glaube, ich weiß, wie sie zu finden sind.«
»Glaubst du, daß sie bei denen ist?«
»Da möchte ich drauf wetten.«
Kurt grinste und kippte seinen Stuhl nach hinten, bis er in einem Winkel von fünfundvierzig Grad an der Wand lehnte. So blieb er, halb sitzend und halb fal-

lend, und schien über das Gesagte nachzudenken. David betrachtete seinen schräggestellten Freund. Kurt verschwieg ihm etwas. Das Gefühl war fast körperlich, wie bei einem Buch, das am falschen Platz steht, oder bei einem Bild, das leicht schief hängt.

»David?«

»Ja, Kurt.«

»Danke, Kumpel.«

»Für was?« erwiderte David und kam sich blöd dabei vor. »Ich meine, für was sind denn Freunde sonst da?«

»Ich meine es ernst.« Kurt ließ den Stuhl wieder auf den Boden kippen. »Ich weiß auch nicht, was mich geritten hat, als ich dich da mit hineingezogen habe. Wahrscheinlich war ich ein bißchen verzweifelt. Die Sache könnte brenzlig werden. Es ist nicht dein Problem, und es wäre nicht fair, dich noch weiter damit zu belasten.«

»Soll das heißen, daß du mir den Fall wieder entziehst?«

»Kein Haken, kein Bedauern.« Kurt war aufgestanden. »Dein Rückflugticket hast du dir schon verdient. Und jetzt wird's Zeit, daß wir uns ein bißchen amüsieren.«

»Moment mal! Deine etwas verspätete Rücksicht weiß ich ja durchaus zu schätzen, aber Tatsache ist, daß ich bereits damit belastet bin. Außerdem ist meine professionelle Neugier geweckt. Sperr mich jetzt nicht aus, wo's gerade interessant wird!«

»Ihr verdammten Anwälte haltet euch wohl alle für Perry Mason, was?« Mit einem Lachen schwächte Kurt seine Bemerkung etwas ab. »Aber tu mir einen

Gefallen, versprich mir, daß du nichts unternimmst, ohne es mir vorher zu sagen! Du findest heraus, ob die M-1 sie gefangenhalten, und damit hat sich's. Von da ab übernehmen die Männer meines Vaters.« Kurt streckte die Hand aus. »Abgemacht?«
David antwortete mit einem langen, festen Händedruck.
»Großartig«, sagte Kurt, um damit das Thema abzuschließen. »Aber jetzt vergessen wir mal das ganze ernste Zeugs. Ich geh' heute mit einigen Leuten aus, die du bestimmt gern kennenlernen wirst.«
»Ach, ich glaube nicht«, erwiderte David gähnend. »Nicht heute abend. Ich spür' den Jetlag. Geh nur allein!«
Kurt sah aus wie ein Arzt, der eben einen Patienten verloren hat. »Na gut, Kumpel«, sagte er, während er seine Jacke anzog. »Diesmal kommst du mir noch davon. Aber morgen gibt's L. A. bei Nacht. Mach jetzt bloß nicht schlapp, nur weil dir Andrea in die Eier getreten hat.«
»Mach dir keine Sorgen«, entgegnete David. »Meine Eier sind in Ordnung.«
»Das will ich mal hoffen«, rief Kurt, bevor er die Haustür zuschlug. »Du wirst sie nämlich brauchen.«
Eigentlich war David gar nicht müde. Er brauchte nur etwas Zeit für sich. Er ging auf die Veranda und hielt sich am Geländer fest, als müsse er sich gegen das rhythmische Anklatschen der Wellen stemmen. Bei Nacht hatte ihn das Meer immer schon nervös gemacht. So als wäre das Wasser ohne Licht ein ganz anderes Element, eins, das wieder wegzunehmen drohte, was es bei Tag schenkte. Die glänzend schwarze Flut

schien hungrig auf das Land, wenn sie sich in langsamen, zischenden Zuckungen der Besitznahme und des Wiederaufgebens in den Sand krallte. Müll, kleine Gegenstände und sogar Menschen konnten von der Strömung erfaßt und verschluckt werden, um später an einem ganz anderen Ort wieder aufzutauchen.
Er ging wieder hinein und unterdrückte das Verlangen, Andrea anzurufen. Statt dessen griff er zu der Broschüre, die er am Nachmittag aus der Kirche mitgenommen hatte. Trotz der altertümlichen Sprache faszinierte ihn die Geschichte. Was die Jungs im Büro wohl davon halten würden? Er konnte Bragin beinahe hören, wie er über wiedergeborene Anwälte lästerte oder über einen möglichen Streit zwischen der Jungfrau Maria und dem Heiligen Geist um das Recht, der Beschützer zu sein. Aber eigentlich war es ihm im Augenblick scheißegal, was sie dachten.
Die kleine Broschüre war noch an der Seite umgefaltet, wo er zu lesen aufgehört hatte. Er lehnte sich auf der Couch zurück und las an der Stelle weiter, wo der Bischof ein Zeichen verlangt hatte.

... Juan Diego kehrte zurück zur Heiligen Jungfrau und berichtete ihr von der Antwort des Bischofs. Sobald die Jungfrau ihn angehört hatte, erwiderte sie: »Sehr gut, mein kleiner Sohn. Du wirst morgen wieder zu mir kommen und das Zeichen, das er verlangt, erhalten. Dann wird er glauben und nicht länger an dir zweifeln oder dich verdächtigen. Und denke an meine Worte: Ich werde dich belohnen für all die Mühen, die Arbeit und die Sorgen, die du um meinetwillen auf dich genommen hast. Lauf jetzt, denn morgen werde ich hier auf dich warten ...«

Am nächsten Tag aber, an dem Juan Diego das Zeichen für den Bischof erhalten sollte, kehrte er nicht an den vereinbarten Ort zurück. Denn bei seiner Rückkehr am Abend zuvor hatte er seinen Onkel Juan Bernardino krank und mit dem Tode ringend vorgefunden. Don Bernardino war bei einem Arzt gewesen, der seine Leiden linderte. Während der Nacht bat der Onkel Juan Diego, er solle noch vor Tagesanbruch nach Tlatiloco aufbrechen und einen Priester mitbringen, der ihm die Beichte abnehmen und ihn auf den Tod vorbereiten könne, denn er wisse, daß seine Zeit gekommen sei und er nicht mehr gesunden werde.
Vor Tagesanbruch war Juan Diego also bereits auf dem Weg, um den Priester zu holen. An der Straße angelangt, die an dem kleinen Hügel bei Tepeyacac vorbei nach Westen führt und die er sonst immer benutzte, dachte er bei sich: Wenn ich jetzt den direkten Weg nehme, könnte die liebe Frau mich sehen, aber ich darf mich nicht aufhalten lassen von dem Zeichen, das sie für den Bischof bereithält. Zuerst muß ich einen Priester holen, denn mein Onkel wartet bestimmt schon voller Angst auf ihn.
Juan Diego nahm deshalb einen anderen Weg, der am Hügel vorbeiführte. So, glaubte er, würde die ihn nicht sehen, die immer und überall alles sieht. Trotzdem sah er sie vom Hügel herunterkommen und ihren Blick auf jene Stelle heften, wo er sie zweimal gesehen hatte. Sie kam auf ihn zu und sagte: »Was hast du denn, mein kleiner Sohn, wohin gehst du?«
Juan verbeugte sich vor ihr und antwortete: »Liebe Frau, was ich zu sagen habe, wird Euch traurig machen. Einer Eurer armen Diener, mein Onkel, ist sehr krank. Er liegt mit der Pest darnieder und wird sterben. Ich eile

deshalb in Euer Haus in Mexico Tlatiloco, um einen Priester unseres Herrn zu holen, der ihm die Beichte abnehmen und ihn darauf vorbereiten kann, vor unseren Retter zu treten. Aber ich werde gleich danach zurückkehren, um Eure Botschaft zu überbringen. Liebe Frau, bitte entschuldigt mich und habt Geduld mit mir! Ich werde Euch nicht betrügen. Gleich morgen werde ich zu Euch eilen.«

Sobald die barmherzige Mutter Juan Diegos Worte vernommen hatte, erwiderte sie: »Höre und verstehe, mein Sohn, deine Angst ist grundlos. Sei nicht länger besorgt und betrübt, nicht einmal wegen der Krankheit deines Onkels, denn er wird noch nicht sterben.« (Und in diesem Augenblick wurde der Onkel wieder gesund, wie Juan Diego später erfahren sollte.) Als Juan Diego dies von der himmlischen Mutter vernahm, war er getröstet und zufrieden. Er flehte sie an, ihn ohne Verzug mit dem versprochenen Zeichen zum Bischof zu senden, damit der ihm glaube.

Die himmlische Mutter hieß ihn nun, auf die Höhe des Hügels zu jener Stelle zu gehen, wo sie ihm früher erschienen war. Sie sagte ihm, er werde dort viele Blumen finden, von denen er einige sammeln und ihr zeigen solle. Es war aber ein Ort, an dem keine Blumen wuchsen, denn der Boden war hart und steinig und brachte nur Disteln und Dornenbüsche, Feigenkakteen und Mesquitesträucher hervor. Juan stieg sofort den Hügel hinauf, und als er oben ankam, war er höchst überrascht von der Anzahl und Vielfalt der kastilischen Rosen, die hier unabhängig von der Jahreszeit wuchsen, denn es war frostig und kalt. Sie dufteten köstlich, und der Tau, der sich während der Nacht über sie gelegt hatte, sah aus

wie kostbare Perlen. Er pflückte und sammelte sie und barg sie in den Falten seines Gewandes.
Mit den Rosen lief Juan Diego den Hügel hinab und zeigte sie der himmlischen Mutter. Sie nahm sie in die Hände, gab sie ihm dann wieder und sagte: »Mein kleiner Sohn, diese verschiedenen Rosen sind das Zeichen, das du dem Bischof bringen sollst. Du bist der Botschafter, der meines Vertrauens am meisten würdig ist. Ich befehle dir nun, dein Gewand nicht eher zu öffnen und den Inhalt zu enthüllen, als du vor dem Bischof stehst. Du wirst ihm alles genau berichten, damit er seine Unterstützung für den Bau der Kirche, die ich mir hier wünsche, nicht länger verweigert.« Nachdem die himmlische Frau geendet hatte, machte Juan Diego sich auf den Weg nach Mexico. Zufrieden und zuversichtlich, daß alles einen guten Ausgang nehmen werde, drückte er seine kostbare Fracht fest an sich, um sie zu schützen und damit er keine einzige Rose verliere, und erfreute sich am Duft der verschiedenen und wunderbaren Blumen.
Als er vor dem Palast des Bischofs ankam, traten der Haushofmeister und andere aus der Dienerschaft heraus und versperrten ihm den Weg. Er flehte sie an, dem Bischof seine Ankunft zu melden, doch sie weigerten sich und taten so, als würden sie ihn nicht verstehen. Nachdem Juan Diego schon eine ganze Weile untätig und mit gesenktem Kopf dagestanden war, merkten sie, daß er etwas bei sich zu tragen schien. Sie gingen zu ihm und versuchten, etwas zu erspähen, um ihre Neugier zu befriedigen. Je mehr Juan Diego sich weigerte, desto beharrlicher drangen sie in ihn. Da er nun merkte, daß er vor ihnen kaum verbergen konnte, was er unter dem Gewand trug, und da er fürchtete, sie könnten ihn necken,

stoßen oder gar schlagen, öffnete er die Falten seines Gewands ein winziges Stück. Als sie sahen, daß er kastilische Rosen unter dem Gewand trug, in großer Vielfalt und in voller Blüte trotz der kalten Jahreszeit, waren sie sehr erstaunt. Sie versuchten, Juan Diego einige Blumen zu entreißen. Dreimal versuchten sie es, und dreimal versagten sie, denn sobald sie nach den Rosen griffen, sahen sie keine wirklichen Blumen mehr, sondern Blüten, die auf das Tuch gemalt, gestickt oder aufgenäht schienen.

Hierauf gingen sie zum Bischof und erzählten ihm, was sie gesehen hatten, und daß ein armer Indio schon lange Zeit vor dem Tor warte, derselbe, der schon zweimal dagewesen sei. Als der Bischof dies hörte, erkannte er plötzlich, daß dies das Zeichen war, das er brauchte, um zu glauben und den Wunsch Unserer Lieben Frau zu erfüllen. Sofort ließ er den Boten zu sich bringen, und Juan Diego warf sich beim Eintreten vor dem Bischof auf die Knie, wie er es auch bei den anderen Malen getan hatte. Er wiederholte alles, was er gesehen und bewundert hatte, und auch die Botschaft. Er sagte: »Seigneur Bischof, ich tat, wie Ihr mir befahlt, und sagte meiner Herrin, der himmlischen Frau, der Heiligen Maria, Mutter Gottes, daß Ihr ein Zeichen wollt, um mir glauben zu können, daß Ihr eine Kirche errichten sollt an der Stelle, die sie mir bezeichnete. Sie fügte sich in Euer Zögern und nahm Eure Bitte nach einem Beweis freundlich auf, denn sie hieß mich auf den Hügel steigen, wo sie mir erschienen war, um dort kastilische Rosen zu pflücken. Sie befahl mir, sie Euch zu bringen, und dies habe ich hiermit getan. Seht her und empfangt sie!« Und Juan Diego öffnete seinen weiten Mantel, den er fest an die Brust gedrückt hatte. Kaum waren all die vielfältigen kastilischen Rosen auf dem Boden verstreut, erschien das wunderschöne Antlitz der Heiligen Jungfrau Maria, Mutter Gottes, auf dem Tuch, so wie es bis zum heutigen Tag in ihrer Kirche bei Tepeyacac, genannt Guadalupe, zu sehen ist. Sobald der Bischof und alle Anwesenden das sahen, fielen sie auf die Knie, betrachteten das Antlitz staunend eine lange Zeit und waren sehr bewegt von dem, was sie erblickten…

David legte die Broschüre weg und lauschte dem melancholischen Rauschen des Meeres. Natürlich wirkte Juan Diegos unerschütterlicher Glaube im säkularen Zeitalter der Supraleiter, der Gentechnologie und der Atomwaffen lächerlich. Aber David wußte, daß es in der Dritten Welt auch heute noch Erscheinungen der Jungfrau Maria gab. Nichts ist unmöglich, dachte er, gleichgültig, wie unwahrscheinlich es auch klingt. Betrachtete Josefina die Geschichte von Juan Diego als eine erbauliche Geschichte, oder war sie für sie so unwiderlegbar wirklich wie die materielle Welt, die er für selbstverständlich nahm?
David beschloß, vor dem Zubettgehen noch etwas fernzusehen. Er schaltete den Apparat an, tippte sich unschlüssig durch die Programme und blieb schließlich bei einer Episode von »Raumschiff Enterprise« hängen, in der die Astronauten mit fremden Wesen zu kämpfen hatten, die sich verbergen konnten, indem sie die Gestalt von Gegenständen in ihrer Umgebung annahmen. Während David langsam in den Schlaf sank, kehrten seine Gedanken zu Josefina Juárez zurück: Woran dachte so ein hübsches Mädchen, das al-

lein und ängstlich in einem fremden Land lebte, in den langen Stunden in jenem winzigen Zimmer? Worum bat sie, wenn sie zu Gott betete? Und wie hatte Er geantwortet? Gleich den Wellen, die sich träge unter dem mondlosen Himmel hoben und senkten, wurde ihr Schicksal von etwas bestimmt, das tiefer reichte als die dunkle Oberfläche, tiefer als Freundschaft oder der Verbleib eines verschwundenen Hausmädchens, tiefer als der unruhige Schlaf, der David schließlich übermannte.

4. Kapitel

David träumt. Es ist eine einladende Szene, freundlich und strahlend wie eine Postkarte: Er steht an einem jungfräulichen, weißen Strand. Die milde Luft streicht wie Seide um seine Wangen und Beine. Ein Delphin tanzt im Wasser, er reitet auf den friedlichen Wellen. David sieht zu, wie er in die Gischt eintaucht und wieder herausschnellt, ein oszillierendes Muster reiner Bewegung. Und während er zusieht, wird aus dem Delphin eine Frau mit langen schwarzen Haaren. Lächelnd kommt sie auf ihn zu. Sie gehen zusammen am Strand entlang, die perlenden Wellen umspielen ihre Zehen. Es ist für David der glücklichste Augenblick seines Lebens. Er weiß, er könnte in alle Ewigkeit auf den Ozean hinaussehen und mit dieser Frau weitergehen. Das Mädchen fängt an zu singen, und ihr Lied ist die Musik des Flugs der Seemöwen, der glatten, schwarzen Steine und der leise plätschernden Wellen, die im Wind Diamanten versprühen.

Etwas entfernt entdeckt David am Strand eine Gestalt. Beim Näherkommen sieht er, daß es ein Mann ist, der als Clown verkleidet ist und mit Kokosnüssen jongliert. Das Mädchen zeigt auf den Clown und fängt an zu lachen. Der Clown hat schwarze Augen und ein aufgemaltes Lächeln, das sich in Falten legt, wenn er die Lippen spitzt. Froh über das Publikum, beginnt der Clown, Tricks vorzuführen. Er zieht einen Regenbogen aus seinem Hut, dann einen zuckenden Fisch. Er winkt mit der behandschuhten Hand, und das Mädchen verschwindet. Nach einer Weile merkt David, daß sie nicht mehr zurückkommt, und er beschließt, ihr zu folgen. Doch als er sich umdreht und weggehen will, folgt ihm der Clown und äfft seine Bewegungen nach. Gleichgültig, was David tut, der Clown ist wie sein Spiegelbild. David versucht wütend, den Clown wegzustoßen, doch der Clown stößt ihn ebenfalls. Er läuft, und der Clown watschelt hinter ihm her. David sagt dem Clown, er solle ihn in Ruhe lassen, doch der Clown lacht und zeigt dabei eine Reihe fauler, gelber Zähne. David schlägt den Clown, und der verhöhnt ihn und streckt ihm die Zunge heraus. David wird davon so wütend, daß er wieder zuschlägt. Bei jedem Schlag geht etwas von der weißen Schminke des Clowns ab, Flecken dunkler Haut kommen zum Vorschein. Eine Menge Schaulustiger hat sich versammelt, mit weit offenem Mund sehen sie der Schlägerei zu. Bald feuern sie David an. Je fester er den Clown schlägt, desto mehr Farbe geht ab. Der Clown blutet bereits, als David sein eigenes Gesicht erkennt.

Das Bürogebäude der »L. A. Times« stand neben dem Rathaus an einem eher unscheinbaren Platz. David hob den Kopf und sah an dem gedrungenen weißen Turm hoch. Das Gebäude erinnerte ihn an die Wiederholungen der »Dragnet«-Serie, die nach den Lokalnachrichten liefen. Im Vergleich zum postmodernen Glitter an der Venice und der Melrose wirkte dieser Teil der Stadt archaisch und malerisch wie eine verschlafene Stadt aus dem Mittelwesten, die plötzlich ins 21. Jahrhundert versetzt wurde.

Als David sein Auto abstellte und in den Taschen nach Kleingeld für die Parkuhr kramte, wußte er nicht, wie nah er dem Ort von Josefinas erster bittersüßer Begegnung mit Los Angeles war. Gleich nebenan lag das heruntergekommene Stadtzentrum, wo die unteren Klassen nach Sonderangeboten wühlten, bevor sie wieder in die Leichtlohnläden und -fabriken zurückkehrten, die in der Gegend um die Ninth Street und Olympic die Straßen säumten. Und während er hier stand, hätte ihm durchaus ein Mädchen über den Weg laufen können, das aussah wie Josefina und sich fragte, wohin sie eigentlich ging mit ihrem kleinen Karton, den sie mit einem Stück Strick als Griff zum Koffer umfunktioniert hatte und den sie jetzt an die Brust preßte, weil er alles enthielt, was sie besaß. Alles, bis auf die zusammengerollten amerikanischen Dollars, die sie sich in den BH gesteckt hatte und dabei rot geworden war, weil sie dies, obwohl es der sicherste Platz war, den sie sich vorstellen konnte, an die Huren in Tijuana erinnerte, die sich für ein paar Pesos an betrunkene Gringos verkauften. David hätte ihr dann vielleicht zugesehen, wie sie zögernd am Bordstein vor dem Million-Dollar-Theater stand, und er hätte sich gefragt, warum sie ein kleines Vermögen bezahlt hatte, um wie ein Sklave behandelt und mitten in der Wüste ausgesetzt zu werden; warum sie stumm in den Greyhound-Bus geklettert war für eine dreistündige Fahrt ins Zentrum einer Stadt, nur um dort um einen

Platz auf der untersten Sprosse einer Gesellschaft zu kämpfen, die sie verächtlich als eine weitere potentielle Wohlfahrtsempfängerin abtat; warum sie überhaupt geblieben war.

»Ohne Kompaß finden Sie hier wahrscheinlich nie wieder heraus, aber Max Rogers' Schreibtisch ist irgendwo in dieser Richtung«, sagte die sonnengebräunte Empfangsdame mit einem wissenden Lächeln und wies auf das entfernte Ende des Labyrinths aus vorfabrizierten Raumteilern. »Wenn Sie in einer Stunde nicht wieder zurück sind, werden wir eine Suchmannschaft losschicken.«

»Vielen Dank.«

Der Redaktionssaal der »L. A. Times« glich eher der Büroetage einer großen Buchhaltungsfirma als der Vorstellung Davids von der Zentrale einer großen Tageszeitung. Nirgends schwitzende Reporter im Wettlauf mit dem Redaktionsschluß, keine brüllenden, zigarrerauchenden Chefredakteure, sondern nur mit Teppichen ausgelegte Kabinen und das leise Klappern von Textcomputern.

»Hier rüber, David!« Rogers winkte ihm hinter einer Wand aus farblich markierten Aktenschränken zu. »Man muß schon fast ein Spürhund sein, um hier den richtigen Schreibtisch zu finden.«

»Das habe ich gemerkt.«

Die beiden hatten sich im vorletzten Semester an der High-School bei einem Diskussionsseminar kennengelernt. Max' Stammpartner war in jener Woche krank gewesen, und David hatte sich auf der Suche nach einem einfachen Wahlfach gerade erst für diesen Kurs eingeschrieben. Rogers, ein nervöser Brillenträger, bezeichnete sich selbst als »fabianistischen Revisionisten«, was von seinen Kommilitonen entweder mit einem religiösen Kult oder mit einem Teenieliebling aus den Fünfzigern in Verbindung gebracht wurde. Als Einserschüler, der die Schule haßte, und als Jude mit einer Vorliebe für Schinken und Käse auf Weizenschrotbrot war Rogers berüchtigt für seine Respektlosigkeit vor Institutionen, und Gerüchten zufolge stand er als graue Eminenz hinter dem erfolgreichen Versuch, eine Bauchrednerpuppe als Spitzenkandidaten für die Wahl der Studentenvertretung aufzustellen. John B. Goode mußte sich damals mit seinem Wahlprogramm, das gemischtgeschlechtliche Footballkämpfe und das Ende der Marionettenregierungen in Südostasien forderte, mit dem zweiten Platz begnügen. Das Diskussionsthema dieses Semesters drehte sich um die Frage, ob die Regierung Gelder für den Umweltschutz bereitstellen solle. Max hatte David überredet, in der Pro-Gruppe eine Position zu vertreten, die eine Legalisierung und Besteuerung von Marihuana als Mittel zur Geldbeschaffung forderte. Diese unorthodoxe Finanzierungsmethode brachte zwar keine Preise, verschaffte den beiden beim bundesstaatlichen Finale aber eine gewisse Berühmtheit. Nachdem Max in Berkeley Englisch studiert und zwei unveröffentlichte Romane geschrieben hatte, entschied er sich schließlich für die Arbeit in der »Wortfabrik«, wie er es nannte.

»Halt die Druckpressen an!« sagte David und tat so, als wolle er Rogers' Computer ausstecken. »Ich habe eben im Radio gehört, daß Gott tot ist.«

»Das ist ein alter Hut«, entgegnete Max. »Ich hab' die Todesanzeige schon vor Jahren geschrieben.«

»Du und Nietzsche? Rechtzeitig zum Redaktionsschluß?«
»Immer.« Max lehnte sich in seinem Drehstuhl zurück. »Aber das muß nicht heißen, daß ich gerade viel zu tun habe.«
Eine Weile redeten sie über die alten Zeiten. Dann kam David zur Sache und erzählte Max von Josefina und den M-1-Boys.
Als Antwort wandte sich Max seinem Computer zu und tippte einige Befehle ein. »Fragen wir doch mal unseren Mister Allwissend«, sagte er.
Der Bildschirm leuchtete auf, und Max überflog die flimmernden Schriftzeichen. »Viel haben wir nicht über diese Kerle«, sagte er und drückte eine weitere Taste. »Einen Augenblick... Das ist interessant: Vor ein paar Jahren gab es Bestrebungen, alle *Chicano*-Banden in East L. A. zu vereinigen, zu 'ner Art UNO der abgesägten Schrotflinten. Schlug natürlich fehl. Aber der Bandenführer, der dahintersteckte, war ein gewisser Huero Maldonado.«
»Der Anführer der M-1-Boys«, warf David dazwischen.
»Weißt du was, David, ich glaube, du hast wirklich das Zeug für den Pulitzerpreis.«
»Was weißt du über Randalls Wiederwahl?«
»Nur was man in den Zeitungen liest.«
»Auch unter Freunden?«
»Großes Ehrenwort.« Max legte zwei Schwurfinger auf seine Brust.
»Das Mädchen – Josefina. Sie war seine Hausangestellte.«
Max hob die Augenbrauen über die Ränder seiner Brille.

»Kannst du mir eine Kopie von dem Info über Huero machen?« fragte David. »Für dich ist die Sache ja kaum von Interesse, aber falls dennoch was Druckbares dabei herauskommt, bist du der erste, der's erfährt.«
»Was, nicht exklusiv?«
»Ich dachte, das gibt's nur im Kino?«
»Hast ja recht«, erwiderte Max. »Exklusiv ist gar nichts mehr – wir hängen ja alle an derselben Datenbank.«
»Tu mir nur den Gefallen und laß es mich wissen, falls noch irgendwas über Randall, die M-1 oder das Mädchen auftaucht.«
»Klar.« Max kritzelte einen Namen und eine Telefonnummer auf ein Stück Papier. »Dieser Typ kann dir vielleicht helfen, mit den M-1 in Kontakt zu kommen. War bei einigen Storys 'ne ziemlich gute Quelle. Bandenverbrechen. Illegale Arbeiter. Der kennt das *barrio* wie den Rücksitz seines Chevy.«
David las den Namen. »Danny Ortiz. Danke, Max. Du kannst mich unter dieser Nummer erreichen.«
»David?«
»Ja, Max?«
Er sah David von der Seite an und bohrte mit dem Radiergummiende eines Bleistifts im Ohr. »Das ist doch gar nicht dein Bier. Was hast denn du mit der Sache zu tun?«
»Kein Kommentar.«
»Wie du willst. Ich will nur, daß du weißt...« Max überlegte sich genau, was er sagte. »Ich wollte dich nur warnen, daß du dir keine allzu großen Hoffnungen machst. Wenn das Mädchen illegal ist, dann kann sie

praktisch überall sein. Diese Leute haben beständig Angst davor, verhaftet und wieder nach Mexiko abgeschoben zu werden. Eine Möglichkeit, der Einwanderungsbehörde zu entgehen, ist es eben, an den Randbereichen der Gesellschaft ständig auf Achse zu bleiben. Aber da sind sie natürlich allen möglichen Verbrechern ausgesetzt. Ich rede von Vergewaltigung, Raub, Drogen. Wenn sie wirklich so hübsch ist, wie sie auf dem Foto aussieht, dann könnte sie sogar als Prostituierte arbeiten.«

»Das weiß ich alles. Aber trotzdem: Danke für die Warnung!«

David wartete, er wußte, daß Rogers noch nicht zu Ende war.

»Was noch?«

»Wenn sie keine Versicherungskarte hat, ist es unmöglich, sie aufzuspüren. Ohne Versicherungsnummer keine eingetragene Adresse. Dann ist sie im Untergrund und für die normale Gesellschaft praktisch unsichtbar. Offiziell ist es so, als hätte sie nie existiert.«

Davids Großmutter hatte einen Baum, einen Avocadobaum, auf den er als Junge immer gern geklettert war. Wenn er dann in den schlanken Ästen saß, stellte er sich vor, er sei der Herr eines riesigen Waldes voller Schätze und Zaubergeister, die in den Blättern lauerten. Seine Großmutter züchtete auch Feigen und Santa-Rosa-Pflaumen, leuchtendgrüne Äpfel und blaßgelbe Zitronen, die sie für ihre unvergleichliche Limonade auspreßte. Für ihn war es so, als würde in diesem Garten jeder alles bekommen, was er sich wünschte. Eines Tages sagte sie ihm, daß der Avocadobaum den

jungen Birnbaum unter seinen Blättern ersticke und daß er gefällt werden müsse. David bat sie, den Avocadobaum zu verschonen und lieber den Birnbaum zu opfern.
»Aber ich habe andere Avocadobäume, die mehr Früchte tragen als der da, und nur den einen Birnbaum«, erklärte sie ihm.
»Ist mir gleich«, erwiderte er störrisch. »Der ist was Besonderes.«
»Está bien«, gab sie schließlich lächelnd nach. »Du willst, daß dieser Baum am Leben bleibt, also mußt du dich auch um ihn kümmern. So groß und stark, wie er wird, wirst du auch werden.«
Nun stand David vor dem Baum, den seine Großmutter »Davids Baum« getauft hatte; die Rührung, die er beim Wiedersehen empfand, schmerzte beinahe. Er legte die Hand an den dicken Stamm, sah hinauf und suchte nach Spuren der reifenden Früchte mit ihren glänzenden grünen Schalen und dem butterweichen, gelblichen Fleisch, das den schweren Samen der nächsten Generation umschloß.
»Quien es?« hörte er seine Großmutter rufen. »Wer ist da?«
»Ich bin's, Großmutter. David.«
Er drehte sich um und sah ihre gebückte Gestalt, einen Spaten in den knochigen Händen. Als David sie in die Arme nahm, hätte er sie beinahe vom Boden gehoben, und die Leichtigkeit ihres Körpers gab ihm einen Stich ins Herz.
»Wie groß und stark du bist«, flüsterte sie ihm ins Ohr.
Davids Großvater wartete an der Tür, während sie auf das Haus zugingen. Als David näher kam, stieß der alte

Mann einen Überraschungsschrei des Wiedererkennens aus.
»*Hi, Tata. Cómo estás?*« begrüßte ihn David.
Beim Betreten des engen Wohnzimmers empfing David das Aroma von *chorizo, pan dulce* und billigem Parfüm. Es war der Geruch seiner Kindheit, der Geruch langer Sommertage und lachsfarbener Sonnenuntergänge, die nur zögernd der Dämmerung wichen. An den wärmsten Abenden im Juli und August setzten sich die Erwachsenen immer in den Garten und spielten bei Kerzenlicht Karten, während David und seine Cousins sich, wie berauscht von der Dunkelheit, über den feuchten Rasen jagten.
»Wie geht es dir, Oma?«
Sie hob die Schultern und zog angewidert die Wangen ein. »Diese Ärzte. Die wollen immer nur Geld.« Sie steckte sich eine lose Haarsträhne hinters Ohr. »*Estoy cansada,* deine Oma ist müde, *mijito.*«
Senator Randalls Gesicht erschien im Fernsehen. »...Die Zukunft und der Wohlstand dieses Staates und der ganzen Nation«, sagte er, »liegt in der kulturellen Vielfalt seiner Bewohner...«
»Und du, *Tata.* Wie geht's dir?«
Sein Großvater öffnete den zahnlosen Mund, brachte aber nur ein feucht glucksendes Geräusch heraus. Vor Anstrengung schwollen die Sehnen an seinem Hals an. »Ich kann nicht...«, sagte er schließlich keuchend.
Davids Großmutter sah ihren Gatten an und schüttelte den Kopf. »Er schafft's nicht«, meinte sie sarkastisch. »Er schläft und ißt, und damit hat sich's.«
Falls sie gesehen hatte, wie David errötete, ließ sie es

sich nicht anmerken. Statt dessen sagte sie: »Er ist ein guter Kerl – für einen Gringo.«
David brauchte eine Weile, bis er merkte, daß sie den Senator gemeint hatte. Sie starrte noch immer den Bildschirm an, doch die Lachfalten in ihrem Gesicht wurden tiefer.
»Oma, du machst mich fertig.«
»Mijito«, flüsterte sie verschwörerisch. »Komm!« Sie klopfte neben sich auf das Sofa.
»Was gibt's Neues? Hast du viele Freundinnen in Nueva York?«
»Klar.«
»Wie viele, *mijito?*«
»Zehn.«
Sie riß erstaunt die Augen auf.
»Diez?«
»Ja, *diez*«, wiederholte er.
Sie gluckste laut und faßte ihn am Knie. *»Qué bueno«*, sagte sie, als sie wieder zu Atem gekommen war. »Willst du heiraten, *mijito?*«
»Nie.«
»Gut«, stellte sie zufrieden fest. »Amüsier dich nur!«
Jetzt war es David, der das Lachen nicht mehr halten konnte.
»Komm mit, *mijito!*« Sie nahm seine Hand und führte ihn in den Garten. »Ich komm' da nicht mehr hinauf«, sagte sie und zeigte auf den Avocadobaum. »Ich bin zu alt. Hilf mir, *mijito!*«
Sie gab ihm einen alten Besenstiel mit einer Drahtschlinge an einem Ende.
»Wo, Oma? Ich seh' keine.«
»Schau nur!« antwortete sie. »So große.«

David spähte hinauf in die obersten Äste und war noch immer überzeugt, daß sie keine Früchte trugen. Doch dann sah er sie. Eine ganze Traube hing versteckt hinter den flachen, weichen Blättern. Etwas weiter rechts schwankte eine zweite leise im Wind.
»Jesus«, sagte er. »Ich brauch' eine Feuerleiter, um da hinaufzukommen.«
»Aquí, mijito.« Sie wies auf eine Leiter, die horizontal an Metallhaken an der Hausmauer hing. David hob sie von den Haken und trug sie zum Baum, wobei er aufpaßte, daß er beim Wenden nirgends anstieß. Er lehnte sie gegen den alten Avocadobaum, hielt sich mit der einen Hand am Holm fest, nahm die Stange in die andere und begann hinaufzuklettern.
Es war noch gar nicht so lange her, da wäre ihm diese Übung nicht gefährlicher vorgekommen als Radfahren. Doch nun mußte er bedauernd feststellen, daß er unsicher war wie ein Trapezkünstler, den der Mut verlassen hat und der gern ein Netz unter sich hätte. Als er etwa auf gleicher Höhe mit der Fernsehantenne war, verlagerte er vorsichtig sein Gewicht von der obersten Sprosse auf einen Ast und umklammerte mit der freien Hand den Stamm. Er hob die Stange, bekam zwei der grünen Früchte mit der Schlinge zu fassen und riß daran. Er hörte ein trockenes Reißen und gleich darauf von unten ein doppeltes Aufklatschen.
»Bueno, mijito! Jetzt die anderen.«
Die Stimme seiner Großmutter klang schwach und eigenartig erdgebunden. David machte einen zweiten, vorsichtigen Schritt und richtete sich durch ein Loch in dem Blätterbaldachin auf. Von hier aus konnte er die unregelmäßigen Rechtecke der Nachbargärten se-

hen, einen kurvigen Abschnitt des Freeway und weiter in der Ferne den smogverhangenen Fuß der San Bernardino Mountains. Er fühlte sich ruhig und etwas schwindlig, während er mit der Stange nach der zweiten Traube tastete. Wieder konnte er zwei der Früchte mit der Schlinge einfangen. Er zerrte an ihnen, aber diesmal waren die Stengel kräftiger, sie gaben nicht nach, sondern rissen ihm die Stange aus der Hand, und er verlor das Gleichgewicht. David schwankte wie ein spastischer Tarzan, bis er einen anderen Ast zu fassen bekam und sich an ihm festhalten konnte. Er atmete tief durch und sah nach unten. Seine Großmutter stand mit ausgebreiteten Armen unter dem Baum, als wolle sie ihn auffangen.

Das weiße Kreuz schimmerte vor dem Hintergrund einer niederen braunen Hügelkette, deren Ränder vor dem sonnengebleichten Horizont flirrten. EN MEMORIA DE NUESTROS HERMANOS stand über dem Kreuz, und darunter, wenige Zentimeter über dem Bürgersteig: OBWOHL ICH EIN BARRIO DER DUNKELHEIT DURCHWANDRE, FÜRCHTE ICH NICHTS BÖSES, DENN GOTT IST MIT MIR. David mußte genauer hinsehen, um den zweiten Nebensatz zu verstehen, denn ein regloser Mann in einem zerrissenen Unterhemd lag ausgestreckt und mit einer braunen Papiertüte in der Hand vor den Worten IST MIT MIR. Ein alter Mann mit weißem Backenbart schob einen Snow-Kone-Eiskarren an dem so drastisch verzierten Wandgemälde vorbei. Er schlurfte an dem schnarchenden Säufer vorüber, ohne seinen Schritt zu bremsen oder den Blick von seinem imaginären Ziel abzuwenden, einem Punkt, Tausende von

Meilen entfernt von der Maravilla-Siedlung, in der er sich befand.

Während David aus dem Auto stieg und es abschloß, wurde er das Gefühl nicht los, beobachtet zu werden. Als er die Straße überquerte, schienen seine Turnschuhe auf dem Asphalt einen ohrenbetäubenden Lärm zu machen.

Wie die meisten Wohnungsbauprojekte der öffentlichen Hand hatte auch diese Ansammlung von ein- oder zweistöckigen Wohnblocks keine Beziehung zur Umgebung. Statt der fröhlichen Grün-, Gelb- und Pinktöne, mit denen auch noch die schäbigsten Hütten auf der anderen Straßenseite aufwarteten, zeigte die Maravilla-Siedlung nur offizielles Einheitsbeige. Statt des üppig wuchernden Dschungels aus Kakteen und Unkraut umgaben die Neubauten kurzgeschorene Büsche und braune, mit Müll und leeren Bierflaschen garnierte Rasenflächen. Stolze Armut war der Gleichförmigkeit der Aschentonnen gewichen, persönliches Leid dem kollektiven Ödland. Aber David mußte zugeben, daß sich die meisten Leute, die hier wohnten, glücklich schätzten.

Die Nachmittagssonne brannte heiß, während er nach der richtigen Parzelle suchte, und bald waren Kragen und Achselhöhlen schweißnaß. Vergeblich sah er sich nach jemandem um, den er nach dem Weg hätte fragen können, und plötzlich wurde ihm die gespenstische Leere der Siedlung bewußt. Es war wie in einer Geisterstadt, und er wartete beinahe darauf, daß der Wind einen entwurzelten Strauch vor sich hertrieb. Doch dann sah er ein kleines, nur mit Unterwäsche bekleidetes Mädchen, dessen Zunge von einem Kirschbonbon rot gefärbt war.

»Weißt du, wo Johnny Benítez wohnt?«
Sie nahm den Finger aus dem Mund und wies zuerst in die eine, dann in eine andere Richtung.
»Sprichst du Englisch?«
Das Mädchen schüttelte den Kopf.
»Hablas español?«
»Yes.«
David wollte sich schon geschlagen geben, als er plötzlich das schrille Jaulen einer elektrischen Gitarre hörte. Er folgte der Musik zu ihrem Ursprung, denn er wußte, daß dort Johnny sein würde, den Kopf verzückt zurückgeworfen wie Carlos Santana, während er seiner Fender Stratocaster die Töne entlockte. Am Abend des Unfalls hatten sie sich eigentlich zu einer Jamsession verabredet, doch Mondo hatte Ernst gemacht und eine Versammlung der Falcons einberufen.
»Johnny«, rief David durch das offene Fenster. »Ich habe gehört, die Stones suchen einen neuen Gitarristen.«
»Bist du das, Davie? Du Hurensohn!«
Johnny hielt die Tür auf und fuhr dann mit dem Rollstuhl zurück, damit David eintreten konnte. Sie umarmten sich, und einen Augenblick lang glaubte David, Johnny würde sich aus dem Rollstuhl hochstemmen und ihm auf den Rücken klopfen, so wie er es als Junge immer gemacht hatte.
»Schön, dich zu sehen, Johnny-Boy«, log David. »Nette Bude, die du da hast.«
»Ein Scheißloch ist das«, erwiderte Johnny, während er ein Päckchen Zigarettenpapier hervorzog, um einen Joint zu drehen. »Aber meine Schwestern lassen mich hier umsonst wohnen.«

»Na, das ist doch auch was.«
»Nur, wenn du pleite bist«, bemerkte Johnny bitter. »Sobald ich meinen nächsten Scheck bekomme, such' ich mir wieder 'ne eigene Bude. Ich hab' mich bei der City of Commerce umgesehen.« Er zündete den Joint an. »Siehst ja großartig aus, Mann. Schon verdammt lange nicht mehr gesehen.«
»Ja, zu lange«, entgegnete David und starrte in die Ferne, bis der Rollstuhl zu einem formlosen grauen Fleck wurde. »Viel zu lange.«

Eigentlich beginnt die ganze Geschichte an Weihnachten. Das Fahrrad wartet im Wohnzimmer auf ihn, genauso, wie David es sich vorgestellt hat. Der polierte Chromlenker funkelt unter dem Baum und wirft in dem frühmorgendlichen Licht Reflexe auf Boden und Wände. Von allen Kindern aus dem Viertel bekommt David immer die größten und teuersten Geschenke, und er hat bald gemerkt, daß es sehr einfach ist, Freunde zu finden und zu behalten, wenn er die anderen mit seinen Sachen spielen läßt. An diesem Morgen kann er es gar nicht erwarten, das Rad für eine Testfahrt mit nach draußen zu nehmen. Behutsam und leise, um seine schlafenden Eltern nicht aufzuwecken, schiebt er es in den Garten, und bald hat es eine kleine Gruppe weniger glücklicher Bewunderer angezogen. Keiner aus dem Viertel hat je von einem Fünfgang-Sting-Ray gehört, geschweige denn eins gefahren.
»David, laß mich damit fahren!«
»Nein, mich, David!«
Ein kleiner, dunkler Junge namens Mondo schiebt

sich nach vorn. Er ist der erste, der den auf dem Metallrahmen eingravierten Namen entdeckt.
»Falcon. Kling ja echt geil, Mann.«
Bis zum Abend wird daraus das Überwort der englischen Sprache. Sie können seine Kraft richtig spüren, wenn sie es über die Zungen rollen lassen und es sich gleichzeitig vorsagen wie eine Beschwörungsformel.
»Falcon.«
Einer der Jungs kommt plötzlich mit dem Vorschlag, daß jeder, der auf dem Rad gefahren ist, zu einem besonderen Club gehört, und daß dieser Club den Namen »die Falcons« trägt. Als Belohnung, weil er den Namen entdeckt hat, darf Mondo als erster mit dem Rad fahren. Dann Johnny. Man einigt sich darauf, daß David und die beiden Jungen die Anführer der Gruppe werden. Johnny ist freundlich, athletisch und allgemein beliebt. Da er größer ist als David oder Mondo, geht er immer leicht gebückt, obwohl sein Vater, ein Elektriker namens Frank Benítez, ihm beständig in den Ohren liegt, er solle »gehen wie ein Mann«. Mondo ist nicht so leicht zu durchschauen. Er ist klein und muskulös, mit stark indianisch geprägten Gesichtszügen, und seine Bereitschaft, verrückte Sachen mit dem Fahrrad zu machen und jede Herausforderung anzunehmen, hat ihm den Ruf der Furchtlosigkeit eingebracht. Keiner weiß viel über ihn, außer daß er mit seiner Tante in einer kleinen Wohnung am Ende der Straße wohnt. Über das Schicksal seiner Eltern gibt es unter den Falcons die unterschiedlichsten Gerüchte. Octavio sagt, er habe von seinem Vater erfahren, Mondos Dad sitze wegen Drogen im Gefängnis. Andere behaupten, sie hätten gehört, Mondo sei

ein Findelkind, das seine Tante in einem Karton auf ihrer Schwelle gefunden habe. Nicht einmal Johnny, der Mondo seit dem Kindergarten kennt, weiß etwas Genaues. David versucht einmal, mehr herauszufinden, doch Mondo weicht der Frage aus. »Ich hab' keine Familie«, antwortet er ruhig. »Ihr Jungs, die Falcons, seid meine Familie.« Danach hat keiner mehr den Mut, Mondo zu fragen, und das Geheimnis seiner Herkunft verstärkt nur noch seine gefährliche Ausstrahlung.

Die Falcons treffen sich regelmäßig hinter der Garage der Loyas, meistens um Zigaretten zu rauchen und Türklingelüberfälle auf die Nachbarhäuser zu planen. David ist meistens der Anstifter, Johnny ist einverstanden, und Mondo sieht zu, daß der Plan auch wirklich in die Tat umgesetzt wird. Auf Mondos Drängen werden ihre nächtlichen Streifzüge immer gewagter. In der Schule schließt man unterdessen einige der Falcons wegen Schlägereien in der Pause vom Unterricht aus, und als eines Nachts in der Schulkantine Feuer ausbricht, entsteht das Gerücht, daß die Bande dahinterstecke. Tags darauf spürt David verstärkten Respekt in den Blicken seiner Klassenkameraden. Das ändert freilich nichts daran, daß er trotz seiner Verbindung zu den Falcons weiterhin ein Einserschüler bleibt und in den Naturwissenschaften sogar Klassenbester ist. Über Johnny wenden sich nun auch andere Schüler an David, sie bieten ihm Gefälligkeiten an und Gefolgschaft als Gegenleistung für einen besonderen Schutz von den Falcons. David und Johnny werden zu den eigentlichen Anführern der Bande und erzielen mit geringstem Einsatz die größtmöglichen Erfolge. Sie

merken dabei nicht, daß Mondo sich immer mehr zurückzieht und sich einer Gruppe von Jungen anschließt, die nie zur Schule kommen. David fühlt sich im Schutz der Falcons und von seinen Lehrern anerkannt. Im Unterricht achtet er darauf, seinen Namen mit englischem Akzent auszusprechen, und wenn ihn jemand anspricht, gibt er vor, kein Spanisch zu verstehen. Bei gewissen Leuten beginnt er sogar zu leugnen, daß er zu den Falcons gehört.
Das Luftgewehr ist anfangs keine große Sache, nur etwas, mit dem man auf Flaschen zielen kann und auf Spatzen, die dumm genug sind, über die Garage der Loyas zu fliegen. Um mitmachen zu können, kaufen sich auch einige andere Jungen Luftgewehre. Doch auf einmal will Mondo »Kommandoüberfälle« auf die Straßenlaternen in der Nachbarschaft organisieren. David und Johnny sind zuerst dagegen, aber ihr alter Zeitvertreib verblaßt bald neben dem Reiz, das »Dirty Dozen« im eigenen Viertel nachzuspielen. Jeder Volltreffer wird mit einer funkenstiebenden Explosion und einem Scherbenregen belohnt. Wenn die Falcons »auf Patrouille« sind, bleiben die meisten anderen Jungen lieber zu Hause; sie haben Angst, willkommene Zielscheiben abzugeben. Die Bürgersteig-Guerillas haben es bald gelernt, sich bei den ersten Anzeichen von Schwierigkeiten oder dem Auftauchen der Polizei zu zerstreuen, um sich später an einem vorher vereinbarten Ort wieder zu treffen. Etwa um diese Zeit bekommt Johnny von seinem Vater einen gebrauchten Volkswagen-Kombi. Als Mondo und David ihn an diesem Nachmittag zur ersten gemeinsamen Ausfahrt treffen, hat Johnny bereits FALCONS auf die Kotflügel

gemalt. Das Auto eröffnet den Jungen eine vollkommen neue Welt, sie können jetzt die ganze Stadt durchstreifen. Bald haben auch die beiden anderen einen fahrbaren Untersatz. David entscheidet sich für einen abgetakelten Ford-Transporter und Mondo für einen alten 57er Chevy mit Rennreifen und speziell angefertigter hydraulischer Federung für die optisch wirksamste Straßenlage bei Kreuzfahrten auf dem Whittier Boulevard.

Als die Falcons dann Drogen und Mädchen entdekken, spürt David, daß er gegenüber Mondos aggressivem Einfluß an Boden verliert. Mondo wird der Stammdealer der Bande, und mit dem Verkauf von Pillen und Gras verschafft er sich Freunde und zusätzliches Taschengeld. David bittet ihn eines Tages, doch etwas kürzer zu treten, doch Mondo läßt ihn kalt abblitzen. »Einige von uns haben eben keine reichen Eltern, die ihnen alles kaufen, was sie wollen«, meint er verächtlich, und David spürt, wie ihm der Mund trokken wird. Waren David und Mondo bisher Gleichberechtigte, die sich die Macht teilten, betrachten sie sich nun gegenseitig mit wachsender Verachtung. Hinter Mondos Rücken zieht David über seinen ehemals besten Freund her, nennt ihn einen Verlierer, einen Vorstadtgangster ohne Ehrgeiz und Zukunft. Mondo schlägt zurück und schimpft David ein »verzogenes Würstchen«, das seinen Freunden in den Rücken fällt, um den verdammten Gringos den Arsch zu lecken. Johnny, der an sich selbst immer zuletzt denkt, ist hin und her gerissen zwischen zwei entgegengesetzten Freundschaften. Es kommt soweit, daß Mondo und David nur über den gemeinsamen Freund miteinan-

der reden, dessen Bemühungen, den Zusammenprall der beiden Egos zu entschärfen, das einzige ist, was ein Auseinanderbrechen der Falcons in sich bekriegende Fraktionen verhindert.
Gegen Ende des dritten Schuljahrs wird David zu einem außerplanmäßigen Treffen in ein verlassenes Lagerhaus am Bahndamm gerufen. Das Gebäude steht auf Mondos Gebiet, aber David hat keine andere Wahl: zu kneifen würde bedeuten, seinen Status als Falcon aufzugeben. Als David an diesem Abend nach dem Essen vor die Tür geht, warten bereits Johnny und einige Jungen schweigend und zigarettenrauchend auf ihn. Unterhielten sie sich sonst über Mädchen und Gitarren, so machen sie sich diesmal wortlos auf den Weg, Johnny voran als Führer durch das Gedärm der Stadt, ein Niemandsland mit verlassenen Gebäuden und Maschendrahtzäunen. Sie erreichen einen großen Schuppen, dessen Wände wie kompliziertes Gitterwerk aus zerbrochenen Fenstern wirken. Mondo kauert mit ein paar seiner Anhänger auf der zerbrökkelnden Treppe; ihre schwarzen Silhouetten verschwimmen in der Dunkelheit. Die meisten Gesichter kennt David nicht. Sogar ihr Aussehen ist anders; die Haare sind pomadig straff und zu Pferdeschwänzen gebunden, sie tragen weite Westen über weißen T-Shirts. Einer hat ein großes Springmesser im Gürtel.
»Bin echt froh, daß ihr heut abend Zeit habt, *hermanos*«, sagt Mondo, als die anderen die Treppe erreichen. »Fertig mit den Hausaufgaben, hm?«
»Diese Woche nehmen wir primitive Lebewesen durch«, antwortet David. »Ich glaub', für heute abend gibt's Extrapunkte.«

»Hört euch das an! Schlau und sarkastisch, das Kerlchen, was? Ich wette, der wird noch mal 'n richtiger großer Anwalt, auf den wir dann alle stolz sein können.«
Mondos Anhänger kichern.
»Und jetzt ist er da, um was zu lernen«, fährt Mondo fort. »Ich glaube, wir werden ihm schon was beibringen.«
Mondo tritt das Eisenblech, das als Tür dient, zur Seite und winkt den anderen, ihm zu folgen. Als einige der Falcons zögern, lacht er sie aus und ruft: »Was is' denn los. Seid ihr Falcons oder Feiglinge?«
David und Johnny klettern als letzte hinein. Das Gebäude ist leer bis auf ein paar Farbkübel und einige Bretterstapel. Das einzige Licht ist ein trüber gelber Schein, der von den Deckenfenstern herabfällt.
»Was ist jetzt mit deiner großen Überraschung?« will David wissen.
»Das ist was ganz Spezielles.«
»Aber klar doch. Und wie speziell?«
»Ein Saturday-Night-Special.«
Auf Mondos geöffneter Handfläche liegt ein Revolver.
»Willst du ihn mal ausprobieren, *hermano?*«
»Das ist also dein neues Spielzeug«, sagt David und ist sich schmerzhaft bewußt, wie schwach seine Stimme klingt.
Mondo fängt an zu lachen, und sein Lachen heißt: Ich habe gewonnen, du bist keiner mehr von uns.
»Echt toll«, schreit David, »das Ding bringt euch Kerle doch höchstens in den Knast.« Aber die Schatten verschlucken seine Worte.
»Laß das mal unsere Sorge sein!«

»Werd' ich auch«, entgegnet David. Mondo hat ihn überrumpelt, er muß den Rückzug antreten. »So 'ne Scheiße brauch' ich nicht. Ich verschwinde von hier, bevor die Bullen auftauchen. Kommt jemand mit?«
Das Schweigen dröhnt in seinen Ohren.
»Ich.«
Es ist Johnny.
»Na gut«, sagt Mondo. »Laßt die zwei *maricóns* gehen!« Aber Johnnys Abfall schmälert seinen Sieg.
»Leck mich«, sagt David.
Einer der Neulinge drängt nach vorne, aber Mondo hält ihn zurück. »Ist schon gut«, sagt er, als David und Johnny sich bereits umgedreht haben. »Laßt sie heim zu Muttern! Aber kommt ja nicht mehr zurück, ihr beide; Falcons fliegen nicht mit Hühnern.«
Diesmal fällt die ganze Gruppe in sein Lachen ein.

»Guter Stoff, was?« Johnny zog an dem Joint und hielt den Rauch so lange wie möglich in den Lungen, bevor er ihn in einer blauen Wolke wieder ausatmete.
»Ja, super«, entgegnete David.

Einige Wochen später versuchen Mondo und einige Falcons, einen Spirituosenladen am Beverly Boulevard auszurauben. Irgend jemand gibt der Polizei einen Tip, und zwei Streifenwagen erwarten sie in der Gasse neben dem Laden. Den Möchtegernbanditen bleibt nur ein überstürzter Rückzug. Schüsse fallen, ein Passant wird verletzt. Mondo und zwei seiner Kumpane werden an einem *Taco*-Stand, wenige Blocks entfernt, verhaftet. Er kommt wegen bewaffneten Raubs für mindestens zwei Jahre ins Gefängnis.

In diesem Sommer tauscht Johnny seine akustische Gitarre gegen eine elektrische ein und nimmt Stunden bei einem Musiker aus einer ortsansässigen Band. David besucht ihn manchmal mit seiner Gibson, und sie spielen zusammen: Beatles, Stones, Santana und alles, was sie von Platten kennen oder im Radio aufschnappen. Johnny hat eine klare, weiche Stimme, und bei manchen Songs fällt David ein und singt die zweite Stimme. Sie reden davon, eine eigene Band zu gründen und berühmte Rockstars zu werden. Besonders witzig finden sie dabei, daß sie die Band Saturday-Night-Special nennen wollen.
Im letzten Schuljahr achtet David sehr darauf, Distanz zu den Falcons zu halten. Er glaubt, Mondos Gesicht unter den Jungs gesehen zu haben, die vor »Millie's« herumhängen, ist sich aber nicht sicher. Außerdem ist er viel zu sehr damit beschäftigt, mit Johnny zu üben und sich an verschiedenen Colleges zu bewerben, als daß er sich Gedanken über die alte Bande gemacht hätte. Wie das rostige Sting-Ray in seiner Garage gehören die Falcons der Vergangenheit an. Der Studienberater an der Schule hält Davids Testergebnisse und Noten für so gut, daß er ihm einen Platz an einem erstklassigen College, vielleicht sogar in Stanford, zusichert. Der Gedanke, eine Universität zu besuchen, ist ebenso aufregend wie erschreckend.
»Probier's doch, Mann!« drängt ihn Johnny eines Abends, während sie die Akkorde für »Brown Sugar« einüben. »Du bist genauso schlau wie diese Gringo-Ärsche. Du bist kein Trottel wie ich. Du schaffst es. Du bringst es zu was.«
»Du auch«, hält David ihm entgegen.

Johnny zuckt mit den Achseln und schneidet eine Grimasse.
Zwei Wochen vor der Abschlußprüfung kommt die Nachricht, daß Mondo aus dem Gefängnis entlassen und wieder im Viertel ist. Er läßt David und Johnny wissen, daß er nach der Disco am Donnerstagabend auf sie warten werde. David ist zunächst erleichtert; um eine Konfrontation zu vermeiden, brauchen sie sich nur nicht sehen zu lassen. Aber Johnny will davon nichts hören. »Ich lass' mich doch von diesem Saukerl nicht verarschen«, sagte er zu David am Telefon. »Der will uns doch bloß wieder als Feiglinge hinstellen. Denk dir nichts, Davie! Der versucht keine Tricks. So blöd ist er auch wieder nicht.«
Tags darauf schwänzt David die Schule und verbringt den Nachmittag mit Lesen und Musikhören. Er versucht, die Songs zu spielen, die er mit Johnny in den vergangenen Wochen eingeübt hat. Doch nach ein paar Minuten zieht er den Stecker wieder aus dem Verstärker. Er braucht Johnny als Begleitung, damit es wirklich gut klingt.
»Ich geh' zur Disco«, verkündet David beim Abendessen.
»Nicht heute abend«, befiehlt sein Vater. Und diesmal widerspricht ihm auch Susanna nicht.
»Wenn's Streit gibt«, sagt sie, »will ich nicht, daß mein Junge von einer Bande *pachuchos desgraciados* verprügelt wird.«
»Aber ich muß hin«, bettelt David. »Sonst ist Johnny alleine.«
»Besser er als du«, entgegnet sein Vater. »Du bleibst zu Hause, verstanden?«

David versucht, Johnny daheim anzurufen, aber es meldet sich niemand. Er legt sich einen Plan zurecht. Beim Abendessen täuscht er einen Wutanfall vor und wirft die Gabel über den Tisch. Wie erwartet, gibt ihm sein Vater eine Ohrfeige und schickt ihn auf sein Zimmer. Zuerst hat es den Anschein, als wollten seine Eltern die Küche nie verlassen, doch schließlich tun sie es doch. Sobald er hört, daß sich ihre Stimmen zum Schlafzimmer bewegen, springt er aus dem Fenster und fängt an zu laufen. Er läuft, bis seine Lunge brennt und jeder Atemzug zur Qual wird, aber er wird nicht langsamer. Er ist nur noch ein paar Blocks entfernt. Johnny tanzt gewiß und wird über die Befürchtungen seines Freundes lachen. Was soll's, wenn sie ihm ein Jahr Hausarrest aufbrummen; mit seinen Eltern kann er sich später herumschlagen.

Sobald David um die letzte Ecke biegt, weiß er, daß etwas nicht in Ordnung ist. Leute stehen vor der Turnhalle, das Disco-Licht fällt auf die Straße. Beim Näherkommen merkt David, daß die blinkenden Lichter von einem Krankenwagen kommen. Er bekämpft die Übelkeit, die in ihm hochsteigt, und schiebt sich durch die Menge, da heben die Sanitäter Johnny gerade auf eine Bahre.

»Was ist passiert?« fragt er Johnny und versucht, nicht zu weinen.

»Ich spür' meine Beine nicht mehr.«

»Was zum Teufel ist denn passiert?«

»Mondo glaubt, wir hätten ihn verpfiffen, Davie. Er sagt, wir haben es den Bullen gesteckt.« Schmerz und Unglauben verzerren Johnnys Gesicht. »Warum glaubt er das nur?«

»Keine Ahnung«, sagt David und drückt mit den anderen die Wagentür zu.

»Bist du sicher, daß du genug abbekommst?« Johnny sah ihn durch die Rauchschwaden hindurch an.
»Ja. Super Stoff. Echt gut.«
Johnny schien beruhigt. »Ich hab' gehört, du bist jetzt 'n bonziger Anwalt. Gefällt's dir noch in New York?«
»Das ist alles nicht so toll.« David lehnte den nächsten Zug ab. »Und was ist mit dir, Johnny?«
»Ich? Ich bin die große Nummer auf Rädern, Mann.« Er drückte den Stummel in einem als Sombrero geformten Keramikaschenbecher aus. Ein winziger Mexikaner döste am überquellenden Rand, die Füße schwarz von Nikotin und Marihuanarückständen. »Ich schlag' mich so durch. Ich hab' meine Gitarre und meine Stereoanlage. Meine Schwester kocht für mich. Das ist so ziemlich alles.«
»Johnny, ich suche ein Mädchen. Ich hab' ein Foto von ihr.«
Johnny musterte den Schnappschuß. »Nicht schlecht. Hat sie dich sitzenlassen oder was?«
»Es geht um was anderes. Sie hat vielleicht Schwierigkeiten mit den Behörden.«
Johnny hob die Schultern. »Jeder hier in der Gegend hat irgendwelche Schwierigkeiten.«
Eine Fliege schwirrte am Fensterglas, und Johnny machte einen halbherzigen Versuch, sie mit einer Zeitung zu erschlagen.
»Scheiß *moscas!* An der Decke krieg' ich sie nicht. Ich bräuchte 'ne Fliegenpatsche mit so 'nem Teleskopstiel, weißt du.«

David nickte und versuchte, Johnnys nutzlose Beine nicht anzusehen.
»Ich war noch nie im Osten. New York muß ja irre sein. Die Riesenhäuser und das alles.«
»Es ist ganz anders als hier«, stimmte ihm David zu.
»Du mußt deinen faulen Arsch mal hier rausbewegen.«
Die Fliege verließ das Fenster und flog summend und in konzentrischen Kreisen über ihren Köpfen.
»Du spielst wirklich gut«, sagte David. »Du bist besser geworden, seit ich dich das letztemal gehört habe.«
Johnnys Gesicht hellte sich auf. »Ich hab' viel Zeit zum Üben. Aber unsere Jamsessions gehen mir ab. Wir müssen eine durchziehen, wenn ich mal nach New York komme. Vielleicht bringen wir den alten Groove wieder drauf.«
»Vielleicht. Sag mal, was weißt du über die M-1-Boys?«
Johnny wühlte in seiner Plattensammlung. »Denen gehört praktisch das ganze Viertel. Manchmal helfen sie den Leuten, manchmal machen sie sie fertig. Die sind hier mehr oder weniger das Gesetz.«
»Was ist mit ihrem Anführer, einem Kerl namens Huero?«
»Hast du das neue Santana-Album schon gehört?«
»Nein. Leg's auf!«
Johnny lenkte den Rollstuhl zur Stereoanlage und legte die Platte vorsichtig auf den Teller. Er wischte die Rillen mit einem Antistatiktuch ab, bevor er den Tonarm aufsetzte.
»Er ist ein totaler Spinner. Soviel ich weiß, ist er ein bißchen verrückt, wie Mondo, nur schlauer. Ich glaube, er war sogar auf dem College.«

Die Lautsprecher pumpten Latinrock ins Zimmer.
»Stehst du noch auf diese Art Musik?«
»Ja.«
Johnny hielt ihm das Plattencover hin, und David bemerkte eine gewundene Linie von Pusteln und kleinen Wunden an Johnnys Arm. Johnny hob den Kopf und sah, daß David Bescheid wußte.
»Spiel nicht den Richter, Mann«, sagte er.
Auf dem Weg zum Auto entdeckte David ein zweites Wandgemälde. Es war die lebensgroße Darstellung der Heiligen Jungfrau in einem Kranz leuchtendoranger Flammenzungen. Unter ihren Füßen hatte der Künstler Rosen und Ringelblumensträuße dazugemalt. Erst als David knapp vor dem Bild stand, erkannte er, daß die Blumen echt waren.

5. Kapitel

An den Hauswänden am Benedict Canyon Drive gab es keine Wandgemälde. David überließ einem Parkwächter die Autoschlüssel, stieg die geschwungene Marmortreppe hoch und schob sich durch den dichtbevölkerten Eingang einer pfirsichfarbenen Villa. In der Wohnung hatte David nur kurz geduscht und eine schwarze Jeans und ein frisches Hemd angezogen, nachdem er Kurts Notiz mit der Beschreibung des Wegs zur Party gelesen hatte. »P. S.«, schloß die Notiz. »Ignorieren ist nicht gestattet.«

David schlenderte durch das Haupthaus. Alkohol, Essen und Mädchen waren vom Feinsten und im Überfluß vorhanden. Obwohl es kaum acht Uhr war, dauerte die Party offensichtlich bereits Stunden. Das meiste spielte sich in einem riesigen Zimmer mit einer Glasfront ab, durch die man auf die manikürten Rasenflächen hinaussah. Zwei Riesenposter von John Wayne und Karl Marx hingen von der Decke wie Banner über einem Knäuel wirbelnder Tänzer.

David suchte sich eine Bar und bestellte bei einem als Lone Ranger verkleideten Barkeeper einen Tequila mit Grapefruitsaft.

»Ich wußte ja nicht, daß es ein Kostümfest ist«, sagte David, während er den Drink entgegennahm.

»Es ist ein Tex-Marx«, korrigierte ihn der Keeper.
»Was ist denn das?«
»Texanisch-marxistisch. Du weißt schon. Gulag *guacamole*, Red Square-Dancing...«
David lachte. »Und du bist wahrscheinlich der Deputy Dogma.«
»Ich? Ich bin der Red Star Sheriff«, erwiderte der andere und zeigte ihm ein blutrotes Abzeichen.
David wandte sich der Tanzfläche zu, wo die Leute sich einzeln oder in ungleichen Gruppen zu »La Bamba« und »Back in the USSR« bewegten. In einer Ecke des Raumes spielten zwei Kerle mit Mao-Mützen Tischtennis. Jubel kam auf, als ein motorbetriebenes Glasdach sich rumpelnd öffnete und den Blick auf die zerzausten Spitzen angestrahlter Palmen freigab.
David ging durch den Saal und schnappte hier und dort Gesprächsfetzen auf.
»...Da müßte ich ja auf dem schwarzen Markt einkaufen, um es zu dem Preis zu bekommen...«
»...Weißt du eigentlich, daß du, wenn du mit der schläfst, mit jedem Außerirdischen des ganzen Universums pennst...?«
»...Schön langsam kann ich nichts Schwarzes mehr anziehen, ohne gleich einen entsetzlichen Ausschlag zu bekommen...«
»...Na, egal, was da nie angefangen hat, jetzt ist es endlich vorbei...«
»...Hat er den Blinzeltest bestanden...?«
»Was ist das, ein Blinzeltest?« fragte David.
Er drehte sich um und bemerkte einen Mann und zwei Frauen, die ihn anstarrten. Sie schienen überrascht, daß jemand ihrer Bemerkung Beachtung schenkte.

»Na ja«, bemerkte die größere Frau, während ihr kleiner Kreis sich um David schloß. »Man sucht sich jemand aus der Menge heraus und sieht sich in die Augen, bis einer von beiden blinzelt.«
»Habe ich geblinzelt?«
»Nein.«
»Was wäre passiert, wenn ich geblinzelt hätte?«
»Dann hättest du verloren«, warf der Mann ein.
»Was verloren?«
»Wen du gerade gesucht hast.«
»Woran merkt man, daß ich jemand suche?«
Die kleinere Frau legte den Kopf in den Nacken und sah zu ihm hoch. »Jeder sucht irgend jemand.«
»Vor allem, wenn man ihn nicht finden kann«, mischte sie die erste Frau ein.
Die Verschwörer lächelten.
»Stimmt das?« fragte David, der eben Kurt am anderen Ende des Zimmers entdeckt hatte. »Dann macht es ja eigentlich nichts aus, wenn ich gehe, oder?«
»Du hast geblinzelt«, sagte der Mann.
Kurt trank Campari-Soda. »Netter Haufen, hm?« sagte er mit gespielter Gleichgültigkeit.
»Wenn du es sagst.«
»Die da? Die zählen nicht.«
»Wer zählt dann, Kurt?«
»Siehst du die Blonde da?« Kurt sah über den Rand seines Glases hinweg zu einem Starlet in einem rükkenfreien Kleid.
»Die ist ja kaum zu übersehen.«
»Sie brennt darauf, dich kennenzulernen.«
»Hoffentlich verbrennt sie nicht.«
»Das wage ich zu bezweifeln.« Kurt legte David den

Arm auf die Schulter. »Aber zuerst die große Besichtigungstour!«
Kurt zeigte ihm das Haus, in dem weder Fitneßraum noch Billardzimmer fehlten. Dann gingen sie auf die Terrasse hinaus, vorbei an einem Springbrunnen, und spazierten schließlich auf einem schmalen Weg über die weiten Rasenflächen. Einige Gäste badeten nackt in dem dreieckigen Pool. »Kommt rein, das Perrier ist ausgezeichnet!« rief jemand.
»Ich bin beeindruckt«, sagte David. »Wem gehört denn das Haus?«
»Dem Sohn eines Filmproduzenten. Hat kein Talent, will's aber nicht wahrhaben.«
»Sieht nicht so aus, als hätte er es je nötig.«
»Es ist eine Zauberformel: Reichtum plus Unsicherheit ergibt großzügige Unterhaltung.«
Der Pfad endete am Rand einer steilen Klippe. Unter ihnen breiteten sich dunkel die gewundenen Cañons aus, an deren Rändern sich ein Gitterwerk aus Grundstücken und glitzernden Boulevards bis zu den Gemeinden Venice und Playa del Ray am Meer erstreckte. Die Lichter der Stadt funkelten wie eine Nahaufnahme der Milchstraße; eine fast schwindelerregende Täuschung, so als würde man auf den Sternenhimmel hinuntersehen.
»Ich treffe mich morgen mit Huero«, bemerkte David.
»Um festzustellen, ob sie dort ist?«
»Ja.«
»Denk an unsere Abmachung«, sagte Kurt ernst. »Das ist mein Kampf.«
»Ich denke daran.«

In schweigender Übereinstimmung sahen sie wieder auf die Hügel hinaus. Dann sagte Kurt, ohne den Kopf zu drehen, und sein attraktives Profil zeichnete sich dabei vor dem diffusen Licht der Stadt ab: »Weißt du, meiner Familie gehörte früher ein Teil des Grunds, auf dem wir hier stehen.«
»Was ist passiert?«
Kurt lachte sarkastisch. »Es gibt immer noch ein paar Anwälte in der Stadt, die das herausfinden wollen. Aber rauskommen wird dabei wahrscheinlich nur der übliche Blödsinn. Familienpolitik. Ein Angebot, dem mein Großvater nicht widerstehen konnte.«
»Davon wußte ich gar nichts.«
Kurt bohrte den Absatz in den Boden. »Als Junge kam ich manchmal alleine hier rauf. Da gab es hier noch überhaupt nichts, nur Erde und Sträucher und Gras. Es kostete mich 'ne halbe Stunde mit dem Rad und ein paar Liter Schweiß, um hier hochzukommen, aber das war es immer wert. In der Nacht gab's Kojoten, die heulten wie verrückt den Mond an. Ich machte mir vor Angst fast in die Hose, aber das gehörte eben dazu. Genau hier an diesem Fleck stand ich immer und hatte das Gefühl, als würde mir die ganze Stadt, die ganze Welt gehören. Ich hatte das ganze Leben noch vor mir und wußte es auch. Und ich wußte, daß ich es wußte.«
Kurt lachte kurz und zynisch auf. »Und plötzlich – ich weiß auch nicht, warum – zerriß etwas in mir, und ich wurde traurig. Nicht weil irgendwas nicht stimmte; im Gegenteil, weil ich wußte, daß es nie wieder so perfekt sein würde.«
Kurt stieß mit dem Fuß einen Erdklumpen über den

Abhang, und die beiden verfolgten seinen Sturz ins Nichts.

»Als die Bauarbeiter dann anfingen, alles aufzureißen, zog ich immer die Landvermessungsmarkierungen heraus, diese Stöckchen mit den roten Fahnen, und warf Kiesel in die Tanks der Bulldozer. Aber die bauten weiter ihre Häuser und zäunten das Land ein, Stück für Stück. Jetzt sind die Kojoten verschwunden, und statt dessen laufen diese Arschlöcher hier frei herum. Die Reichen haben keine natürlichen Feinde – höchstens das Finanzamt.«

»Aber eigentlich«, warf David dazwischen, »kann niemand das Land wirklich besitzen. Ich meine, solange du hier stehen und es genießen kannst, ist es in gewisser Weise immer noch deins.«

»Wahrscheinlich«, gab Kurt zu. »Aber es ist irgendwie anders.«

David versuchte sich vorzustellen, wie es hier ausgesehen hatte, bevor die Stadt das große Becken überwucherte wie ein Betonkrebs, vor dem Grundstücksboom, ehe die Siedler und die Spanier und die Mönche das Land für sich, ihre Königin oder ihren Gott beanspruchten. Damals, als die Indianer den Boden heilig hielten und die Magie und nicht das Geld die höchste Macht war. Wer zahlte eigentlich die Steuern, überlegte sich David, wenn alles frei war?

»Wahrscheinlich denkst du jetzt, ich habe etwas verloren, das mir nie gehört hat«, sagte Kurt, als könne er Gedanken lesen. »Aber wenn das stimmt, wem gehört es dann jetzt?« Kurt ließ die Frage einen Augenblick in der Luft hängen, bevor er hinzufügte: »Soviel zu Zen und der Kunst des übersinnlichen Grundbesitzes.«

Der Zauber war zerstört, und ihre Unterhaltung verflüchtigte sich wie eine Luftspiegelung auf einer Wüstenstraße.

»Na ja«, meinte David einlenkend. »Ich brauch' jetzt noch einen Drink.«

Getanzt wurde inzwischen im ganzen Haus, und David und Kurt mußten ihre Gläser vor zuckenden Gliedern schützen, während sie sich an den Möbeln entlang einen Weg bahnten. David hörte ein Glas zerbrechen und dann perlendes, kehliges Lachen. Die Blonde stand alleine am Buffet, ohne das Tohuwabohu hinter sich zu beachten. Probiert wahrscheinlich die Trotzki-Tortillachips, dachte David. Bevor er sich noch überlegen konnte, ob er zu ihr gehen sollte oder nicht, spürte er Kurts Faust im Rücken, die ihn vorwärts stieß.

»Ich glaube nicht, daß wir uns schon mal begegnet sind.«

Sie nippte an ihrem Drink und sah ihn prüfend an. »Soll das jetzt 'ne intelligente Gesprächseröffnung gewesen sein?«

»Nur eine Feststellung von Tatsachen, Ma'am.«

»Also, soviel ich weiß, bist du kein Schauspieler.«

»Ist das hier in der Stadt eher von Vorteil oder von Nachteil?«

»Und ich weiß auch, daß du nicht in Los Angeles lebst.«

»Du scheinst ja 'ne Menge über mich zu wissen«, sagte David. »Dann solltest du vielleicht auch meinen Namen erfahren. Ich bin David.«

»Und ich bin Goliath«, erwiderte sie und verschwand in einem anderen Zimmer.

David entschied sich für einen Abstecher zum Klo. Er schlenderte durch den leeren Teil des Hauses, bis er eine Tür entdeckte, vor der einige Leute Schlange standen. Er hatte sich eben angestellt, als ihm jemand auf die Schulter klopfte. Es war ein Mann in Smoking und lavendelfarbener Fliege. »Entschuldigung«, sagte er höflich. »Würde es Ihnen etwas ausmachen, Miss Bennett vorzulassen?«

Miss Bennett war eine ältere Dame in einem rosafarbenen Seidenkleid mit zerzausten Federn am Kragen. Straßohrringe hingen an ihren Ohrläppchen wie übergewichtiges Gepäck.

»Natürlich nicht.« David knirschte mit den Zähnen. »Bitte nach Ihnen.«

Die Toilettentür wurde aufgestoßen, und drei Scherzbolde kamen, ein dümmliches Grinsen auf ihren Gesichtern, heraus. Waschbecken, Toilette und Duschkabine waren mit flatternden Toilettenpapierstreifen verziert. »Der nächste bitte!« riefen sie fröhlich.

David fand Kurt auf der Terrasse inmitten einer Gruppe lachender Gäste.

»Marty, ich möchte dir meinen alten Kumpel aus New York vorstellen«, sagte Kurt zu einem jungen Mann mit beginnender Glatze in ausgebeulten weißen Hosen und einem betäubend schrillbunten Hawaiihemd.

»David Loya, das ist Martin Jaffe, einer der dekadentesten Männer der Branche.«

»Kurt, du gäbst einen ausgezeichneten PR-Agenten ab«, erwiderte Jaffe und hob sein Champagnerglas. »Liegt wahrscheinlich in der Familie. Verzeihung, war nur ein Witz«, fügte er dann hinzu und hielt sich die Hand vor den Mund, als hätte er etwas Unanständiges gesagt.

»New York ist eine Wahnsinnsstadt«, meinte Jaffe, zu David gewandt. »Jemand hat mal gesagt, sie ist wie zehn Pfund Shit in einer Fünfpfundtüte.«

»Aber es ist wirklich guter Shit«, fügte ein anderer hinzu.

»Klar doch. Ich hab's ja auch positiv gemeint.« Jaffe beschrieb mit seinem Glas einen zittrigen Kreis. »David, wir haben uns eben über ein sehr interessantes Thema unterhalten. Anscheinend hat ein Wissenschaftler in New Orleans vor ein paar Jahren den Teil des Hirns lokalisiert, der für das Lustempfinden verantwortlich ist. Es gibt da noch eine etwas eigenartige Geschichte über ein paar verwirrte Ratten, aber die wollen wir auslassen, um unsere Sensibelchen nicht zu sehr aufzuregen. Wichtig ist, daß dieser Typ damit anfing, Elektroden in menschliche Gehirne zu implantieren, und so dieses sogenannte Lustzentrum auf Knopfdruck stimulieren konnte. Ihr wißt schon: an/aus, an/aus. Man muß sich nur mal vorstellen, was dabei herauskommt!«

»Ich glaube, Woody Allen hat das bereits getan«, sagte David.

»Möglicherweise können wir«, fuhr Jaffe fort, »auf den ganzen teuren Schrott verzichten, der uns höchstens zwanzig Minuten lang antörnt: Schnaps, Drogen, Sex...«

»Filme«, rief jemand.

»...und einfach nur so 'nen kleinen Apparat mit uns rumschleppen.«

»Und was sollen die Leute im bolivianischen Dschungel dann anbauen?« fragte Kurt.

»Na«, entgegnete Jaffe achselzuckend, »Endlösungen sind doch für uns kein Problem, oder?«
Die Lacher kamen aufs Stichwort, wie die Salven aus dem Off bei einer Soap-Opera.
»Was ist denn hier so verdammt lustig?«
David brauchte gar nicht hinzusehen; es war die Blonde.
»Trudy-Schätzchen«, säuselte Jaffe und zog sie zu einem brüderlichen Kuß eng an sich. »Ich glaube, diese Halunken da kennst du bereits. Und dieser Gentleman hier ist Randalls Freund aus New York, David Loya.«
»Wir sind uns schon begegnet«, sagte sie, bevor David den Mund öffnen konnte. Ihr Händedruck war fest.
»Na«, meinte Jaffe mit gespielt sich überschlagender Stimme, »in diesem Kreis sind Vorstellungen wohl überflüssig.«
Jaffe warf Kurt einen kurzen Blick zu, und der brachte das Gespräch wieder auf New York.
Während David eine alberne Frage nach den besten Restaurants in Manhattan beantwortete, sah er, wie Jaffe Trudy etwas ins Ohr flüsterte und ihr etwas zusteckte. Er tat es sehr geschickt, wie bei einem Kartentrick.
»Tut mir leid, aber ich werde euch Mr. Loya jetzt entführen«, sagte Trudy, hängte sich bei ihm ein und führte ihn nach oben.
»Ich habe vorhin wahrscheinlich sehr unhöflich gewirkt«, sagte sie entschuldigend, sobald sie alleine waren. »Aber hier hängen eine Menge Wichser rum, wenn du weißt, was ich meine.«
»Ich glaube schon.«

Vor einem offensichtlich leeren Schlafzimmer blieb sie stehen. Nachdem sie die Tür hinter ihnen wieder verriegelt hatte, öffnete sie ihre Handtasche und holte einen winzigen Strohhalm und einen Plastikbeutel mit orangefarbenem Pulver heraus.

»Willst du auch was?« fragte sie.

»Kokain macht mich nervös.«

»Kokain? Das nimmt doch kein Mensch mehr! Das hier ist viel, hm, sanfter.«

»Beim nächstenmal vielleicht.«

Sie zuckte mit den Achseln und schnupfte eine kleine Prise. »Loya. Ist das portugiesisch?«

»Meine Großeltern stammen aus Mexiko.«

»Es ist nur, weil ich mal einen portugiesischen Freund hatte. Du siehst fast aus wie er, nur größer.«

Sie war hübsch wie ein Fotomodell, bis auf eine leichte Hakennase. Sie setzte sich neben ihn aufs Bett, und er sah, wie sich ihre Pupillen erweiterten.

»Groß, dunkel, attraktiv. So wie ich sie mag.«

Sie beugte sich zu ihm und drückte ihre Lippen auf die seinen. Ihre Zunge war wie besessen.

»Weißt du«, sagte sie dann atemlos. »Ich habe die Schlüssel für ein super Haus in Palm Beach, das diese Woche niemand benutzt. Wir könnten gleich morgen früh losfahren.«

»Warum denn diese Eile?«

»Keine Eile«, erwiderte sie, während sie sein Hemd aufknöpfte. »Ich glaube nur, daß wir eine Menge Spaß miteinander haben könnten.«

David wurde das Gefühl nicht los, eine gestellte Szene durchzuspielen. Das Gespräch klang für ihn wie die Dialoge einer zweitklassigen Schmonzette. Sie waren

an dem Punkt angelangt, wo er eigentlich das Licht hätte ausmachen sollen.
Kamera ab.
Action.
Schnitt.
»Hör mal«, fragte er, während sie mit seinem Gürtel beschäftigt war, »hat Jaffe dir gesagt, du sollst mein Lustzentrum stimulieren?«
»Ist das wichtig?«
»Vielleicht.«
»Und das soll ich dir glauben?« fragte sie und strich mit den Fingerspitzen über die Beule in seiner Jeans.
»Das meine ich gar nicht. Es ist nur im Augenblick nicht die beste Zeit für mich, um mich mit jemandem einzulassen.«
»Wer«, fragte sie und schaltete das Licht aus, »hat denn etwas von einlassen gesagt?«

Das Mädchen ist älter als David – ungefähr siebzehn, schätzt er –, und sie spricht nicht einmal Englisch. Aber das muffige kleine Haus macht ihn nervös, und er wetzt so lange auf seinem Stuhl herum, bis es seiner Mutter zu dumm wird und sie ihn in den Garten scheucht.
»Geh und spiel mit deiner Cousine Lupita!«
»Sie ist nicht meine Cousine.«
»Ist sie schon. Sie ist eine Cousine zweiten Grades. Und jetzt laß uns allein, damit wir in Ruhe reden können!«
David weiß nicht genau, was eine Cousine zweiten Grades ist, aber sehr genau, daß es ihm hier nicht sonderlich gefällt. Die gleißende Sonne hat alle Farben

ausgebleicht, und die Erde unter seinen Füßen ist so hart wie Beton. Der Reiz, in einem anderen Land zu sein, ist längst verschwunden, und David wäre gern wieder in seinem eigenen Viertel, wo es richtige Bürgersteige entlang der Straßen gibt und die Hunde nicht zu müde oder zu hungrig sind, um mit dem Schwanz zu wedeln. Lupe füttert die Hühner in einem Maschendrahtverschlag in einer Ecke des Hofs. Ihre braunen Zöpfe berühren den Boden, wenn sie sich zu den gackernden Tieren hinunterbeugt. Da sonst nichts zu tun ist, geht David zu ihr und beobachtet die komische Art, wie die Hühner herumsuchen und an allem picken, was ihnen vor die Augen kommt. Er wundert sich, daß Leute, die nicht auf einer Farm leben, Hühner halten. Wenn sie eins essen wollen, überlegt er, bringen sie es dann zum Metzger, oder schlachten sie es selbst? Er hätte gern gefragt, traut sich aber nicht, den Mund aufzumachen. Mädchen gegenüber ist er noch schüchtern, vor allem, wenn sie älter sind als er. Bei einem Grillfest hat er einmal zugesehen, wie ein Mann einem Huhn den Hals umdrehte. Wie die Henne an ihrem blutigen Halsstumpf durch die Luft gewirbelt wurde, war ein grausamerer Anblick als jede Schießerei zwischen Gangstern und Polizisten.
Es gibt auch einige frisch ausgeschlüpfte Küken im Stall, und David findet es sehr lustig, wie sie in einer Reihe hinter ihrer Mutter hertrippeln, als wären sie mit einem unsichtbaren Faden verbunden. Als Lupe bemerkt, daß die Küken ihn interessieren, hebt sie eins auf und gibt es ihm in die Hand. Sie schüttet ihm einige Körner auf die andere und hält die beiden Hände nebeneinander, bis das Küken versteht. Sein Schnabel

kitzelt David an der Handfläche. David muß lachen, und einen Augenblick lang vergißt er, daß er Tijuana haßt.

Lupe fragt ihn auf spanisch, ob er Lust habe, im Lebensmittelladen eine Cola zu trinken, und David sagt ja. Lupe und ihre Familie leben in einer *colonia*, obwohl David es nie so nennen würde. Tiefe Rinnen durchfurchen die Straße, in denen das Regenwasser in dünnen Bahnen in den trägen Bach am Fuß des Hügels fließt. Sie gehen über eine Brücke, und David entdeckt eine Gruppe etwa gleichaltriger Jungen, die in dem rostfarbenen Wasser herumhüpfen. In der Entfernung waschen einige Frauen ihre Wäsche an den schlammigen Uferböschungen, die die Häuser von den brennenden Müllhaufen trennen. Während der Fahrt zu Lupes Haus sah David so viele schwelende Müllhalden, daß ihm der Gedanke kam, die ganze Stadt müsse eines Tages Feuer fangen.

Der Laden ist eigentlich nur eine Blechhütte, in der Zigaretten, Gemischtwaren und Limonade verkauft werden. Lupe zieht zwei schwere Münzen aus der Tasche und erklärt David, daß sie die Colas hier trinken oder für die Flaschen Pfand bezahlen müssen. David kommt das komisch vor, aber er sagt nichts. Während sie gierig an den dünnen, weißen Strohhalmen saugen, flüstert ein alter Mann mit einem silbernen Zahn David etwas zu, das er nicht versteht. Obwohl er neugierig ist, gefällt David die Art nicht, wie der Mann sie beide anlächelt und sich die Lippen leckt. David rückt näher an Lupe heran und drängt sie zur Eile.

Als sie zurückkommen, stehen die Erwachsenen vor der Tür. Normalerweise gibt es für unerlaubtes Davonschleichen Schläge, aber heute ist es anders. David erfährt, daß Lupe und ihre Eltern bei ihnen wohnen werden, bis sie Arbeit und eine eigene Wohnung gefunden haben. Für David ist das so, als würde man Fremde ins Haus lassen, aber er kann nichts dagegen tun. Sein Dad stellt einige Pappkartons zu dem Reisegepäck im Kofferraum ihres Autos, und dann zwängen sie sich alle hinein, sein Vater und seine Mutter vorne und Lupe eingekeilt zwischen ihn und ihrer Mutter auf dem Rücksitz. Als sie sich der Grenze nähern, stürmen Männer mit Gipseseln und Decken auf das Auto zu. David ist erleichtert, als seine Mutter sie mit der Bemerkung abwehrt: »Ich kann mir nicht vorstellen, daß die Gringos so dumm sind und dieses Zeug kaufen.« Der mexikanische Grenzposten winkt sie durch, doch auf der amerikanischen Seite werden sie angehalten, und der Zollbeamte fragt sie höflich, ob sie frisches Obst, Pflanzen oder Feuerwerkskörper mitführen. David schließt die Augen und versucht, die Knallfrösche in seiner Hosentasche fortzuwünschen. Wenn sie Spürhunde verwenden, ist er dran.

»Nein, Sir«, sagt sein Vater.

»Sind Sie alle US-Bürger?« fragt der Beamte und späht auf den Rücksitz.

Sein Vater sagt etwas von Besuchern und erklärt Lupe und ihrer Mutter auf spanisch, sie müßten ihre Papiere vorzeigen. Einen entsetzlichen Augenblick lang hat David Angst, daß der Zöllner auch seine Papiere sehen will. »Ich bin Amerikaner«, platzt er heraus, der Gedanke, fälschlicherweise für einen Mexikaner gehalten zu werden, demütigt ihn. Der Beamte lächelt ihn an und winkt sie, nach einem Blick in die Dokumente, mit einem »Einen schönen Tag noch, Leute« durch. David ist hin und her gerissen zwischen einem Gefühl der Erleichterung und der Verachtung für die Frau und ihre Tochter, so als hätte ihre Anwesenheit im Auto seine Familie befleckt. Er summt »America the Beautiful«, zuerst nur leise, dann so laut, daß alle im Auto es hören können.

Bei Sonnenuntergang haben sie San Diego erreicht, und seine Mutter legt ihnen eine Decke über die Beine, damit sie nicht frieren. Es ist eine lange, eintönige Fahrt; David macht sich Gedanken über sein Naturwissenschaftsprojekt in der Schule und hofft, daß er sein Zimmer mit niemand teilen muß. Nach einer Weile sind die Gesprächsthemen unter den Erwachsenen erschöpft, das beständige Brummen des Motors und das Schnarchen von Lupes Mutter sind die einzigen Geräusche im Auto. Auch David ist schon am Einschlafen, als er plötzlich unter der Decke eine Hand auf seinem Schenkel spürt. Er kann einfach nicht glauben, was da passiert. Seine Erfahrungen mit Mädchen reichen nur bis zu dem Abend, als Mary Lou Bonner ihm auf der Party zu ihrem fünfzehnten Geburtstag die Zunge in den Mund steckte. Johnny hatte ihn vor so etwas gewarnt, und er hatte als Vorsichtsmaßnahme die Zähne zusammengebissen. Aber das hier ist etwas ganz anderes, und er wird improvisieren müssen, so gut es eben geht. Lupes Hand gleitet langsam zu seinem Hosenschlitz, und er kann nicht mehr tun als schlucken. Er ist wie gelähmt vor sexueller Anspannung, er hat Angst, die Augen zu öffnen und sich seine ungehemmte Erektion eingestehen zu müssen, Angst, daß sie weitermacht und ihn mit festen, ge-

konnten Griffen zum Äußersten bringt, Angst, daß sie aufhört.
Tags darauf stellt David sich krank, er geht nicht zur Schule, weil ihm eine andere Art Ausbildung vorschwebt. Sobald die Erwachsenen zur Arbeit gegangen sind, kommt Lupe, noch in ihrem Nachthemd, in sein Zimmer und fragt ihn, wie es ihm geht. Ich sterbe, antwortet er ihr. Du lügst, sagt sie und fängt an, ihn zu kitzeln. Er wirft sie aufs Bett und hält sie fest, das Lachen wird zu Küssen und zu Keuchen. Lupe zieht ihm die Unterwäsche aus und lüpft ihr Nachthemd; sie hat die Schlacht verloren, aber den Krieg gewonnen. Jesus am Kreuz über dem Bett sieht zu, wie sie die Beine spreizt und Davids Kindheit den Garaus macht. Verankert in ihrem wogenden Körper, wird David zum Erforscher der neuen, weiten Welt des Fleisches. Sie führt ihn zu immer neuen Gipfeln der Lust, über Ebenen der Hingabe und des Rückzugs, bis jede Bewegung von einem übergeordneten Rhythmus aufgesogen wird und David sich fragt, wer in wen eingedrungen ist.
Und dann lernt David eine zweite Lektion, die er nie vergessen wird.
»Liebst du mich?« fragt sie ihn am dritten Tag seiner Liebeskrankheit.
»Ja«, antwortet David, denn dieses eine Mal weiß er genau, wie er reagieren muß.
»Dann sollten wir heiraten.«
David antwortet nicht, aber in seinem Kopf dreht sich alles, wenn er an die Konsequenzen dessen denkt, was sie eben gesagt hat, was sie miteinander getan haben. Hütten und hungrige Hunde blitzen auf wie Szenen

aus einem Alptraum. Obwohl er es im Augenblick noch gar nicht merkt, greift bereits jetzt in ihm der Gedanke, den Diamantring seiner Mutter im Garten zu vergraben, damit Lupe und ihrer Mutter die Schuld an seinem Verschwinden in die Schuhe geschoben wird. In dieser Nacht bittet er Gott um Vergebung und Hilfe. Doch er weiß, daß Gott nicht zuhört, und auch wenn Er es täte, würde Er nur den gleichen Abscheu empfinden wie David vor sich selbst. Außerdem wird Gott ihm nicht helfen, Lupe und ihre Mutter aus dem Haus zu jagen. Also hört David auf zu beten und kniet lieber vor dem Altar der Vernunft. Auch wenn es nur ein geringerer Glaube ist, so ist er doch maßgeschneidert für die Sterblichen, denn er stammt aus den Hirnen unreiner Menschen. Und das wichtigste, für das Gebet in dieser Kirche braucht David weder Sakramente noch die Bibel, noch die göttliche Vergebung. Er muß nichts anderes tun als denken.

David verließ die Party, ohne sich von Kurt zu verabschieden; sein Freund kam sicher auch alleine zurecht, und wenn nicht, war Trudy sicher mehr als froh, ihm helfen zu können. David sorgte sich mehr um sein eigenes Wohlergehen. Es paßte gar nicht zu ihm, eine solche Gelegenheit auszuschlagen. Und schlimmer noch, seine plötzlichen Skrupel wirkten unecht, wie ein falscher Ton in der Melodie seines Lebens, ein weiterer Schritt weg von sich selbst. Die ganze Geschichte hatte nur dazu gedient, ihm noch ein wenig mehr von seiner Selbstachtung zu nehmen. Leicht gewonnene Tugend, so zeigte sich jetzt, war ebensowenig ein Allheilmittel wie leicht gewonnener Sex.

David fand den Parkwächter und bestand darauf, sich sein Auto selbst zu holen. Dazu mußte er ein Stück die Straße entlang zum Scheitel des Hügels gehen. Während der Partylärm langsam verebbte, wurde sein Kopf wieder klar, und er fühlte sich besser. Der frische Duft von nassem Gras kitzelte ihn in der Nase. Eine Weile lang blieb er bewegungslos stehen, und er spürte, wie der Tau seine Hose durchtränkte; das Zirpen der Grillen klang in seinen Ohren, bis der frühmorgendliche Frieden vom traurigen Schrei eines jungen Betrunkenen gestört wurde, der in den mondlosen Himmel heulte.

»Ich hatte schon Angst, ich würde wieder deinen Anrufbeantworter dranbekommen«, sagte er und hörte Andrea am anderen Ende der Leitung atmen. »Die Verbindung ist recht gut, wenn man es sich überlegt.«
»Das finde ich nicht«, erwiderte sie brüsk.
»Was?«
»Daß wir eine gute Verbindung haben – wenn man es sich überlegt.«
Touché. Diese Falle hatte er sich selber gestellt.
»Wo warst du denn die letzten Tage?« fragte er sie.
»Geht dich nichts an. Du hast es ja auch nicht der Mühe wert befunden, mir zu erzählen, wohin du fährst.« Ihre Stimme klang gepreßt.
David war beinahe erleichtert, Wut war besser als gar kein Gefühl. »Andrea, du hättest doch nur meinen Anrufbeantworter abfragen müssen, um zu erfahren, daß ich bei Kurt bin.«
»Ach ja. Dein alter Kumpel aus Harvard. Der hat dich ja sicher schon mit willigem Frischfleisch versorgt.«

»Nein.«
»Mit wem dann?«
»Mit niemand, über den du dir Gedanken machen müßtest.«
»Hast du mich angerufen, um mit deiner Zurückhaltung gegenüber den Hollywood-Flittchen anzugeben?«
Ihre Stimme klang nun unverhüllt feindselig. Er mußte sich auf etwas gefaßt machen. »Nein.«
»Warum dann?«
»Um dir zu sagen, daß es mir leid tut.«
»Was tut dir leid?«
»Alles.«
»Leid tun reicht nicht, David. Ich brauche mehr als eine Entschuldigung.«
»Du fehlst mir.« In dem Augenblick, da er es sagte, wußte er, daß es stimmte.
»Warum bist du dann vor mir davongelaufen? Vor uns?«
»So einfach ist das nicht.«
»Wie einfach willst du es denn?«
»Andrea, ich will dich nicht verlieren.«
In der Minute des Schweigens, die nun folgte, konnte David das Rauschen einer atmosphärischen Störung hören, Fetzen von anderen Unterhaltungen, gedämpftes Summen und vereinzeltes Klingeln. Er stellte sich vor, wie ihre Worte mit Lichtgeschwindigkeit durch den Weltraum rasten, von einem Satelliten irgendwo im All abprallten und im Nichts verklangen.
»Ich will dich auch nicht verlieren.«

Der Portier starrt David an, während der in den Taschen seiner Jeans, in seinem Cordsakko und schließlich in seiner Reisetasche nach dem Schlüssel sucht. »Ich weiß, daß er hier irgendwo sein muß«, sagt David, und winzige Schweißperlen stehen auf seinem Kinn. »Ich bin mir sicher, daß er da ist, Sir.«
Er findet eine Sonnenbrille, einen Labello-Stift, ein Schweizer Armeemesser, ein Päckchen Kondome und ein kleines Vermögen in griechischen Drachmen – alles, nur das nicht, was er sucht. Er will schon aufgeben und die Demütigung, in der Halle warten zu müssen, über sich ergehen lassen, als der Schlüssel aus dem Futter seiner Jacke auf den dicken Teppich fällt.
»Ist er das vielleicht, Sir?«
Erst später im Aufzug wird sich David der Herablassung in der Stimme des Portiers bewußt. Oder ist es nur eine Projektion seines schlechten Gewissens, weil er etwas Unerlaubtes tut? Schließlich attestiert er sich Paranoia. Als Andrea das erstemal vorschlug, die Wohnung ihrer Eltern zu benutzen, um über das Wochenende »wegzukommen«, hatte er sich gesträubt, weil er meinte, sie würden sich nicht wohl fühlen, oder genauer: er würde sich nicht wohl fühlen unter den protzig zur Schau gestellten venezianischen Gläsern, den zweitklassigen Kunstgegenständen und den erstklassigen Antiquitäten. Außerdem, was war, wenn ihre Eltern früher aus Europa zurückkehrten und sie überraschten, während sie sich auf dem Teppich im Wohnzimmer liebten? »Das würde sie wahrscheinlich aufgeilen«, hatte sie ihn geneckt und ihn einen »Spielverderber« genannt, bis er schließlich nachgab. Es ist geplant, daß Andrea vor ihm eintrifft, aber sie hat ihm

einen Schlüssel gegeben, »nur für den Fall«. Jetzt ist er paranoid, und er ärgert sich, während er über den Gang stapft und sich noch immer vorkommt wie ein Einbrecher. Erst nachdem er die Wohnungstür aufgeschlossen hat, hört er, wie die Aufzugstür sich leise schließt. Man hat ihn also beobachtet.
David verschließt die Tür hinter sich und sieht sich in dem geräumigen Wohnzimmer um. Er versucht, sich eine Kindheit in einem solch gewollten Überfluß vorzustellen. Andrea war natürlich längst auf dem College, als ihre Eltern in die East Side zogen. Sie hatte den Großteil ihrer Kindheit in Norwalk verbracht, einer der vielen Schlafstädte im Einzugsbereich der City. Ein eigenartiger Begriff: Man stellt sich unzählige Matratzen vor, die säuberlich um Supermärkte und Bahnhöfe herum angeordnet sind. Ähnliches gilt für die Sommerhäuser in den Hamptons. Der Gedanke, Urlaubshäuser mit vollkommen Fremden zu teilen, war ihm am Anfang völlig fremd. Aber er fand ihn durchaus einleuchtend, nachdem er einen drükkend schwülen Sommer in der City verbracht hatte.
»Hallo?« ruft David, obwohl er ziemlich sicher ist, daß er alleine ist. »Ist irgend jemand zu Hause?«
Er stellt seine Tasche ab und schlendert durch die Zimmer. So nimmt er Schritt für Schritt Besitz von der Wohnung, wie er von Andrea Besitz genommen hat. Er ist nun doch ihr Liebhaber, und seine Anwesenheit in dieser Wohnung signalisiert ein stillschweigendes Einverständnis. Nicht daß Andreas Eltern etwas dagegen haben, daß er mit ihrer Tochter ausgeht. Im Gegenteil, sie sind immer höflich und gastfreundlich ihm gegenüber. Sie sind außerdem intelligent genug, um

zu merken, daß jeder Versuch, das Leben ihrer eigensinnigen Tochter zu kontrollieren, ihn für sie nur noch attraktiver machen würde. Die gewisse Frage brennt ihm zwar noch nicht gerade auf den Lippen, doch der Gedanke, ob es ihnen angenehm wäre, ihn als Schwiegersohn zu haben, geht ihm nicht mehr aus dem Kopf. Bis jetzt haben sie jedes Gespräch über eine Heirat sorgfältig vermieden. Es ist natürlich auch möglich, daß sie einfach abwarten und insgeheim darauf hoffen, daß die Beziehung ohne äußere Einwirkung eines Tages von sich aus auseinanderbricht.

David erreicht das Schlafzimmer und bleibt auf der Schwelle stehen. Wenn er eintritt, dann ist das Unerlaubte keine bloße Vorstellung mehr. Was würden sie sagen, wenn sie wüßten, daß er in ihre Intimsphäre eindringt? Er drückt die Tür weiter auf und tritt hinein. Im Gegensatz zu der übrigen Wohnung ist das Schlafzimmer ultramodern, ein nüchterner Raum mit grell weißen Oberflächen. Es wirkt überraschend streng, fast karg. Der Frisiertisch ist wie alles andere im Zimmer makellos sauber und leer bis auf ein Foto von Andrea mit ihren Eltern, ein Bild häuslichen Glücks. Ist es das wirklich? Die scheinbare Vollkommenheit der Szene läßt ihn genauer hinsehen. Andrea sieht in die Kamera, sie lächelt auf diese freimütige Art, die manche Leute erschreckt. Mom und Dad scheinen beide den Blick ein wenig abgewandt zu haben, und ihre Hände berühren sich nicht ganz. Es stimmt, er kann sich nicht vorstellen, daß Andreas Eltern miteinander schlafen, aber wer könnte es ihm verdenken? Immer spürt er eine kalte Reserviertheit hinter ihrem makellosen Benehmen. David geht zu dem riesigen Doppelbett und spürt ein perverses Verlangen, den cremefarbenen Überwurf zu berühren, mit seinen Fingern über den glänzenden Stoff zu streichen.

»Willst du es ausprobieren?«

Andrea steht in der Tür, aus ihrem Gesicht lacht der Übermut.

»Du erschreckst einen ja zu Tode!«

»Ich schleich' mich gern an dich ran.«

»Ich hab' mir die Bude gerade mal angesehen.«

»Denk dir nichts, ich halt' dich schon nicht für 'nen Schnüffler.«

»He, du hättest doch eigentlich hier auf mich warten sollen«, sagte David, dem plötzlich seine Wut wieder einfiel. »War nicht gerade angenehm, vom Portier in die Mangel genommen zu werden.«

»Ich weiß. Tut mir leid, Darling. Aber beim Bilderaufhängen lief alles schief, und ich mußte es erst wieder in Ordnung bringen. Sei mir nicht bös! Ich mach's schon wieder gut.«

Ihre Hände gleiten an seinem Rücken hinunter und bleiben an seinem Hintern hängen.

»Woher soll ich denn wissen, daß ich dir diesmal trauen kann?« fragt er und wird langsam erregt.

»Weil«, antwortet sie, während sie ihn zum Bett führt, »mein Körper nie lügt.«

Draußen ist es dunkel, als David aufwacht. Er weiß, daß er im Schlaf geweint hat, aber er kann sich nicht daran erinnern, was ihn so traurig gemacht hat. Es ergibt keinen Sinn, er hat doch alles, was er sich je wünschte. Er ist jung, er hat eine wunderbare Freundin und eine vielversprechende Zukunft. Eine Träne rinnt an seiner Wange hinunter und benetzt das Kissen. Und plötzlich, als er schon den Versuch, sich zu erinnern, aufgeben will, blitzt ein Fragment des Traums auf: Er klettert in einem weit entfernten Land auf einen Hügel. Eine Frau ist bei ihm, aber er hat das unbestimmte Gefühl, daß es nicht Andrea ist. Sie spricht, aber ihre Worte verwehen wie Parfüm in einer überfüllten U-Bahn. David zermartert sich das Hirn, aber da ist nichts mehr. Woher stammt der Traum, und warum bringt er ihn dazu, mit einem dumpfen Schmerz in der Brust die Wand anzustarren? David liegt bewegungslos auf dem zerknüllten Laken und wartet auf eine Antwort, während Andreas gleichmäßiger Atem in den Geräuschen der schlaflosen Stadt untergeht.

6. Kapitel

David las die beleuchtete Speisekarte und entschied sich schließlich für ein Taco Bell *enchirito* und ein Coke. Das Mädchen hinter dem Schiebefenster nahm seine Bestellung entgegen und tippte sie mit fahrigen Bewegungen ein.

»Wollen Sie scharfe Soße dazu?«

»Ist die denn nicht dabei?«

»Doch, aber die schmeckt man kaum.«

»Und wie scharf ist die scharfe Soße?«

»Nicht sehr.«

»Was macht man dann, wenn man es ganz scharf will?«

»Man bestellt extra scharfe Soße.«

»Aber eben sagten Sie, daß die gar nicht scharf ist.«

Das Mädchen klopfte mit dem Fuß auf den Ziegelimitatboden aus Linoleum.

»Hören Sie, Mister, ich arbeite hier nur. Wollen Sie mit dem Geschäftsführer sprechen?«

»Ist schon gut. Ich riskier's einfach.«

David zahlte und setzte sich an einen der Gartentische aus Plastik, um auf Danny Ortiz zu warten. Die Wolken vom Vormittag waren einer strahlenden Sonne gewichen, und David verstand nun, warum jeder in Los Angeles soviel Wert auf eine anständige Sonnenbrille legte. Er betrachtete sein Mikrowellenmenü und fühlte sich plötzlich wie betäubt. In Mexiko wäre die scharfe Soße wirklich scharf, und um diese Tageszeit wäre dort Siesta, ein durchaus sinnvoller Brauch, um sich zu erholen und zu ruhen, bevor man sich wieder an die Arbeit machte. Und David hätte auch wirklich viel lieber in einem kühlen Innenhof gelegen, als hier die vorfabrizierte Kopie eines mexikanischen Gerichts zu essen. Sein einziger Trost war die Chance, daß sein kulinarischer Selbstmord ihn zu Huero und schließlich zu Josefina führen würde.

»Ich kann nichts garantieren«, hatte Ortiz ihn an diesem Morgen am Telefon gewarnt. »Es ist alles andere als eine Verabredung mit Ihrem Kongreßabgeordneten.« Dann hatte Ortiz gelacht und aufgelegt.

David stocherte noch in seinem unappetitlichen Essen herum, als ein blauer Impala am Straßenrand hielt. Ein untersetzter, bärenhafter Mann mit langen Koteletten und einer Schildpattsonnenbrille setzte sich an den Tisch.

»*Qué tal*«, sagte Ortiz und streckte die Hand aus. David nahm sie und mußte den Brudergruß der verschränkten Daumen über sich ergehen lassen.

»Nur um eins klarzustellen«, sagte Ortiz mit breitem Grinsen. »Sie vertreten Senator Randall, stimmt das?«

»Sagen wir mal, ich bin ein Freund, der versucht zu helfen.«

»Titel sind unwichtig, nur die Tat zählt«, bemerkte Ortiz. »Vor allem in diesen falschen und korrupten Zeiten. Meinen Sie nicht auch?«

Als David nichts erwiderte, grinste Ortiz nur und legte

die Hände vor den Bauch. »Kein Mann der vielen Worte. Gefällt mir. Ich bin hier, um Ihnen zu sagen, daß Huero Sie sehen wird, aber zu seinen Bedingungen. Sie kommen mit mir und lassen Ihr Auto hier.«
»Gut.«
Als David in den Impala kletterte, bemerkte er, daß ein Mann etwa einen halben Block entfernt gleichzeitig in eine blaue Limousine stieg.
»Moment noch«, sagte er zu Ortiz und wartete, bis das andere Auto sich in den Verkehr eingereiht hatte und davonfuhr. Insgeheim machte David sich Vorwürfe, weil er so nervös war. »Okay«, sagte er dann. »Wir können fahren.«
Als sie die Atlantic in nördlicher Richtung entlangfuhren, kamen sie an Our Lady of Guadalupe vorbei, und David drehte sich um, weil er insgeheim hoffte, Schwester Ramona auf der Treppe zu sehen. Sie bogen in eine Seitenstraße ein, die parallel zu Überführung des Long Beach Freeway verlief. David brauchte nicht zu fragen, wohin es ging: Es war der Weg zum M-1-Territorium. An der Floral bog Ortiz links ab und bremste. »Das ist Hueros Revier«, verkündete Ortiz wie ein Führer durch ein Spielzeug*barrio* in Disneyland. »Er und seine Männer kontrollieren die ganze Gegend. Kein Mensch kommt oder geht, ohne daß er es erfährt.«
»Gibt es keine rivalisierenden Banden?«
Ortiz' Schnurrbartspitze zuckte nach oben. »Da sind die White Fence und La Fobia, aber die sind kein Problem. Ein paar *cholos* kriegten eins über die Rübe, weil sie nachts auf der falschen Straßenseite gingen, aber das passiert heutzutage überall. Die meisten Schwie-

rigkeiten machen uns die Viets und die Koreaner. Verdammt hinterhältige Schlitzaugen sind das. Wir müssen ihnen ab und zu eine Lektion erteilen. Klarstellen, wer hier der Chef ist. Huero nennt es ›antisozialen Darwinismus oder das Überleben der Schlechtesten‹. Klingt nicht schlecht, was?« Ortiz' Bauch schwabbelte, als er pfeifend die Luft durch die Zähne ließ. »Jeder in Maravilla weiß, wer Huero ist, und wer es nicht weiß, findet es sehr bald raus. In der Nacht herrscht die M-1. Die Leute respektieren Huero. Er ist ein gebildeter Mann, ein Mann mit Verstand und Klasse.«

David nickte diplomatisch. »Was ist mit den Illegalen? Wer beschützt die?«

»Sie meinen die *mojados*, die illegalen Einwanderer. Ich werde Ihnen etwas erzählen, was keiner von den Politikern versteht. Man kann sie nicht aufhalten, niemand kann sie aufhalten. Wenn die Migra einen von den Illegalen schnappt, lacht der nur und sagt zu seiner Frau: ›Wiedersehn, Darling. Morgen bin ich wieder da.‹ Und am nächsten Tag kommt er wirklich wieder – mit zwei Cousins und einem Onkel!« Ortiz schlug mit der Faust auf das Lenkrad. »Und wir sind ja nicht alleine. Die Asiaten kommen auch. In Monterey Park sieht's aus, als hätten wir den Koreakrieg verloren. Dieses Politikergeschwafel, daß zu viele Mexikaner über die Grenze kommen, ist reiner Unsinn. Und ich werde Ihnen sagen, warum.«

»Dann erzählen Sie.«

»Weil wir nie weg waren!« verkündete Ortiz triumphierend. »Das ist unser Land, ist es immer schon gewesen. Wir lassen die Gringos nur eine Zeitlang hier leben. Und eins kann ich Ihnen sagen, die schulden uns schon 'ne Menge Pacht!«

David bemerkte, daß aus Ortiz' Lächeln ein höhnisches Grinsen geworden war. Der Ausdruck verstärkte noch den indianischen Schnitt seines Gesichts, und David hatte einen Augenblick lang das beunruhigende Gefühl, Ortiz spreche hinter einer Maske hervor und sein wirkliches Gesicht sei hinter dieser starren Miene verborgen.

Vor einem niederen Gebäude mit dem handgemalten Schild Los Amigos – Motor- und Karosseriereparaturen hielt der Impala an. Autos in den unterschiedlichsten Phasen der Zerlegung blockierten die Einfahrt wie Überreste eines Crashcar-Rennens. Das rostige Stahltor war offen, und zwei muskulöse Männer in weißen T-Shirts sahen zu, wie David und Ortiz aus dem Auto stiegen. Ortiz sprach spanisch mit ihnen, aber zu schnell für David. Bevor sie eintreten konnten, versperrte ihnen einer der Männer den Weg, und David spürte, wie ein Adrenalinstoß seinen Kreislauf hochjagte.

»Arme hoch!« befahl der Mann. Sie gehorchten, und er durchsuchte sie geschickt nach versteckten Waffen. Danach trat er beiseite und wies mit seinem Kopf in den hinteren Teil der Garage. Drinnen war es kühler, und David war froh, der Hitze eine Zeitlang entkommen zu können. In der Garage selbst arbeitete ein Mann am Motor eines auffrisierten alten Camaro. Das Auto hatte Rennreifen, an den Kotflügeln züngelten orange Flammen. Der Mechaniker streckte den Kopf aus der offenen Motorhaube und nickte ihnen grüßend zu.

»Sie müssen Randalls Laufbursche sein«, sagte Huero.

»Er heißt David Loya«, warf Ortiz dazwischen.
»Ich würde Ihnen ja die Hand geben«, meinte Huero freundlich, »aber Sie würden nur voll Schmiere werden.« Er kam hinter dem Auto hervor und zeigte David seine Handflächen. Er lächelte, und seine weißen, ebenmäßigen Zähne blitzten. Hueros feingemeißelte Gesichtszüge wirkten eher spanisch als indianisch, sein nackter Oberkörper war schlank und muskulös. Eine vorzeitig ergraute Strähne zerteilte seine kastanienbraunen Locken, und David verstand jetzt, warum er das spanische Wort für Blondschopf zum Spitznamen hatte. Was aber David am meisten überraschte, war seine Brille. Die runden Gläser in der Goldfassung gaben ihm ein sensibles, intellektuelles Aussehen. Ortiz hatte recht gehabt: Dieser Kerl war kein gewöhnlicher Randalierer.
»Ein Hochzeitsgeschenk für meinen Neffen«, sagte Huero und deutete auf das Auto. »Mir selber sind 66er Mustangs lieber.«
»Ich bin nicht hier, um über Autos zu reden, ich bin hier, um über Josefina Juárez zu reden.«
»Er ist hier, um über Josefina zu reden«, wiederholte Huero nachdenklich, während er eine Schraubzange neu einstellte. »Das ist ja wirklich lustig, Mann. Schon lustig, daß jetzt die Leute alle über Josefina reden wollen. Noch vor ein paar Wochen haben sie sich einen Dreck um sie gekümmert. Und plötzlich sind sogar Politiker an ihr interessiert. Sie hat anscheinend Geburtstag oder so was.« Er sah Ortiz an, als wäre das ein privater Witz zwischen den beiden. »Was meinst du? Vielleicht sollten wir für sie eine Party veranstalten?«

Ortiz lachte freudlos auf. Hatte auch er Angst vor Huero?

»Ich habe keine Zeit für Witze, vor allem nicht für schlechte«, sagte David und versuchte, seinen Ton Hueros Großspurigkeit anzupassen. »Sie rufen den Senator an und drohen mit Erpressung. Sie behaupten, Sie haben Josefina, liefern aber keine Beweise. Warum sollte man Ihnen glauben?«

Huero zog etwas an dem Motor fest. »Das ist ein hartes Wort, ›Erpressung‹. Fast so hart wie ›Vergewaltigung‹. Sie kennen das Wort doch, oder?« Huero spielte mit ihm, er versuchte ihm auf den Zahn zu fühlen.

»Von was reden Sie da überhaupt?«

»Von was ich rede?« Zum erstenmal spürte David eine echte Drohung hinter Hueros gelassenem Äußeren. »Glauben Sie vielleicht, daß Josefina schwanger wurde, weil sie selber an sich rumgemacht hat? Oder vielleicht war es eine göttliche Gnade wie bei der Jungfrau Maria?«

»Was soll denn das heißen?«

»Verdammt, Mann, ich glaub's einfach nicht!« Huero warf die Schraubzange in einen Stapel Lackdosen. »Randall schickt Sie zu mir und sagt Ihnen nicht einmal, daß sein Lieblingsdienstmädchen nur so schnell verschwunden ist, weil der Hurensohn sie geschwängert hat? Kommen Sie! Sie erwarten doch nicht, daß ich Ihnen das glaube? Seh' ich wirklich so blöd aus?«

David spürte, wie ihm das *enchirito* wieder hochkam. »Davon wußte ich wirklich nichts«, stammelte er.

Huero sah das echte Entsetzen in Davids Gesicht, und

er beruhigte sich etwas. »Sieht aus, als hätte Ihr Boß Ihnen nicht die ganze Geschichte erzählt, Mann.«

»Er ist nicht mein Boß.« David brachte kaum noch die Worte heraus.

»Was ist er dann, Mann? Ihr Vater? Weiß genug sind Sie ja, daß Sie fast sein Sohn sein könnten. War Ihre Mutter vielleicht auch eines von Randalls Dienstmädchen?«

»Sie jagen mir keine Angst ein, Huero. Ich bin ebenfalls hier in der Gegend aufgewachsen. Mit Dreck wie Ihnen habe ich mich schon früher herumgeschlagen.«

»Ich bin beeindruckt«, erwiderte Huero grinsend. »Der Senator hat uns jemand geschickt, der unsere Sprache spricht.« Huero lächelte immer noch. »Sie wissen doch, was eine Kokosnuß ist, oder? Außen braun und innen weiß.«

»Leck mich, Huero!«

David war übel vor Verwirrung und Scham. Huero traf genau die richtigen Stellen, er versuchte, ihn fertigzumachen.

»Mal langsam, Kumpel!« Huero lachte ihn aus. »So behandelt man doch keinen Bruder!«

»Ich will mit Josefina sprechen«, sagte David, weil er zum Zweck seines Besuchs zurückkehren wollte. »Auch wenn das, was Sie über den Senator sagen, stimmt, ist das noch kein Grund, sie zu entführen.«

»Wissen Sie« – Huero war nun wieder ruhig – »ihr Leute steckt so voller Scheiße, daß ich am liebsten kotzen würde.« Er wischte sich die Hände an einem Lappen ab. »Kein Mensch hat Josefina entführt. Randalls Jungs haben ihr die Hölle heiß gemacht, und da hat sie bei uns Schutz gesucht. Zur Polizei konnte sie ja kaum gehen. Die hätten sie einfach nach Mexiko zurückgeschickt.« Er schnippte mit den Fingern. »Sie kam zu ihren Leuten, wo sie hingehört.«

»Was soll das heißen, Randalls Jungs haben ihr die Hölle heiß gemacht?« David fühlte sich, als hätte er nicht mehr genug Sauerstoff zum Atmen.

»Ich rede von den bezahlten Schweinehunden, die er ihr auf den Hals gehetzt hat, von denen, die sie verscheuchen sollten, damit sie keine Schwierigkeiten machen und niemand in Verlegenheit bringen kann. Von denen, die ihr in der Kirche aufgelauert und ihr gedroht haben, sie würden ihr die Kehle durchschneiden, wenn sie nicht ihren Krempel packt und nach Mexiko verschwindet.«

»Ist Josefina in Sicherheit?«

»Sicher vor Ihnen und Ihrem Boß, ja.«

David merkte, daß es sinnlos war, sie ohne Hueros Unterstützung aufspüren zu wollen.

»Ich weiß, was Sie denken«, sagte Huero. »Schicken Sie diese Typen ruhig her. Wir schneiden ihnen die Eier ab und werfen sie den Hunden vor. Sagen Sie das dem Senator. Und sagen Sie ihm auch, wenn wir nicht bekommen, was wir verlangen, sind seine Eier als nächste dran.«

»Was genau wollen Sie denn?«

David war entsetzt über die Hilflosigkeit dieser Frage, aber ihm fiel nichts anderes ein. Um überhaupt einen Ansatzpunkt zu bekommen, mußte er soviel Informationen herausholen wie nur möglich. Ob er es nun wollte oder nicht, er mußte die Rolle des Mittelsmanns, des Bindeglieds, spielen. Gleichgültig, ob sich nun am

Ende Huero oder der Senator durchsetzte, sie mußten über ihn, David, verhandeln. In verquerer Weise ergab das durchaus einen Sinn. Denn schließlich verstand er nicht nur beide Seiten, er *war* beide Seiten. Und diese so viele Jahre verschüttete Dualität hatte in seiner Seele einen Riß hinterlassen. Der brach nun wieder auf, und David konnte nichts anderes tun als sich an das bloße Gerüst seines Ichs klammern. David wußte, daß es das vernünftigste gewesen wäre, einfach aus dieser Garage hinauszuspazieren und sich ins nächste Flugzeug nach New York zu setzen. Niemand würde ihm einen Vorwurf machen, es war ja schließlich nicht sein Problem. Aber irgend etwas hielt ihn davon ab, sich einfach abzuwenden – von seiner Vergangenheit, seiner Gegenwart, von sich selbst. Senator Randall zuliebe blieb er bestimmt nicht in L. A. Es war viel schwieriger für ihn, sich einzugestehen, daß Kurt ihn getäuscht und benutzt hatte wie eine seiner politischen Schachfiguren. Ihn hielt noch etwas anderes in dieser Garage, und es brachte ihn dazu, daß er Huero zuhörte wie ein Lakai des Senators. Er redete sich ein, daß es Stolz sei, die Gelegenheit, leeren Worten Taten folgen zu lassen, die Möglichkeit, es anders zu machen. Aber in Wirklichkeit war es einfach so, daß er zum erstenmal in seinem Leben den Kopf für jemand anderen hinhielt.

»Sie wissen doch bereits, was ich will«, sagte Huero. »Sie haben eine Liste mit Dingen, die getan werden müssen, die schon vor langer Zeit hätten getan werden müssen. Wird langsam Zeit, daß die Politiker für ihre großmäuligen Versprechen Geld herausrücken.«

»Und was ist mit den M-1-Boys? Was hält euch davon

ab, 'ne neue Sache aufzuziehen, sobald Josefina ihr Recht bekommen hat? Wie soll der Senator wissen, daß er euch trauen kann?«

»Kann er nicht«, erwiderte Huero lakonisch.

»Da ist noch etwas anderes, das ich wissen muß«, sagte David. »Was ist für Sie bei der Sache drin? Was hoffen Sie zu erreichen?«

Huero lehnte mit verschränkten Armen an dem Camaro. Er trug seine Arroganz wie eine Rüstung. »Gerechtigkeit«, entgegnete er.

»Und was ist, wenn der Senator nicht auf Ihre Forderungen eingeht? Was würde es der Gerechtigkeit nützen, wenn Sie jemand stürzen, der zumindest versucht, Ihren Leuten zu helfen? Was würde besser werden, wenn ein Konservativer seinen Platz einnimmt? Können Sie das mit Ihrem Gewissen vereinbaren?«

»Gewissen!« wiederholte Huero verächtlich. »Sie hören sich ja fast wie diese verdammte Nonne an, diese Schwester Wie-heißt-sie-noch?«

»Ramona?«

»Genau die.« Huero spuckte auf den Boden und wischte sich mit dem Handrücken über den Mund. »Das Gewissen ist ein Luxus, den sich nur die Priester und die Politiker, die Träumer und die Großmäuler leisten können. Ich bin Pragmatiker. Ich rette mich und die in meiner Umgebung. Der Rest kann mir gestohlen bleiben.«

»Wollen Sie sich als Freiwilliger für Senator Randalls Wahlkampf melden?«

Sie war eine zierliche Titelblattschönheit und ging wahrscheinlich noch aufs College. Die Haare waren zu einem Pferdeschwanz zurückgekämmt, und nur der REELECT-RANDALL-Aufstecker störte an der wohlgeformten Wölbung ihrer Brust.

»Nein, ich möchte seinen Sohn sprechen, Kurt Randall.«

Ein unwillkürliches Zucken huschte über ihre Lippen, und David fragte sich, ob sie wohl seinem Freund irgendwann nach einer spätabendlichen Wohltätigkeitsveranstaltung ihre Gunst gewährt hatte.

»Da entlang.« Das Mädchen zeigte ihm die Richtung. »Bis zum Ende des Gangs und dann rechts.«

David dankte ihr und bahnte sich einen Weg durch das summende Chaos aus Kartons, klingelnden Telefonen, Plakaten, Handzetteln und anderen Wahlutensilien.

Kurt stand über eine Fahne aus Computerausdrucken gebeugt und machte sich mit einem stumpfen Bleistift Notizen. »Willkommen in Randalls Hauptquartier!« sagte er zu David. »Was hältst du davon?«

»Sehr demokratisch.«

»Ich will dir was zeigen.« Kurt wies auf eine eingekreiste Ziffernreihe. »Die letzten Umfragen geben uns in den Minderheitenvierteln zwanzig Punkte Vorsprung vor der Konkurrenz. Es ist nicht soviel, wie wir gehofft haben, aber immer noch ein beträchtlicher Vorsprung.«

»Großartig. Kurt, wir müssen miteinander reden.«

»In East L. A. ist er sogar noch besser. Ich dachte mir, du würdest…«

»Und zwar sofort.« David sagte das so laut, daß einige den Kopf in ihre Richtung drehten.

»Okay, okay«, entgegnete Kurt. »Immer mit der Ruhe. Der Konferenzraum ist leer. Dort können wir reden.«

Er führte David in ein holzverkleidetes Zimmer mit einem ovalen Tisch und Klappstühlen. Auf die Tafel hinter dem Tisch hatte jemand gekritzelt: DER SIEG IST SÜSS, ABER DIE NIEDERLAGE IST GESCHMACKLOS. Das ganze Büro hatte etwas Provisorisches an sich, wie ein Wanderzirkus, der über Nacht die Zelte abbrechen und verschwinden kann.

»Was hast du denn auf dem Herzen?« fragte Kurt, nachdem er die Tür geschlossen hatte.

»Du hast gelogen.«

»Bei was?«

»Du hast mir nicht erzählt, daß Josefina schwanger ist. Daß sie behaupten, dein Vater habe sie vergewaltigt.«

»Hat sie dir das erzählt?«

»Nein, Huero.«

Kurt schüttelte verächtlich den Kopf. Diese Reaktion hatte David am allerwenigsten erwartet. Als Kurt dann sprach, klang er wie ein Arzt, der versucht, einen hysterischen Patienten zu beruhigen.

»Wir wollen doch mal eines klarstellen. Du hast mit ihm gesprochen, aber nicht mit ihr. Und er erzählt dir, daß sie schwanger sei. Zuerst einmal: Seit wann sind diese Trottel von Bandenführer ausgebildete Gynäkologen? Vielleicht ist sie es, vielleicht ist sie es nicht, ich weiß es nicht. Aber wenn Huero meinen Vater beschuldigt, dann kann ich dir versichern, daß er lügt. Das ist doch alles nur ein Teil dieser Erpressermasche.«

»Warum hast du es mir nicht gleich am Anfang gesagt, Kurt? Wir sprachen von Vertrauen, weißt du noch?«

»Ich weiß. Tut mir leid. Du mußt das verstehen. Mein

Vater war schon nervös genug, und es gab keinen dringenden Grund, es dir zu erzählen. Ich hätte ja nie gedacht, daß du es wirklich schaffst, mit Huero zu reden. Aber das muß ich dir lassen, du bist ein ausgezeichneter Schnüffler, Kumpel. Glaub mir, es tut mir leid, daß ich dich je da hineingezogen habe. Es war ein Fehler. Von jetzt ab kümmere ich mich darum.«

»Was ist mit Huero?«

»Wir überlegen uns etwas. Es ist immer noch möglich, daß er nur blufft. Diesen Kerlen ist alles zuzutrauen. Es sind verzweifelte *hombres.*«

»So verzweifelt, daß sie Josefina einschüchtern können, den Mund zu halten?«

Diesmal war Kurt sichtlich betroffen. Er lehnte sich an die Wand, schloß die Augen und seufzte. »Nach Hueros erstem Anruf geriet mein Vater in Panik. Er glaubte, ihr Angst einjagen zu können, damit sie die Anschuldigungen zurücknimmt.«

»Also heuerte er einen Schlägertrupp an, der die Sache erledigen sollte.«

»David, sei doch nicht so melodramatisch, um Himmels willen! Es waren ein paar Jungs, die mein Vater noch aus seiner Arbeiterzeit kannte. Es war doch nur ein Trick, um sie einzuschüchtern und ihr ein wenig Gottesfurcht beizubringen.«

»Aber der Schuß ging nach hinten los.«

»Das ist wohl das Understatement des Jahrhunderts.«

David war noch immer wütend, aber die Konfrontation mit Kurt hatte ihm die Energie zum Kampf genommen. Er ließ sich in einen Stuhl fallen, denn er fühlte sich plötzlich sehr müde. »Das Ganze ergibt für

mich keinen Sinn«, sagte er schließlich. »Laß es uns noch einmal Stück für Stück durchgehen! Nur für meinen Seelenfrieden, der übrigens von Sekunde zu Sekunde brüchiger wird.«
Kurt sah ihn niedergeschlagen an, widersprach aber nicht.
»Okay«, fuhr David fort. »Erstens: Josefina verschwindet mit wichtigen Papieren aus dem Haus deines Vaters. Zweitens: Seine Männer versuchen sie aus der Stadt zu jagen, treiben sie aber in Hueros Arme. Drittens: Dein Vater erhält einen Anruf von Huero, in dem der Forderungen stellt und behauptet, er beschütze Josefina, die vielleicht oder vielleicht auch nicht schwanger ist. Im Augenblick will ich mal noch zugunsten deines Vaters entscheiden. Auf jeden Fall bist du plötzlich in der Zwangslage, Josefina finden und mit ihr zu einer Einigung kommen zu müssen, bevor sie und Huero ihre Geschichte an die Presse weitergeben. Und deshalb viertens: Du rufst deinen alten Kumpel in New York an und lädst ihn zu 'nem kleinen Erholungsurlaub auf Kosten der Allgemeinheit ein.«
»Ich hab's dir doch gesagt, es tut mir leid. Vergiß es!«
Kurt war an der Wand hinunter in die Hocke geglitten.
»Nein, Kurt. Es ist nicht vorbei.«
»David, hör mir zu...«
»Ich habe dir lange genug zugehört, Kurt. Ich glaube, es ist Zeit, daß ich mal mit deinem Vater rede. Der hat wahrscheinlich einen juristischen Rat dringend nötig.«
»Nein.« Kurts Stimme klang heiser. »Er glaubt, daß ich mich alleine um diese Angelegenheit kümmere.

David, ich habe Jahre gebraucht, um das Vertrauen meines Vaters wiederzugewinnen. Du hast kein Recht, das alles kaputtzumachen, auch nach dem nicht, was passiert ist.«

David sah seinen Freund an, der in seinen Kleidern hing, als wäre er zusammengeschrumpft, und er hatte Mitleid mit ihm. Schließlich bestand immer noch die Möglichkeit, daß er die Wahrheit sagte. »Okay«, willigte David ein. »Wie du mit deinem Vater umgehst, ist deine Sache. Aber dann mußt du ihm sagen, daß du mit Huero zu einer Einigung gekommen bist.«

Kurt hob überrascht den Kopf.

»Folgendes Angebot: Als Gegenleistung für Hueros Schweigen schiebt dein Dad drei Riesen und einen Versicherungsausweis für Josefina rüber – betrachte es als Abfindung für eine Angestellte. Und nach der Wahl, vorausgesetzt er gewinnt, versucht er alles, um die Liste der Forderungen zu erfüllen.«

»Auf welcher Seite stehst du eigentlich?« fragte Kurt.

David sah den verletzten Ausdruck in den Augen seines Freundes und hatte Mühe, das Zittern in seiner Stimme zu verbergen. »Ich weiß es nicht mehr.«

Davids Hand zitterte, als er den Schlüssel in das Zündschloß steckte und den Motor anließ. Er fuhr automatisch und achtete kaum auf die Straße, als er sich auf dem Hollywood in den nach Westen strömenden Berufsverkehr einreihte. Kurts letzte Worte klangen ihm noch in den Ohren. Er fühlte sich sowohl als Verräter wie als Verratener, als Komplize bei seiner eigenen Zerstörung, als Mitsaboteur seiner engsten Freundschaft. Ein Auto versuchte sich vor ihm in die Schlange zu zwängen, und David drückte auf die Hupe. Er stieg aufs Gas und wechselte die Spur, er brauchte Platz zum Atmen und zum Nachdenken. Die untergehende Sonne sickerte durch den abendlichen Dunst wie ein zerplatztes Eigelb und tauchte die Pendler in jodfarbenes Licht. In der aufkommenden Dämmerung stand Josefina deutlich vor ihm, mit zum Gebet gesenktem Kopf, das Gesicht von flackernden Kerzen sanft beleuchtet. Wie war es passiert? Hatten sie sie mit Gewalt aus der Kirche geschleppt oder sie höflich gebeten, nach draußen zu kommen? Sie als Kanakin oder Hure beschimpft? Sie belästigt?

Das Auto scherte aus, und David riß das Lenkrad herum, froh, daß die Markierungen auf der Spurtrennungslinie erhöht waren.

Und was war mit Huero? Hatte er sie gerettet wie einer der Helden aus ihren *novellas?* Hatte er sie in den Arm genommen, mit ihr geschlafen? Wo war sie nun? Schlief sie in seinem Bett? Oder, wahrscheinlicher, wohnte sie bei seiner Familie wie eine adoptierte Schwester, verbrachte sie die Nachmittage strickend mit seiner Mutter oder im Geplauder über das alte Land, half sie in der Küche? Davids Gedanken überstürzten sich. Wenn Huero Josefina wirklich vor den Schlägern gerettet hatte, warum wartete er dann so lange mit dem Anruf beim Senator? Log Kurt auch weiterhin? Oder log Huero? Die Fragen waren wie Little Black Sambos Tiger, sie drehten und drehten sich im Kreis, bis sie nur noch verschwommene gelbe Flecken waren, die keinen Sinn mehr ergaben. Und über allem hing wie eine dunkle Wolke das abstoßende Bild von Kurts Vater, der sich Josefina mit Gewalt aufdrängte. David schloß die Augen, um das Bild zu vertreiben, und öffnete sie dann wieder, gerade noch rechtzeitig, um auf die Bremse zu steigen und sich gegen die Wucht des Aufpralls zu stemmen.

David starrte durch die Windschutzscheibe hinaus und wunderte sich, daß er noch am Leben war. Mehrere Autos versperrten in einem wilden Durcheinander die Schnellspuren, zwei davon waren verbogen und ineinander verkeilt wie zu einer modernen Skulptur. Unter einem lag der Unterkörper eines Mannes begraben, dessen andere Hälfte auf die Fahrbahn hinausragte. Ein paar Meter weiter weg hing ein blutiger Arm aus einem zersplitterten Fenster. Die Szene wirkte wie herausgebrochen aus dem Fluß der Zeit, und nur der Geruch verschmorten Vinyls und das weit entfernte Kreischen von Reifen zeigten an, daß die Sekunden verstrichen. Von irgendwo aus dem Chaos stieg das Weinen einer Frau auf. »Holt einen Krankenwagen«, schrie jemand. Instinktiv wollte David nur weg von diesem Blutbad. Er war nur Nanosekunden vom Tod entfernt gewesen, hatte sich schon als verstümmelte Leiche unter den Opfern gesehen. Er wollte nur weg von den Schmerzen, sich in eine Bar setzen und einen Drink kippen, versuchen, das ekelerregende Kreischen nachgebenden Metalls zu vergessen. Statt dessen lief er zu einer Notrufsäule am Straßenrand. Er versuchte, seinen Standort so gut wie möglich zu beschreiben, und lief dann zum Schauplatz des Geschehens zurück. Inzwischen waren auch einige andere stehengeblieben, um zu helfen. Ein junges Paar, beide mit blutdurchtränkter Kleidung, saß Händchen haltend am Mittelstreifen. David ging zu dem Mann, der auf der Fahrbahn lag, und fühlte seinen Puls. »Der Saukerl hat mich geschnitten«, keuchte der Mann. »Ich glaube, ich muß sterben. Wissen Sie, vor was ich am meisten Angst habe...?« Der Rest ging im Geheul der Sirenen unter. David spürte, daß ihm etwas über die Hand tropfte, und merkte, daß er sich den Arm am Armaturenbrett aufgekratzt haben mußte. Er wischte sich das Blut mit dem Ärmel ab und wartete auf den Schmerz, doch er spürte nur eine langsam stärker werdende Taubheit.

Angekündigt war es als kostenloses Rockkonzert im Park, eine Gelegenheit, in der Sonne etwas Musik zu hören. Doch als die Bands zu spielen aufhören, bleibt das Publikum, als wüßte es, daß die wahre Sensation noch bevorsteht. Erst vor ein paar Tagen wurde ein spanischsprachiger Reporter der »Times« in einer Bar in East L. A. angeschossen. Es herrschte Übereinstimmung in der Gemeinde, daß damit die Grenze überschritten wurde, und die Spannung ist greifbar unter den Leuten, die in kleinen Gruppen wartend und rufend zusammenstehen.

Ein Mann in Jeans und T-Shirt hat sich der Bühne bemächtigt. »Seht euch um und vergeßt nicht, was ihr seht! Seht uns hier zusammenstehen und vergeßt nie, daß wir mächtig genug sind, um einiges in Bewegung zu setzen!« Der Sprecher zeigt auf die Polizisten, die sich am Rand des Geländes postiert haben. »Diese Schweine zwischen den Bäumen wissen genau, von was ich rede. Drum haben sie ja auch Angst, uns ihre stinkenden weißen Gesichter zu zeigen!«

Jubel und höhnisches Lachen.

»Sollen sie merken, daß wir auch ohne Waffen hundertmal tapferer und hundertmal stärker sind!«
Lauter. *»Viva la raza!«* Fünfhundert hochgereckte Fäuste bekräftigen den Aufschrei.
Die Polizisten stehen neben ihren Autos, in ihren reflektierenden Sonnenbrillen spiegeln sich die Demonstranten; die Polizisten wirken wie Rinderhirten in Schwarz und Weiß. Ihre Anwesenheit fordert die Menge erst zu Tätlichkeiten heraus. Das ist das Paradoxe obrigkeitlicher Strenge, das die Beamten nicht begreifen, die Organisatoren aber sehr wohl, denn sie bedienen sich seiner wie eines Vergrößerungsglases, um die ziellosen Frustrations- und Haßgefühle in eine bestimmte Richtung zu lenken.
»Wem gehört diese Stadt? Uns oder den Bullen?«
»Viva! Viva!«
Ein unheilvolles Murren dringt aus der Menge, als die Offiziellen das Mikrofon abschalten.
David ist mit Mondo und Johnny und ein paar anderen da. Sie sind gekommen, um ein paar Songs zu hören und mal zu sehen, was läuft, wie Mondo es nennt. Wie alle anderen auch, sind sie geblieben und warten, ob etwas passiert, und wie es aussieht, wird etwas passieren. Mondo steht ohne Hemd auf einer Mülltonne, ein rotes Tuch um den Kopf. Wenn er die Arme hebt und schreit, sieht er aus wie ein furchtloser Indianer auf dem Kriegspfad. David hält sich im Hintergrund und sieht mit wachsender Unruhe zu, wie die Menge allmählich die Muskeln spielen läßt. Er weiß, daß geballte Fäuste und Schlachtrufe keine Lösung sind, daß unüberlegtes Handeln kein Zeichen von Stärke, sondern von Schwäche ist. Er weiß, daß ziviler Unge-

horsam auf lange Sicht der Sache nur schaden wird, weil er die Glaubwürdigkeit untergräbt.
Er weiß aber auch, daß ein lautes Aussprechen dieser Gedanken ihn zum Verräter stempeln würde, zum Überläufer und zum Feind des Volkes.
»*Viva la raza!*«
Ein Knallkörper explodiert wenige Meter vor polierten schwarzen Stiefeln.
Noch mehr Jubel.
Eine Flasche saust durch die Luft wie eine Granate und zerreißt den Frieden in tausend Stücke.
Eine lautsprecherverstärkte Stimme durchschneidet metallisch und unmenschlich die Luft: »Auf Befehl des Sheriffs des County of Los Angeles wird diese Versammlung für illegal erklärt. Wer sich der Anordnung zur Auflösung widersetzt, wird verhaftet.«
Pfiffe und ein Steinhagel sind die Antwort auf diesen Befehl.
»*Viva! Viva!*«
»Laßt uns von hier verschwinden«, sagt David, aber es ist schon zu spät. Auf das knirschende Niederkrachen eines Schlagstocks folgt der blutige Schrei einer Frau: »Ihr verdammten Faschisten!«
Tränengaswolken wabern über dem Rasen und geben dem Aufruhr eine fast festliche Atmosphäre, während sich der Widerstand in Chaos auflöst. Und wieder Knallkörper. Schreie. Angst. Die Masse stürmt vom Kampfgetümmel weg. Freunde und Familien verlieren sich. Keiner hört auf zu laufen, bis er in Sicherheit ist, keiner ist in Sicherheit, bevor er zu laufen aufhört.
David entdeckt eine Bresche zwischen den Bäumen und läuft darauf zu. Ein Junge, zwei oder drei Jahre

jünger als er, folgt ihm. Ihr Ziel ist ein Maschendrahtzaun und dahinter eine Reihe von Hinterhöfen, wo sie sich verstecken, wo sie verschwinden können. Zwei Beamte sehen, was die beiden vorhaben, und versuchen, ihnen den Weg abzuschneiden. David hat die längeren Beine, der Junge bleibt zurück. »Wart auf mich!« ruft er David nach, der den Zaun in dem Augenblick erreicht, in dem die Cops aufschließen. Er zieht sich hoch, grätscht über den Zaun und zögert. Was soll ich tun, überlegt er, und springt. Als er auf dem Bürgersteig landet, treffen sich ihre Blicke. Warum hast du mir nicht geholfen? liest er in den Augen des Jungen. Aber es bleibt keine Zeit für eine Antwort – es gibt keine Antwort –, denn die Beamten haben den Jungen von hinten gepackt, und David rennt davon. Er rennt, so schnell er kann, und sieht sich nicht um.

Der Verkehr bahnte sich allmählich wieder einen Weg an der Unfallstelle vorbei. In den Fenstern der vorbeifahrenden Autos sah David die Insassen mit weit aufgerissenen Mündern, wie versteinert vor Erleichterung und Angst. Die Krankenwagen trafen ein, ein Abschleppwagen zog eins der Wracks an den Straßenrand. Die Fahrbahn glänzte feucht. Ein Polizist legte David die Hand auf die Schulter. »Fahren Sie nach Hause«, sagte er. »Hier können Sie nichts mehr tun.« David sah zu, wie ein Körper weggetragen wurde. Der Rauch und die blitzenden Lichter trieben ihm die Tränen in die Augen – kein Gefühl.

7. Kapitel

»Alles Gute zum Geburtstag, Oma!«

»Mijito!« rief sie und drückte ihn wie einen Liebhaber an ihren verwelkten Busen.

Sie hatte nicht erwartet, ihn so bald wiederzusehen. David betrachtete die tiefen Furchen in ihrem Gesicht und sah die Verwüstungen eines Lebens, das Reichtum und Not, einen Bürgerkrieg und den Kummer mit einem Gatten an der Schwelle zur Senilität umfaßte. Ihr Atem roch fremdartig süß, ihre Augen glänzten fiebrig. David vermutete, daß sie getrunken hatte.

»Hier, Oma, das ist für dich«, sagte er und zog ein Päckchen unterm Arm hervor.

»*Gracias, mijito!* Danke!«

Über ihre Schulter hinweg sah David, daß der Rest der Familie die Hälse streckte, um einen Blick auf den kleinen Jungen zu erhaschen, der so ein Fremder geworden war.

»*Pase, mijito!* Komm herein!«

David nickte all den Gesichtern zu, von denen er die meisten nicht mehr kannte. Es war immer so, wenn er heimkam. Er war verlegen und wünschte sich, seine Mutter wäre hier, um das Eis zu brechen. Er streckte die Hand mit dem Päckchen aus.

»Mach's auf, Oma!«

Man hörte Murmeln im Zimmer, während sie sich mit der Verpackung abmühte. David wußte, daß die alten Frauen über ihn redeten, daß sie jede seiner Bewegungen musterten wie eine geriatrische Jury. Nach einer Ewigkeit lag das Geschenkpapier am Boden, und sie hob ein gelbes Kaschmirbündel in die Höhe.
»Es ist ein Pullover, Oma«, erklärte er überflüssigerweise.
»*Muchas gracias, mijito!* So schön.«
Sie posierte wie ein Mannequin, die Hand kokett am Ohr. Die alten Weiber gluckten beifällig.
David betrat das Wohnzimmer, wo einige Neffen und Nichten im Dunkeln fernsahen. Der Schein vom Bildschirm färbte ihre Gesichter blau, und David stellte sich vor, wie diese stumpfe Monochromie auch ihre Herzen und Seelen durchdrang. Nach der Werbung folgte ein Spielfilm. Eine üppige, mit Tierhäuten bekleidete Frau lief durch einen Wald.
»He, das ist Raquel Welch«, sagte David.
»Wer ist Raquel Welch?« fragten die Mädchen.
In der Küche spielte eine Gruppe Erwachsener mit Begeisterung *lotería*. Es war eine Abart des Bingo, das mit unterteilten Spielbrettern und einem Stapel Karten mit Bildern aus dem Alltagsleben, einer Rose oder einem Pferd etwa, gespielt wurde. Pennies markierten die Spielfelder, die den gezogenen Karten entsprachen. Es war ein Glücksspiel, aber die Kartenbilder gaben ihm eine gewisse symbolische Bedeutung. David stand in der Tür und sah zu, wie die Karten mit ehrfürchtiger Stille, fast wie bei einer Tarot-Sitzung, umgedreht wurden.
Das Pferd... Der schwarze Mann... Der Baum...

Eine Frau begann zu kreischen und mit den Armen zu wedeln wie ein Vogel, der zum Fliegen zu schwer ist. »Ich hab's, ich hab's!« schrie sie. Bald häuften sich auf dem Tisch die Münzen, die sie mit gierigem Vergnügen zu sich zog. »Jetzt bin ich wirklich reich«, meinte sie freudestrahlend. Die anderen Spieler sahen sich an und lachten.

»He, Tiger!« David spürte das Gewicht einer schweren Hand auf seiner Schulter. Es war Onkel Raymond, Besitzer eines Schnapsladens und wirtschaftlicher Großmeister der Familie. Es gab keine Feierlichkeit, bei der Raymond nicht auftauchte und mit heiserer Stimme einen Trupp junger, mit billigem Fusel und Bier beladener Angestellter herumkommandierte. Außerdem war er selbst häufig sein bester Kunde.

»Wo hast du dich denn all die Jahre versteckt?«

David streckte die Hand aus, doch sein Onkel erwiderte mit einer Zurechtweisung.

»Was soll denn das? Kein *abrazo* für den alten Onkel Raymond? Bist dir wohl zu gut, um dein eigen Fleisch und Blut in den Arm zu nehmen?«

David befreite sich aus Raymonds bärenhafter Umarmung.

»Hat das gute Leben in New York 'nen Waschlappen aus dir gemacht?« fragte Raymond sarkastisch und stieß seinem Neffen in die Rippen.

»Nee«, erwiderte David und versuchte, außer Reichweite der kräftigen Fäuste zu bleiben.

»Na, und was verdient mein bonziger Neffe denn so?«

»Genug.«

»Und wieviel ist das? Sechzig? Siebzig Riesen?«

»So in der Gegend.«
Raymond schlug im Spaß nach David, der auswich und dabei eine Plastiktasse von der Anrichte stieß. Das spielerische Geplänkel zwischen den beiden reichte weit zurück in Davids Kindheit. Schon damals hatte Raymond ihn aufgezogen, warum er den Ball nicht höher werfe, warum er seine Kraft und seinen Zorn nicht *mehr* zeige. Nun standen sie auf der Bühne, und jeder im Zimmer genoß das Spektakel. Sogar die *lotería* wurde unterbrochen. Jemand bemerkte, wieviel größer David doch geworden sei.
»Na, in diesem Nest ist das ja 'ne Menge Geld, aber in New York wahrscheinlich nur Hühnerfutter. Hab' ich nicht recht?«
»Wie immer, Ray.«
Im Wohnzimmer entstand Unruhe, als Davids Eltern eintraten. Es dauerte eine Weile, bis sie jeden begrüßt und umarmt hatten.
»Du bist noch immer ein Klugscheißer«, sagte Raymond und zielte auf Davids Ohr, traf aber ins Leere, weil David sich schnell genug geduckt hatte.
Es klang, als würde im Hof ein Radio spielen. Doch die Höhen klangen zu voll und die Bässe zu natürlich, um aus einem Lautsprecher zu kommen. David merkte, daß es wirkliche Gitarren, wirkliche Stimmen waren. Es war eine sanfte Ballade zu einer einfachen Melodie, *»Las mañanitas«*, ein Lied, das David kannte. Die Musiker saßen in einem Winkel des Hofs, und die Zuhörer hatten ihre Stühle in einem Halbkreis zwischen den Bäumen und den Topfpflanzen, die unter den pflegenden Händen seiner Großmutter gediehen, aufgestellt.

Das Geburtstagskind saß bei der Kapelle und stimmte kräftig und leidenschaftlich in den Refrain mit ein. Ihr Haar war mit einem blauen Band hochgesteckt, und einen kurzen Augenblick sah David die schöne Frau vor sich, die sie einmal gewesen sein mußte. Nun fielen auch andere mit ein, und bald sangen alle. Einige schlossen sogar die Augen und zogen sich zurück an einen geheimen Ort der Träume, der zu zerbrechlich war, um das helle Sonnenlicht zu überstehen. Danach schienen die Töne noch in der Luft zu schweben wie Spinnweben im Wind.

Auch Davids Eltern hatten zugehört.

»Sie ist schon wieder betrunken«, bemerkte Ernesto bestürzt. »Sie wird stolpern und sich die Hüfte brechen.«

»Es ist ihr Geburtstag«, tadelte ihn Susanna. »Laß sie doch trinken, wenn sie will. Hallo, *mijito!*« Sie küßte ihren Sohn auf die Wange und verdrehte die Augen in Richtung ihres Mannes.

Die Musiker spielten wieder, diesmal ein lebendiges, fröhliches Lied. Davids Großmutter nahm einen Schluck aus ihrem Glas und begann, den Rhythmus mitzuklatschen.

»Vamos a bailar!« rief sie. Pfiffe und Jubelrufe waren die Antwort.

»Sie wird sich weh tun.«

»Laß sie in Frieden, Ernesto!«

Sie hob den Rock über die Knöchel und begann zu tanzen. Anmutig bewegte sie sich mit kleinen, tänzelnden Schritten und trommelte mit den Absätzen den Rhythmus. Einige der Männer boten sich abwechselnd als Tanzpartner an, doch sie schob sie alle lachend von sich.

»*Venga, mijito!*« rief sie David zu.
»Also los. Tanz mit deiner Oma!« schrien die anderen.
Eine der Frauen packte ihn am Arm und schob ihn in den Innenhof hinaus. Seine Großmutter drehte sich mit fliegenden Röcken, und David versuchte ihr zu folgen, stolperte aber dabei wie ein Schuljunge über seine eigenen Beine. Dann nahm er sie in den Arm, und plötzlich fanden sie den Takt. Unter stürmischem Applaus wirbelten sie über den Beton.
»*Mijito*«, flüsterte sie und zog ihn an sich. Für den Bruchteil einer Sekunde waren sie allein, sie drehten sich in Kreisen zeitloser Bewegung. David spürte, daß sie fallen würden, lange bevor es geschah. »*Un milagro,* ein Wunder«, stammelten die alten Frauen, doch David wußte es besser. Es war nicht Gott, sondern der Stuhl, der ihren Sturz gebremst und ihm die Möglichkeit gegeben hatte, die Wucht des Aufpralls abzufangen. Der Sturz hatte seiner Großmutter für einen Augenblick den Atem genommen. Und was David anging, so sollten seine Rippen viel schneller heilen als die Wunde, die aufbrach, als sein Vater ihn schlug.
»Du hättest sie beinahe getötet«, schrie er und holte zu einem zweiten Schlag aus. Aber schon war Susanna zwischen ihnen. »Nein! Laß ihn in Ruhe! Schlag mich zuerst, Ernesto. Schlag mich!«
»Mach doch!« hörte David sich sagen. »Schlag sie! Schlag mich! Bring uns doch alle um, du blöder alter Mann! So wie du Johnny beinahe umgebracht hast.«
»Du respektloser...«
»Da ist nichts mehr zu respektieren.«
»Halt die Schnauze, sonst schlage ich sie dir ein!«

David wollte etwas erwidern, aber jemand hielt ihm die Hand vor den Mund. Sein Vater zitterte vor Wut, als die anderen ihn wegführten.
David saß alleine im Hof und sah einer Ameise zu, die zwischen seinen Schuhen gefangen war. Das Insekt versuchte vergeblich, das riesige Hindernis zu umgehen, bis es plötzlich wie gelähmt vor Angst stocksteif stehenblieb. David betrachtete noch einmal den Garten seiner Großmutter, und er dachte daran, daß ihre Hände bald wie vertrocknete Wurzeln in die Erde zurückkehren würden. Er wischte sich den Staub von der Hose und ging ins Haus, um sich zu verabschieden. Sie lag still auf dem Bett, den neuen Pullover noch um die Schultern gewickelt.
»Oma, ich muß gehen«, sagte er und nahm ihre Hand. Der sanfte Druck ihrer Finger zeigte ihm, daß sie verstand, daß sie ihm nicht die Schuld gab für das, was geschehen war oder geschehen würde. Doch als er die Resignation in ihren Augen sah, wußte er, daß an diesem Tag in ihnen beiden etwas gestorben war.
David sah sich im Zimmer um, sein Blick blieb an einer Fotografie auf dem Frisiertisch hängen. Der Rahmen war verstaubt, aber das Bild scharf. Seine Großmutter steht da mit beiden Händen am Griff einer altmodischen Wasserpumpe. Obwohl sie tropfnaß ist, lächelt sie zufrieden und mit ungezügelter Heiterkeit. Sie sind auf Urlaub bei seiner Tante in Texas. David ist gerade acht oder neun, als sie auf Onkel Carls Ranch eintreffen. Seine Großmutter und ihre Schwester, Tante Rosa, sind nach draußen gegangen, um Wasser aus dem Brunnen zu holen, und die Erregung des Wiedersehens macht sich in einem Spritzwettkampf

Luft. Als David zu ihnen hinausläuft, um bei dem Spaß mitzumachen, empfangen sie ihn mit einem Kübel Wasser. Er hat warmes Wasser erwartet, aber es ist eiskalt, und die Verblüffung ist ihm offensichtlich anzumerken, denn sie fangen an zu lachen. Der Schock der kalten Dusche und die Tatsache, daß er Zielscheibe ihres Spotts ist, sind zuviel für ihn, und er beginnt zu weinen. Er weiß, daß er ein erbärmliches Bild abgibt: ein großer, starker Junge, der wegen ein bißchen Wasser flennt. Aber es ist ihm gleichgültig. Wichtig ist nur das unauslöschlich gebliebene Bild der beiden Frauen, die zu ihm kommen und ihn trösten, mit nassen Locken, die wie schwarze Stricke an ihren Kleidern kleben, und mit lachenden, der Sonne zugewandten Gesichtern.

»Ich wußte, daß Sie wiederkommen würden«, sagte Schwester Ramona, als sie die Tür öffnete und ihn einließ. David war überrascht, sie in Jeans und einer weiten weißen Bluse zu sehen. Sie hatte kurzgeschnittene Haare, aber die Art, wie sie sich um Stirn und Ohren kräuselten, wirkte eher chic als streng.
»Ohne Tracht sehen Sie viel besser aus.«
»Danke«, sagte sie, sich der weltlichen Bedeutung dieses Kompliments durchaus bewußt, »aber wir tragen das Ordenskleid nicht, um sexy auszusehen, sondern um unsere Hingabe an Gott zu zeigen.«
»Ich weiß. Tut mir leid.«
»Es braucht Ihnen nicht leid zu tun, Mr. Loya.« Sie holte sich eine Marlboro aus der Packung. »Aber Sie sind gewiß nicht hier, um über klerikale Mode zu sprechen.«

»Nein.«
»Also?« Sie nahm einen tiefen Zug und stieß den Rauch aus.
»Ich glaubte es zu wissen. Aber jetzt bin ich mir nicht mehr so sicher.«
Schwester Ramona sah ihn skeptisch an. »Haben Sie Josefina gefunden?« fragte sie.
»Nein. Das heißt, ich glaube, sie ist bei Huero, aber er läßt mich nicht zu ihr. Wenn er nicht lügt.«
»Er lügt nicht«, entgegnete sie bestimmt.
David wartete, daß sie weitersprach, doch sie sah ihn nur unverwandt an. »Als ich mit ihm redete, fiel auch Ihr Name. Ich hätte mir nicht gedacht, daß Sie sich kennen.«
Schwester Ramona drückte ihre Zigarette aus. David war sich fast sicher, daß sie ihn bitten würde zu gehen. Doch sie hustete nur und beugte sich vor. »Mr. Loya.«
»David.«
»David«, wiederholte sie mit der nachsichtigen Strenge einer Lehrerin vor ihrem Schüler, »ich weiß nichts von Ihnen, außer daß Sie ein Lügner sind und nach Josefina Juárez suchen. Und wenn Sie mich nun nicht für einen kompletten Trottel halten, was ein Fehler wäre, so kann ich Ihnen versichern, daß Sie nicht erwarten können, von mir irgend etwas zu erfahren, bevor Sie mir nicht den wahren Grund genannt haben, warum Sie hier sind.«
David erzählte ihr alles bis auf den Namen des Senators.
Schwester Ramona zündete sich eine zweite Marlboro an, und David folgte den blassen Rauchfahnen mit den Augen.

»Wenn es Ihnen inzwischen gleichgültig ist, was mit dem Vater Ihres Freundes passiert«, sagte sie schließlich, »warum kehren Sie dann nicht einfach nach New York zurück?«
»Josefina wurde schon von so vielen Leuten im Stich gelassen«, erwiderte David. »Und ich habe Träume …«
David versuchte, die Fassung wiederzufinden. Er hatte nicht die Absicht, vor einer Nonne zusammenzubrechen. Dafür waren Psychiater da.
»Sind Sie katholisch?«
»Auf dem Papier.«
»Wann waren Sie das letztemal bei der Kommunion?«
»Hören Sie«, sagte David barscher, als er die Absicht gehabt hatte, »ich bin nicht hier, um in Religion nachzusitzen. Wir haben eine Abmachung. Jetzt sind Sie mit der Wahrheit an der Reihe.«
Schwester Ramona schien ihn zu taxieren. Er glaubte, ein kurzes Aufflackern sexuellen Interesses in ihrem Blick zu entdecken, verdrängte aber den Gedanken. Er hatte genug im Kopf, auch ohne an Sex mit einer Nonne zu denken. »Woher soll ich wissen, daß Sie Josefina wirklich helfen können?« fragte sie ihn. »Auch wenn Sie in guter Absicht kommen, wie kommen Sie auf den Gedanken, daß Sie etwas ändern könnten?«
»Haben Sie etwas Besseres zu bieten?«
»Möge Gott uns alle beschützen«, sagte Schwester Ramona, und die Wand zwischen ihnen wurde wieder ein Stück niedriger. »Sie kam hierher, um zu beten, stundenlang manchmal. Wir waren Freundinnen, oder zumindest war ich jemand, mit dem sie reden

konnte. Vor ein paar Wochen spürte ich, daß irgend etwas nicht stimmte. Ich fragte nach, und sie erzählte mir, sie sei schwanger. Ich mußte ihre Entscheidung respektieren, mir nicht zu sagen, wer der Vater war. Etwa eine Woche später stand sie plötzlich völlig aufgelöst vor meiner Tür. Sie erzählte mir, Männer hätten sie verfolgt und ihr gedroht, sie zu töten, wenn sie nicht augenblicklich nach Mexiko zurückgehe. Zur Polizei wollte sie natürlich nicht gehen. Sie hatte Angst zu bleiben und Angst zu gehen. Ich tat alles, was in meiner Macht stand, um sie zu trösten.«
Schwester Ramona zog an ihrer Zigarette. »Kurze Zeit danach hatte ich noch spät im Klassenzimmer zu tun, als ich auf dem Hof Schreie hörte. Sie lag zusammengekrümmt am Boden und versuchte, ihren Bauch zu schützen. Zwei Männer standen über ihr, sie schlugen und traten und beschimpften sie. Ich schrie, und sie liefen davon. Ich wollte die Polizei rufen, Josefina in ein Krankenhaus bringen, aber sie ließ mich nicht. Ich brachte sie schließlich nach Hause und machte ihr Tee. Wir beteten zusammen. Als ich gehen wollte, sagte sie: ›Ich werde mein Baby verlieren. Ich spüre, daß es in mir stirbt.‹«
»O Gott«, sagte David und bedeckte das Gesicht mit den Händen.
Schwester Ramona sah ihn überrascht an.
»Wußten Sie das nicht?«
»Nein.«
Sie wartete einen Augenblick, bevor sie den Faden wieder aufnahm. »Etwa vor einer Woche sah ich sie wieder. Ich wußte, daß sie ihre Wohnung verlassen hatte und unter Hueros Schutz stand. Es war offen-

sichtlich, daß sie eine Fehlgeburt erlitten hatte. Ich versuchte wieder, sie in ein Krankenhaus zu bringen, aber sie wollte nichts davon hören. Sie schien sich selbst die Schuld zu geben für das, was passiert war. Sie wirkte sehr aufgeregt. Danach habe ich sie nicht mehr gesehen. Jeden Abend bete ich einen Rosenkranz für sie in der Hoffnung, daß die Heilige Jungfrau sie beschützt.«

»Jemand muß sich mit ihr in Verbindung setzen«, sagte David. »Huero kann sie nicht ewig verstecken.«

»Wenn er Sie beim erstenmal nicht zu ihr lassen wollte, wie kommen Sie drauf, daß er es jetzt tun wird?«

»Ich fügte zu Hueros Forderungen, als ich sie übermittelte, noch etwas hinzu: daß Josefina Papiere bekommt und genug Geld, um ein neues Leben anzufangen.«

Schwester Ramona hatte zu beten begonnen. Falten der Konzentration zeigten sich auf ihrer Stirn, als sie den geheiligten Text aufsagte.

»Was soll denn das nützen?« Die Worte waren wie Staub in Davids Mund. »Wir haben doch gesehen, wie Gott die Gläubigen belohnt. Wo war denn Gott, als Josefina Ihn rief?«

Als David aufstand, sah Schwester Ramona ihn mit einem fast mitleidigen Blick an. »Ich bete nicht für Josefina«, sagte sie leise. »Ich bete für Sie.«

Trotz der abendlichen Dämmerung brauchte David nicht lange, um Hueros Garage wiederzufinden. Die Wracks waren beiseite geräumt, das Stahltor war zugezogen und verschlossen. David stieg aus dem Auto und folgte einem schmalen Pfad, der um das Gebäude herumlief. Durch die vergitterten Fenster sah David Gestalten, die sich im Schein einer einzelnen Glühbirne bewegten. David kehrte zur Front zurück und hämmerte gegen das Tor. Auf der anderen Straßenseite bellte ein Hund, und als David sich umdrehte, sah er gerade noch, wie eine Hand ein Rollo herunterzog. David klopfte ein zweites Mal, und diesmal hörte er das Geräusch näher kommender Schritte.

»Sag was!« befahl eine Stimme.

»Ich muß zu Huero.«

David hörte das Klacken der Verriegelung, das Tor öffnete sich kratzend.

»Was willst du, du Arschloch?« David erkannte das Pickelgesicht von einem von Hueros Leibwächtern.

»Ich muß mit Huero reden. Es ist wichtig.«

»Mann, die Besuchszeit ist vorbei.«

»Ich muß ihn heute abend treffen«, drängte David. »Sag mir wenigstens, wo er zu finden ist. Es ist wichtig.«

Der Leibwächter zögerte.

»Er wird ziemlich sauer sein, wenn er merkt, daß du ihm ein Geschäft vermasselt hast«, meinte David warnend.

»Er kommt vielleicht später.«

»Dann warte ich hier, bis er aufkreuzt«, sagte David und schob sich an ihm vorbei. Er erwartete, daß ihn eine Hand an der Schulter packte. Doch er hörte nur, wie das Tor zugeschlagen wurde. David spürte, daß der Mann ihm folgte, während er auf das Licht im hinteren Teil der Garage zuging. Zwei Kerle waren da, die David noch nicht gesehen hatte: ein korpulenter, langhaariger und ein langer mit einem zotteligen Ziegenbart. Der eindringliche Geruch von Marihuana lag in der Luft und von noch etwas anderem, das David nicht kannte. Das Radio auf der Werkbank war auf einen mexikanischen Sender eingestellt. Ein *norteño corrido* wurde gespielt, der Sänger schmetterte den Text zu einem lebhaften Polkarhythmus. David übersetzte in Gedanken die Worte:

> Ich hatte nie den Mut für das »Ich liebe dich«.
> Und jetzt hast du die Stadt verlassen.
> So küsse ich die Sterne über dir
> Und wünsche deinem Herzen Glück.

Der Camaro, an dem Huero gearbeitet hatte, war verschwunden, eine Holzbank und ein paar Plastikstühle standen an seiner Stelle.

»Wo hast du denn den *maricón* aufgegabelt, Angel?« wollte der Dicke wissen.

»Er will noch einmal mit Huero reden. Ist wichtig, sagt er.«

»Bist du von der Drogenfahndung?« knurrte der Dicke.

»Nein.«

»Gut«, sagte er. »Wirklich gut für dich. Weil wenn du einer wärst, hätten wir dir den Arsch aufreißen müssen.« Der Bauch des Dicken schwabbelte vor Vergnügen.

»Steck die Pfeife an, Homes«, sagte Aknegesicht und rieb sich die Hände an den Schenkeln.

»Setz dich, Mann!« sagte Angel zu David. »Und entspann dich!«

David setzte sich auf den Stuhl, der am nächsten stand, doch Angel blieb stehen.
Der Dicke hielt ein Gasfeuerzeug an eine kleine Glaspfeife. Er zog einmal daran und gab sie weiter. Als sie dann wieder bei ihm war, bot er sie David an. »Willst du auch was davon, *maricón?*«
»Nein danke.«
»Nein danke?« wiederholte der Dicke und spielte den Beleidigten. »Der hat wohl keine Ahnung von den mexikanischen Sitten? Es ist sehr unhöflich, ein Angebot deines Gastgebers abzulehnen. Wirklich verdammt unhöflich.« Er sah David über die Schulter. »Vielleicht sollten wir ihm mal Manieren beibringen, was?«
Der Dicke stopfte ein Stückchen eines bräunlichen Kristalls in die Pfeife und kam näher. Als David aufzustehen versuchte, spürte er etwas Kaltes und Hartes an seinem Hals.
»Sei vorsichtig, *maño!*« warnte ihn Angel. »Du könntest dich schneiden.«
David sah nur noch das Gesicht des Dicken vor sich, der ihm die Pfeife an den Mund hielt. Als er sich wegzudrehen versuchte, spürte er, wie die Spitze der Klinge ihm in die Haut stach.
»Beweg dich noch einmal, und du atmest durch deinen Adamsapfel«, sagte Angel drohend.
»Einfach in den Mund nehmen und dran ziehen«, sagte der Dicke. »Du weißt doch, wie man das macht, oder, *maricón?*«
David hörte Aknegesichts pfeifendes Lachen, während er vorsichtig an der Pfeife zog. Der beißende Rauch brannte ihm in den Lungen, er mußte husten und spürte bereits die Wirkung.

»So ist's besser«, sagte der Dicke. »Jetzt noch mal!«
David spürte die Klinge wieder an seinem Hals und zog noch einmal. Seine Kopfhaut kribbelte. Die Garage schien zusammenzuschrumpfen, bis nichts mehr Platz hatte außer dem Messer an seinem Hals, der Pfeife und dem Gesicht des Dicken.
»Mehr!« befahl der.
»Was zum Teufel ist denn hier los?«
Es war Huero. Zumindest war es Hueros Stimme, der Tonfall und das arrogante Näseln paßten eher zu Mondo. David starrte die Gestalt im Schatten an, und die Unterscheidung wurde immer schwieriger. Dann gab es keinen Unterschied mehr.
»Wir wollten dem Typ doch nur helfen, sich zu entspannen, während er auf dich wartet«, erklärte Angel und steckte das Messer in die Tasche.
»Laßt ihn in Ruhe!« knurrte Huero. Der Befehl wurde augenblicklich befolgt. »Ihr wißt genau, daß ich von diesem Stoff nichts halte.« Das Licht hinter Huero warf seinen Schatten riesengroß an die Wand. »Verdammt, Loya, was tun Sie hier?«
David griff sich vorsichtig an den Hals und spürte etwas Feuchtes am Kragen. »Ihre Freunde sind ein Haufen sadistischer Schweine«, sagte er.
»Das müssen gerade Sie sagen, *compadre!*« Die Worte waren wie in Gift getaucht. »Was wollen Sie hier?«
David kämpfte verbissen gegen die Wirkung der Droge an. »Ich muß mit Ihnen über Josefina reden.«
»Dann los!« fuhr Huero ihn an.
Es war vielleicht nur die Wirkung der Droge, doch Huero schien im Vergleich zur ersten Begegnung vollkommen verändert. Aus dem selbstbewußten General

war ein nervöser Diktator geworden. David sah die Muskeln in Hueros Wangen zucken und bekam eine Gänsehaut. Ein Schweißtropfen lief ihm den Rücken hinunter.
»Schwester Ramona hat mir von dem Baby erzählt«, sagte David und versuchte, einen klaren Gedanken zu fassen. »Der Senator geht auf Ihre Forderungen ein. Sie bekommt Papiere und genug Geld, um neu anzufangen. Ich weiß, daß Sie ein Ehrenmann sind. Lassen Sie mich Josefina in ein Krankenhaus bringen!«
»Deshalb sind Sie also zurückgekommen«, entgegnete Huero. »Um der Illegalen, die Sie zuerst umbringen wollten, zu sagen, daß sie in einen Vorort ziehen kann wie diese weißen Schlampen in der Spülmittelwerbung. Klar. Was sollten Sie denn sonst hier wollen?« Huero schnitt eine Grimasse und kratzte sich am Kopf. »Wahrscheinlich bin ich ein blöder Mexikaner. Ich glaube nämlich kein Wort von der Scheiße, die Sie plappern, Loya.«
David hätte beinahe gekichert. Es war die Droge. Das Herz hämmerte in seiner Brust und pumpte ihm das giftversetzte Blut ins Hirn. Solange die Wirkung anhielt, konnte er es mit Huero aufnehmen. Synthetisches Selbstvertrauen war besser als gar keins. »Sie haben keine andere Wahl, Huero. Sie bringen mich zu Josefina, oder das Geschäft ist geplatzt.«
»Sie wollen nur mit Josefina reden?«
»Sie lassen mich Josefina sehen, oder ich blase die ganze Sache ab.«
Huero ging in der Garage auf und ab, die Hände auf dem Rücken verschränkt. Nun war er wieder ganz der Philosoph und Staatsmann.

»Ist wahrscheinlich nicht zuviel verlangt«, meinte er höhnisch, »wenn man bedenkt, wieviel ihr beide gemeinsam habt.«

David ignorierte Hueros Zynismus und versuchte, sich zu konzentrieren. Wichtig war jetzt nur, daß er zu Josefina durchdrang. Er wußte, daß sie jedes Recht hatte, ihn zu hassen, aber vielleicht konnte er es ihr erklären. Wenn jemand fähig war zur Vergebung, dann sie.

»Ja, warum eigentlich nicht?« sagte Huero. »Aber unter einer Bedingung: Sie müssen sich die Augen verbinden lassen. Ich kann Ihnen ja wohl kaum zeigen, wohin wir gehen, oder?«

David unterdrückte die aufkeimende Panik. Er stand kurz vor dem Punkt, wo ihm die Situation vollkommen aus den Händen glitt. »Wie Sie wollen.«

Ein zusammengefaltetes Halstuch wurde ihm über die Augen gelegt und verknotet. Er hörte, wie die Stühle verrückt wurden und Huero Befehle gab. Jemand packte ihn am Arm und schob ihn in die Richtung, aus der er jetzt Schritte hörte. Die schwüle Nachtluft leckte an seinen Wangen und Armen. Er hatte diese Geräusche schon einmal gehört, all dies schon einmal gespürt. Es war, als würde er den vernachlässigten Teil eines Hauses wiederentdecken, in einer Kiste mit abgelegten Kleidern stöbern. Ob sie noch paßten? Vielleicht sollte er sie anprobieren. Eine Lederjacke. Ein weißes T-Shirt. Seine alten Turnschuhe. Zeit für die Straße, für einen Bummel.

Seine Umgebung wurde zu einem zerfließenden Mosaik zusammenhangloser Empfindungen: das gedämpfte Zuschlagen von Autotüren... der leicht künstliche Geruch von Sitzschonbezügen ... das Räuspern des Motors ... das Knistern eines aufflammenden Streichholzes ... der süße Gestank von Marihuana ... In diesem Augenblick drehte sonst immer jemand das Radio an ... Und da ist es auch, eine Hand, die unschlüssig die Sender absucht: Fetzen von Rock- und Discomusik, ein Moderator, der sagt: »Aber das ist nicht halb so schlimm wie ...«, eine Frauenstimme, die sich an eine klagende Gitarre schmiegt ... »He, laß das da, Mann, ich mag den Song.« ... David saß immer wie auf glühenden Kohlen, wenn er nicht selbst fuhr; Mondo ließ er nur ans Steuer, wenn er selbst zu betrunken war ... »Da abbiegen ...« Mondo genoß das Gefühl der Macht, wenn er hinter dem Steuer saß. Vielleicht zu sehr; eines Abends war David nach einer Strandparty aufgewacht und hatte gemerkt, daß sie mit hundertfünfzig über den Freeway jagten ... »He, sieh mal nach, ob Loya okay ist, ich will nicht, daß er schlappmacht.« ... Eine Hand, die ihn anstieß ... »Laß mich, Mondo ...« Gelächter ... über ihn ...? Keiner konnte die Kavaliersstarts so wie Mondo, das war mal klar ... »Mann, sieh dir mal die Slicks von dem da an!« ... Sie hielten an einer Kreuzung ... Verkehrslärm, Hupen ... »Paß auf die Bullen auf ...« Sie fuhren wieder ... Das Fenster ist offen, die Haare schlagen ihm ins Gesicht ... »Da links rein. Wir sind da. Hilf ihm raus ...« Hände, die ihn packen ... das Knarzen von Schuhen auf dem Gehsteig ... seiner Schuhe ... das Knirschen einer unglücklichen Schnecke ... »Verdammte *babosas!* Ich kann die Dinger nicht ausstehen ...« Schritte auf einer Betontreppe ... eine quietschende Fliegentür ... stickige warme Luft ... heiße *tortillas* auf dem Herd... ein schreiendes Baby. »He, was ist denn im Kühlschrank? Sieh mal nach.« ... Seine Mutter stellte ihm immer etwas zu essen hin; sie mochte es nicht, wenn ihr Junge hungrig zu Bett ging... »Gib mir auch was ab, Mann...« Es war gleichgültig, wie spät es war, solange er nur nach Hause kam... Schritte auf Linoleum... »Da entlang...« Es wurde etwas ruhiger... Geflüster in Spanisch... ein Schlafzimmer?... eine Tür, die geschlossen wird... das Parfüm einer Frau... Atem... Herzschläge...

Da war noch jemand bei ihm im Zimmer.

»Josefina?« David griff nach der Augenbinde.

»Laß sie auf!« Eine Frauenstimme.

Plötzlich berührte eine leichte Hand sein Gesicht, glitt an Hals, Schultern und Brust hinunter. Die Erregung schoß ihm in die Lenden. Sie drückte sich an ihn, er spürte ihre Brüste durch sein Hemd. Wurde so sein heimlichster Wunsch wahr? Er wußte, daß es nicht stimmte, noch bevor sie ihm die Augenbinde herunterrissen.

»Ihr kranken Schweine!«

Es war nur ein Jux, ein grausamer Witz auf Davids Kosten. Huero und die anderen waren die ganze Zeit im Zimmer gewesen und hatten bei den geschmacklosen Zärtlichkeiten zugesehen. Und jetzt machten sie sich über ihn lustig. Auch das Mädchen lachte, aber mit einem leichten Anflug von Bedauern.

»Nein«, korrigierte ihn Huero, »das kranke Schwein sind Sie. Sie und die Unterdrücker, die unsere Frauen wie Huren behandeln, die sich nehmen, was ihnen nicht gehört.« Er strich dem Mädchen durch die Haare.

»Sie wollten sie doch, oder? Es war offensichtlich, mein Freund. Sie brauchen sich nicht zu schämen, Becky ist wirklich 'ne scharfe Nummer. Aber sie gehört mir, und Sie werden sie nie bekommen, so wie Sie auch Josefina nie bekommen werden. Gleichgültig, was passiert, Sie werden ihr nie mehr weh tun können. Das ist eine der Lektionen, die Sie heute abend lernen werden.«

Sie befanden sich in einem fensterlosen Zimmer mit einer Matratze auf dem Boden. Auf dem Nachtkästchen lagen eine Bibel und einige *novellas* mit Eselsohren. Neben dem Schrank war ein Bild der Heiligen Jungfrau mit Klebestreifen an der Wand befestigt. David wußte, daß er in Josefinas Zimmer war.

»Was habt ihr mit ihr gemacht?«

Huero drehte ihm den Rücken zu, und David sprang. Doch sie hielten ihn mühelos fest und drückten ihn zu Boden, bis er versprach, sich nicht mehr zu wehren. Die Niederlage schmeckte wie Galle auf seiner Zunge, und er erkannte plötzlich, daß er das Zimmer vielleicht nicht mehr lebend verlassen würde.

»Wo ist sie?« fragte er noch einmal.

»An einem Ort, wo Sie sie nie erreichen können.«

David starrte Huero an, als hätte er ihn nie zuvor gesehen.

»Glauben Sie an Gott?« fragte Huero und hielt die Bibel hoch wie ein Priester bei der Predigt. »Josefina tat es.«

Huero ließ den Blick in die Ferne schweifen. »Sie war sehr religiös, müssen Sie wissen. Ich versuchte ihr beizubringen, daß beide, Gott und der Teufel, im Menschen leben. Ich versuchte ihr beizubringen, daß nur der Mensch den Teufel besiegen kann, aber sie wollte nicht hören. ›Die Jungfrau wird mich beschützen‹, antwortete sie mir. Eine Zeitlang stimmte das vielleicht sogar. Wissen Sie, Himmel und Erde sind gar nicht so weit auseinander.«

Er folgte Davids Blick zum Bild der Jungfrau.

»Nehmen Sie die Jungfrau zum Beispiel.« Huero drehte sich um und zeigte auf das Plakat wie ein Lehrer auf eine Karte oder ein Diagramm. »Wußten Sie, daß eine Gruppe Wissenschaftler vor ein paar Jahren dieses Bild untersuchte – natürlich nicht dieses Bild, sondern das Original auf diesem Tuch, das in Mexiko aufbewahrt wird – und zu einigen sehr interessanten Ergebnissen kam. Sie verwendeten Röntgenstrahlen und Computer und diese Radiocarbonmethode zur Altersbestimmung und das ganze Zeugs und stellten schließlich fest, daß das Bild auf diesem Bauernumhang echt ist. Aber dann machten sie noch etwas viel Erstaunlicheres. Mit Hochleistungsmikroskopen vergrößerten sie die Pupillen der Jungfrau, um etwas zu studieren, was man den Purkinje-Sanson-Effekt nennt. Der besagt, daß sich auf der Pupille des menschlichen Auges – also auch auf Ihrer und meiner – das spiegelt, was man gerade sieht. Das heißt mit anderen Worten, wenn man sich das Bild eines Auges nur genau genug ansieht, kann man sehen, was in dem Zimmer war, als das Bild aufgenommen wurde.«

Huero wandte sich seinem Zuhörer zu. »Erstaunlich, was? Ich wußte das auch nicht. Auf jeden Fall haben sie das mit dem Bild der Jungfrau gemacht. Und wissen Sie, was sie in den Augen der Jungfrau fanden? Kommen Sie drauf? Nein? Ich werd's Ihnen sagen.

Die Abbildungen des Bischofs und dieses Bauern Juan Diego, wie es die Legende über das Wunder behauptet. Stellen Sie sich das vor! Das Wunder steckt in den Augen der Jungfrau wie ein Gespenst, das den gesunden Menschenverstand zum Narren hält. Es ist wirklich phantastisch. Daran merkt man, daß Religion und Wissenschaft gar nicht so gegensätzlich sind, wie einige Leute behaupten. Eine Wahrheit ersetzt nicht die andere Wahrheit, sie gehen Hand in Hand.«

»Warum erzählen Sie mir das alles?«

Hueros Lächeln war offen und ein wenig selbstironisch. »Wissen Sie, ich war auf dem College. Ich hab' sogar an der High-School unterrichtet. Deshalb erkenne ich Intelligenz bei anderen. Ich hätte so werden können wie sie, wenn ich gewollt hätte. Ich hätte die Grenze überschreiten und nie mehr zurückkehren können. Sie und ich, wir sind eigentlich gar nicht so verschieden. Wir sind Brüder unter der Haut.«

Huero sah, daß David nicht verstand. »Nicht die braune Haut, die die anderen sehen«, erklärte er. »Die Schicht darunter. Die Haut, in der wir leben.«

Der Boden unter Davids Füßen bewegte sich, und er brauchte einen Augenblick, bis er das Gleichgewicht wiedergefunden hatte. Er spürte, wie das Hochgefühl des Crackrausches nachließ und er langsam wieder nüchtern wurde.

»Deshalb habe ich aufgehört zu unterrichten«, hörte er Huero sagen. »Ich merkte, daß ich im Grunde genommen meinen Schülern beibrachte, die Haut eines anderen anzuziehen, eine Haut, die nie elastisch genug war, um ihnen zu passen.«

»Werden Sie mir erzählen, was passiert ist?«

»Mit Josefina?«
»Ja.«
Hueros Gesicht wirkte plötzlich eingefallen. Es war das erstemal, daß David ein Anzeichen von Schwäche oder Mitleid an ihm sah. Welche anderen Nuancen des Empfindens versteckten sich noch hinter diesem Macho-Äußeren? Es gab zweifellos viele Hueros: Huero, den Lehrer, Huero, den zynischen Prediger, Huero, den Revolutionär, Huero, den Bandenchef. Vielleicht sogar Huero, den wahren Gläubigen.
»Ich sagte Ihnen, daß sie glaubte, die Jungfrau würde sie beschützen«, begann er. »Sie hatte mich auch fast schon soweit, daß ich es glaubte. Ihr Glaube war wirklich stark. Aber das Böse, dem sie in dieser Welt begegnete, war noch stärker. Sie hatte keine Chance. Zuerst nahmen sie ihr die Ehre, dann das Kind und schließlich den Lebenswillen. Vielleicht hat sie das Auto, das sie anfuhr, gar nicht wirklich verletzt. Wie soll ich das wissen? Denn als sie da auf die Straße lief, war sie innerlich bereits ein Krüppel.«
Huero kam näher und sah David mit echter Verwunderung an. »Warum weinen Sie, Loya?« fragte er. »Ich dachte, die Nachricht würde Sie glücklich machen. Jetzt können Sie doch zu Ihrem Herrn und Meister gehen und ihm melden, daß sein Problem gelöst wurde, und zwar von einer alten Dame in einem Buick, die so blind war, daß sie glaubte, sie hätte einen Hund angefahren. Wir beide wissen, daß Hunde keine Kleider anhaben, oder? Aber diese blöde alte Frau« – Huero tippte sich an die Stirn – »kapierte das nicht. Jetzt kann Randall in aller Ruhe sein Steak aufessen und sich danach zur Feier des Tages eine Zigarre anzünden. Sa-

gen Sie doch was! Warum sind Sie traurig, *hombre?*«
Eine letzte Spitze konnte sich Huero nicht verbeißen.
»Sind Sie verliebt in sie, oder was?«
Doch die Antwort blieb ungeboren in den Tiefen von Davids Verzweiflung, einem Ort, der bis jetzt versteckt und gut verschlossen gewesen war. Er sagte sich nur Hueros Frage immer wieder vor, bis die Worte seltsam und unaussprechlich wurden wie die einer fremden Sprache, die er eben zu lernen begann.

8. Kapitel

In Filmen und Träumen sind Krankenhäuser immer weiß, aber in diesem waren die Wände von einem leicht schimmligen Grün. Schwestern und Ärzte eilten durch die Gänge oder standen zu zweit oder zu dritt vor Türen oder an den spiegelglatten Resopaltheken. Die meisten waren jung und gesund und schienen weniger mit Krankheit und Tod, sondern mehr mit sich selbst und den letzten Fußballergebnissen beschäftigt. Während David an einer Reihe belegter Zimmer vorbeiging, konnte er der Versuchung nicht widerstehen, einen Blick hineinzuwerfen. Von den Plastikschläuchen und den blinkenden Maschinen abgesehen, hätten es ebenso billige Hotelzimmer in einem »Holiday Inn« sein können. Die Patienten taten genau das, was sie um diese Zeit auch in einem Hotelzimmer getan hätten: Sie lasen oder schliefen oder starrten abwesend in den Fernseher, sie machten Pläne, die sie später ausführen mochten oder auch nicht, oder sie überdachten ihren Lebensweg. Jede Oberfläche glänzte. David suchte nach Schmerz und Angst in den Gesichtern, fand aber nur die verräterischen Zeichen der Langeweile und der stummen Erschöpfung. Das Schlimmste an den Krankenhäusern, dachte er, ist die Art, wie sie alle den Tod gewöhnlich machen, ihm jedes Ritual und jedes Geheimnis nehmen.

Am Ende eines hell erleuchteten Ganges präsidierte eine Frau mit dicken Brillengläsern über einem Stapel Klemmbretter.
»Ich suche nach einem Mädchen, das irgendwann gestern nachmittag eingeliefert wurde...«
»Name?«
»Josefina Juárez. Sie wurde von einem Auto angefahren.«
Die Frau sah von ihren Papieren hoch. »Sind Sie ein Verwandter?«
»Ihr Bruder.«
»Bitte warten Sie hier, Mr. Juárez.«
Die Frau verschwand heimlichtuerisch in einem Labyrinth von Aktenschränken. David kam sich vor wie ein Krimineller. Was, wenn sie seine Papiere verlangten? Die Frau rief inzwischen sicher schon die Polizei an und versprach, ihn bis zu deren Eintreffen aufzuhalten. Er sah der Prozession weißer und grüner Kittel zu, die in die eine und die andere Richtung huschten wie farbmarkierte Insekten, sich erregt gegenseitig anhielten oder zielstrebig weitereilten.
Plötzlich wurde David von einer entsetzlichen Angst gepackt. Was, wenn Josefina überhaupt nicht verletzt wurde? Wenn das Ganze wieder nur ein Witz war?
Die Frau kam zurück und gab ihm ein Formular zum Ausfüllen. Ihre argwöhnischen Blicke machten sein Unbehagen, als er eine falsche Adresse und Telefonnummer angab, nur noch schlimmer. Bei der Frage nach Josefinas Beruf schrieb er »Touristin«.
Die Frau warf einen mürrischen Blick auf ihr Klemmbrett. »Sie müssen die Leiche identifizieren, Mr. Juárez. Wenn Sie bitte hier unterschreiben.«

»Die Leiche?«
Ihr Stirnrunzeln verschwand. »Tut mir leid«, sagte sie. »Ich dachte, Sie wüßten es bereits.«
Eine halbe Stunde später führte ein Sanitäter David zu den Aufzügen. Einer der Schuhe des Mannes knarzte, und David kam der Gedanke, daß dieser Umstand ihn für den Umgang mit den Toten, geschweige denn mit ihren trauernden Hinterbliebenen ungeeignet machte. Im Keller angekommen, hatte David das unsinnige Verlangen, ihn zu bitten, den Schuh auszuziehen oder auf einem Fuß zu hüpfen. Aber er beherrschte sich, auch als der Mann, um das Eis zu brechen, sagte: »Sie haben Glück, daß sie noch hier ist. Nichtidentifizierte kommen normalerweise sofort in die Bezirksleichenhalle.«
Sie betraten einen weiteren Korridor, einen ohne Theken und Topfpflanzen und Musikberieselung. Niemand ging lächelnd an ihnen vorbei, der Gestank von Formaldehyd lag in der Luft. Wenigstens hier unten im Keller zeigte man Respekt vor dem Tod, hier wurden die Grenzen der modernen Medizin seziert und für spätere Verwendung katalogisiert. Hier unter der Erde war von der öffentlich zur Schau getragenen Maske der wissenschaftlichen Unfehlbarkeit nichts mehr zu sehen, und David war beinahe froh über die düstere Allgegenwart des Todes.
Glastüren öffneten sich in ein hell erleuchtetes Gewölbe mit Reihen verhüllter Leichen. Das einzig gewöhnliche Möbelstück in dem Saal war ein grauer Metallschreibtisch mit einem kleinen Aufkleber an der obersten Schublade: BIS HIERHER UND NICHT WEITER. Neben der Schreibmaschine glänzte eine halbge-

gessene Orange obszön im gleißenden Neonlicht. Der Sanitäter warf einen Blick auf die Papiere in seiner Hand und winkte David, ihm zu folgen. Seelenruhig las er die an den Leichen befestigten Plastikkärtchen ab, bis er das richtige gefunden hatte.
»Als Todesursache sind hier innere Verletzungen angegeben«, sagte er mit unsicherer Stimme. »Sie können auf eigene Kosten vom Krankenhaus eine Autopsie verlangen.«
»Das wird nicht notwendig sein.«
Der Sanitäter nahm das Plastiktuch in die Hand und wandte sich zu David um. »Ah, Sir, manchmal bekommen die Leute in dieser Situation Probleme. Wenn es Ihnen schlecht wird oder so was, dann sagen Sie es einfach. Es ist unter diesen Umständen ganz normal.«
»Danke«, erwiderte David und merkte plötzlich, daß der Mann eigentlich noch ein Junge war, ein Praktikant, der seine Zeit bei der niedersten Arbeit im ganzen Krankenhaus absaß. »Ich werd's Ihnen sagen.«
Zögernd zog der Mann nun das Tuch von Josefinas Gesicht weg und dann weiter, bis David den Ansatz der schwarzen Schamhaare sah.
»Das reicht«, sagte David.
»Wir brauchen die eindeutige Identifizierung durch ein Familienmitglied, bevor die Leiche freigegeben werden kann.«
Sie war nicht so bleich, wie er erwartet hatte; die braune Haut war zwar blaß, aber bei weitem nicht farblos. Ihre Brüste waren fest und wohlgeformt, die Taille schlank. Sie war noch hübscher, als er sie vom Foto her in Erinnerung hatte, und sicherlich hübsch

genug, um in einem Mann gesetzten Alters, der sich wahrscheinlich eines Nachmittags mit seiner Angestellten allein im Haus befunden hatte, die Lust neu zu entfachen. Ein junges Mädchen, das nicht nur körperlich, sondern auch sozial und rechtlich wehrlos gewesen war. David konnte die Augen nicht von der Leiche abwenden, deren große, dunkle Brustwarzen und volle Lippen nun die Farbe getrockneter Rosen hatten. Mehr als alles andere fühlte er sich betrogen. Es gab so viele Fragen, die er ihr hätte stellen wollen, so viel, das sie sich gegenseitig hätten beibringen können. David hatte dreißig Jahre und dreitausend Meilen gebraucht, um sie zu finden, und im letzten Augenblick war sie ihm entwischt. Nun reichte es nicht mehr, das Geschehene als zufällige Folge unglücklicher Umstände zu akzeptieren. Die Chancen waren zu gering, und außerdem war David kein Spieler. Nein, das war eine große Tragödie, und solche hatten immer eine Moral, eine Botschaft des Schicksals. Unbewußt streckte er die Hand aus, um ihre leicht geöffneten Lippen zu berühren. Was versuchte sie ihm im Tod zu sagen, was sie ihm lebend nicht hatte sagen können? Warum hatte Gott alles getan, um ihn zum Narren zu halten? Wenn sie noch am Leben wäre, was würde sie von ihm, David, wollen?

Der Sanitäter sah ihn mit wachsender Besorgnis an und trat einen Schritt vor.

David schob ihn gedankenlos vom Tisch weg. »Verdammt noch mal, warum kaufen Sie sich denn kein anständiges Paar Schuhe!« sagte er.

Geschickt knetete die Frau den groben Teig in ihren Händen, riß dann etwa golfballgroße Stücke ab und drückte sie zu dicken, runden Fladen. Mit einer schnellen Drehung aus dem Handgelenk ließ sie sie auf den Bratrost fallen, eine Bewegung, die so natürlich wirkte, als wäre sie ihr angeboren. Ihr offenes Haar hatte die Farbe brennender Holzkohle – ein stumpfes, grau überstäubtes Schwarz – und fiel wie ein Schatten über ihr indianisches Gesicht. Sobald die *tortilla* auf der einen Seite knusprig war, nahm sie sie geschickt mit den Fingerspitzen vom Feuer und füllte den Fladen mit Streifen gedünsteten Rindfleischs, pürierten Tomaten, gehackten Zwiebeln, *salsa* und Koriander.

»Zwei Dollar, bitte«, sagte sie und gab das *taco* einem blonden Jugendlichen in pinkfarbenen Radfahrerhosen.

Die Frau sah David an. »Ein *taco*, Mister?«

»Nein, *gracias.* Ich warte auf jemanden.«

Die Frau zuckte mit den Achseln und wandte sich dem Mann in der Nachbarbude zu, der damit beschäftigt war, Kerzendocht in einen Bottich mit geschmolzenem Talg zu tauchen.

David sah auf die Uhr und ging langsam zum Anfang der Olvera Street zurück, ohne auf die *Mariachi*-Band zu achten, die eine Gruppe Touristen in Izod-Hemden unterhielt. Sein erster Ausflug in diese Gegend fiel ihm ein, eine Studienfahrt mit der fünften Klasse zu der »ältesten Straße in Los Angeles«. Die Lehrer schienen es für wunderbar zu halten, daß sich mitten in diesem Stadtgiganten des zwanzigsten Jahrhunderts der spanische Charakter des alten Kalifornien erhalten hatte. Soweit er sich erinnerte, hatten sie etwas von den »mexikanisch-amerikanischen Wurzeln« und der »ethnischen Geschichte« geplappert. Doch als David nun die Hochpreisläden mit indianischer Handarbeit und die *Burrito*-Buden mit der Biokost betrachtete, sah er nur noch das Denkmal einer kommerzialisierten Kultur. Welche Ironie, daß aus der Keimzelle der Stadt ein Kuriositätenmuseum geworden war, wo freundliche Eingeborene ihre Würde stückweise verkauften, indem sie »authentischen« Schnickschnack und Krimskrams »garantiert von der Hacienda« feilboten.

Sie wartete auf ihn vor dem Andenkenladen und spielte nervös mit einem Strohesel.

»Marta?« fragte David.

»Hallo«, entgegnete sie und streckte ihm die Hand entgegen. »Ich kann nicht lange bleiben. Ich muß später noch zum Unterricht. Ich habe auf dem College Englisch belegt.«

Sie bemerkte die Verwirrung in seinem Gesicht und trat einen Schritt zurück. »Stimmt etwas nicht, Mr. Loya?«

»Nein, nein. Sie sind nur ganz anders, als ich erwartet hatte. Wollen Sie sich nicht setzen?«

»Ja, vielen Dank.«

Marta trug eine gestärkte Baumwollbluse zu einem marineblauen Rock und schwarze Pumps. Die Haare waren zu einem adretten Knoten zurückgekämmt, was ihre hohen Wangenknochen, die langen Wimpern und den karamelfarbenen Teint betonte. Mit ihrem amerikanischen Akzent und ihrer amerikanischen Gestik wirkte sie wie eine assimilierte Version von Josefina.

»Ich bin nur gekommen, weil Schwester Ramona meinte, Sie seien ein Freund«, sagte sie, nachdem sie eine Cola bestellt hatte, und David bemerkte, daß sie die Eigenart mexikanischer Frauen, Männern nicht direkt in die Augen zu sehen, noch nicht ganz abgelegt hatte. »Und natürlich, um Josefina zu helfen. Wie geht es ihr?«
»Tut mir leid, daß ich es bin, von dem Sie es erfahren. Sie ist tot.«
»Madre de Dios«, flüsterte Marta und fiel einen Augenblick lang ins Spanische zurück. Sie bekreuzigte sich und zog dann ein Taschentuch aus ihrer Handtasche. »Was ist passiert?«
»Es war ein Unfall«, antwortete David. »Sie wurde von einem Auto überfahren, als sie die Straße überquerte.«
Marta tupfte sich die Augen ab, und die verschmierte Wimperntusche hinterließ dunkle Flecken auf ihren Wangen. »Das ist ja entsetzlich. Ich kann's nicht glauben.«
»Kennen Sie einen Mann namens Huero?«
»Er war's nicht.« Die Überzeugung in ihrer Stimme überraschte ihn.
»Sie kennen ihn?«
Sie schüttelte den Kopf.
»Warum sind Sie dann so sicher?«
Marta antwortete nicht. David wartete, bis sie sich wieder beruhigt hatte.
»Ich versuche, mehr über die Zeit vor ihrem Verschwinden herauszufinden. Wie sind Sie beide zu Freundinnen geworden? Obwohl sie, nun…«
»Obwohl wir so verschieden sind?« Sie beendete den

Satz für ihn. »Ich bin seit zwei Jahren in den USA. Ich war schon ein Jahr da, als Josefina bei Senator Randall zu arbeiten anfing. Ihr erging es ähnlich wie mir, als ich ankam. Ich versuchte, ihr zu helfen, Sie wissen schon, ihr gewisse Sachen beizubringen. Ich wußte, was es heißt, hier ganz alleine zu sein und wie ein Stück Dreck behandelt zu werden, mit niemandem, mit dem man reden kann.« Sie hielt inne, als würde sie in Gedanken ihre Grammatik verbessern. »Ich hatte natürlich nicht die Jungfrau, mit der ich reden konnte. Gott verzeih mir, aber das war ihr großes Problem.«

»Ihr Problem?«

»Ich meine, daß Josefina...« Marta suchte nach den richtigen Worten. »Dieses Mädchen lebte in der Vergangenheit. Sie sah ja nicht schlecht aus, müssen Sie wissen. Ich versuchte sie zum Ausgehen zu überreden, aber sie dachte ja nicht einmal daran, sich mit einem Mann zu verabreden. Für sie war alles Sünde. Sie ging nie aus, sie versuchte nicht einmal, Englisch zu lernen. Ich, ich kam hierher, um Amerikanerin zu werden. Wenn ich Mexikanerin sein wollte, wäre ich in Mexiko geblieben. Nein, Sir. Ich habe hier Freddie kennengelernt. Wir werden heiraten.«

»Meinen Glückwunsch.«

Marta wurde nun plötzlich wieder unsicher, als hätte sie zuviel von sich preisgegeben. War das wirklich Schüchternheit oder nur gespielt? In ihrer Art lag eine gewisse Gerissenheit, die David nicht umhinkonnte zu bewundern. Wie Josefina war sie ohne irgend etwas hier eingetroffen. Aber im Gegensatz zu ihrer Freundin hatte sie sich in ihrer neuen Heimat sehr schnell eingelebt, einen Mann gefunden und sich quasi neu geschaffen. Sie war eine Überlebenskünstlerin.

»Tut mir leid«, sagte Marta. »Es ist nur, weil ich zuerst froh war, als es passierte. Ich dachte: Na, wenigstens ist sie normal wie der Rest von uns armen Sündern auch.«

»Als was passierte, Marta?«

Sie wurde rot. Diesmal war es echt.

»Hören Sie«, Marta sah sich verstohlen nach den anderen Tischen um, »ich will mich in nichts hineinziehen lassen. Ich bin eine Illegale, solange ich noch nicht verheiratet bin. Das ist gefährlich für mich.«

»Machen Sie sich keine Sorgen!« sagte David, doch diese Beruhigung galt ebenso ihm selbst wie ihr. »Niemand wird je etwas von diesem Gespräch erfahren. Ich bin ein Freund. Bitte. Es könnte sehr wichtig sein.«

Die Kapelle kam in ihre Richtung, und David mußte sich vorbeugen, um trotz der scheppernden Trompeten etwas zu verstehen.

»Wissen Sie, sie war irgendwie komisch«, fuhr Marta fort. »Es paßte eigentlich gar nicht zu ihr, aber ich machte mir keine großen Gedanken deswegen. Aber dann eines Abends, bevor ich umzog – ich wohnte nämlich ganz in der Nähe, bevor ich zu meinem Freund zog –, ging ich zu ihr, um sie ins Kino einzuladen. Sie wissen schon, das mexikanische Kino mit den Filmen in Spanisch. Es war das einzige, was sie noch gern tat außer beten. Auf jeden Fall ging ich also an diesem Abend hin, und da sah ich den Cadillac auf der anderen Straßenseite stehen. Und da wußte ich, was los war.«

»Wessen Cadillac, Marta?«

»Den von Senator Randall.«
Applaus brandete auf, als die *mariachis* ihr Spiel beendeten und den Sombrero herumgehen ließen.
»Tut mir leid. Ich komme sonst zu spät zum Unterricht«, sagte Marta.
»Warten Sie!«
»Mehr kann ich Ihnen nicht sagen. Versuchen Sie nicht, mich wiederzufinden!«
Er sah, wie sie in die Menge der Wochenendbummler tauchte, an der *Taco*-Dame und dem Kerzenmann vorbeieilte und schließlich in dem turbulenten Kaleidoskop der Farben verschwand.

Die sonntägliche Sonne funkelte hell auf dem Ortsschild von Hollywood, als David nach Santa Monica zurückfuhr. Die Luft war ungewöhnlich frisch, und er hatte eine gute Sicht auf die Bucht und die schroffen, hellen Klippen, die sich nordwärts nach Malibu erstreckten. Seemöwen begrüßten kreisend den Morgen, und das Meer glitzerte wie flüssiges Silber. Eins stand außer Frage: Balboas Meer war blauer als der Atlantik. Der Atlantik war David trotz all seiner Schönheit lediglich in Nuancen von Braun und Grau, Türkis und Hellgrün in Erinnerung. Nur der Pazifik konnte dieses reine und strahlende Saphirblau annehmen.
In der Wohnung war keine Spur von Kurt. Obwohl David seit beinahe achtundvierzig Stunden auf den Beinen war, fühlte er sich hellwach. Er zog seine Badehose an und ging nach draußen. Bis auf einen einsamen Jogger und einige Surfer, die weiter draußen auf den Wogen tanzten, war der Strand verlassen. David

stand am Ufer und sah dem hypnotischen Rollen der Wellen zu, während der jungfräuliche Schaum seine Zehen umspielte und wieder zurückschwappte. Dann begann er langsam und bedächtig ins Wasser zu waten. Er überließ sich dem beharrlichen Sog der Brandung, bis er hüfttief im Wasser stand. Als dann ein Brecher vor ihm in die Höhe stieg, tauchte er hinein und ließ sich das donnernde Gewicht über Schultern und Rücken gleiten. Die Enge in der Brust drohte ihn zu überwältigen, zu ersticken, aber er ließ es nicht zu. Nur Wasser war um ihn, das sanft seine Glieder massierte und im urtümlichen Alphabet des Steigens und Fallens zu ihm sprach. Einige kostbare Sekunden lang gab es kein Oben und Unten, keine Vergangenheit und keine Zukunft, kein Gut und Böse, nur die wogende, unwiderstehliche Kraft des Meeres. In diesem Augenblick war es das einzige im ganzen Universum, das Bedeutung hatte – das Meer und die Erwartung des nächsten Atemzugs. David spürte, wie seine Füße den sandigen Boden berührten, und stieß sich ab. Nach Atem ringend, kam er wieder hoch, als wollte er den Himmel verschlingen. Er füllte sich die Lungen mit Sauerstoff und tauchte wieder ein, tauchte tiefer und ertränkte auch noch den letzten Überrest der Angst, bevor er sich wieder nach oben treiben ließ und die transparente Oberfläche durchbrach.

Als er zum Haus zurückkehrte, wartete Kurt auf den Stufen der Veranda auf ihn. Er trug einen zerknitterten Anzug ohne Hemd und hatte die Arme auf dem verwitterten Geländer verschränkt. Beim Näherkommen sah David die Müdigkeit im Gesicht seines Freundes, und es tat ihm fast leid, was passieren würde.

»Für den Kreislauf gibt's nichts Besseres als ein Bad am Nachmittag, was?« sagte Kurt und versuchte, ein Gähnen zu unterdrücken.
»Solltest du auch mal probieren.«
»Schon, aber warum sollte ich mir einen perfekten Kater verderben?« Kurt nahm eine Handvoll Sand und ließ ihn durch die Finger rieseln.
»Hast ja recht«, gab David zu. »Durchgemacht, was?«
»Sie fand Politik so faszinierend.«
»Und da hast du ihr erzählt, wo's langgeht.«
»So in der Richtung.« Kurt lachte halbherzig auf. »Hab' ihr aber nicht gesagt, wen sie wählen soll.«
»Ach ja. Ich hab' ganz vergessen, wie moralisch ihr Politiker seid.«
»Du weißt doch, wie es am Ring heißt:« – Kurt imitierte Howard Cosell – »Möge der Bessere gewinnen!«
»Egal, wer dabei eins abbekommt.« David wich Kurts Blick aus.
Eine Seemöwe trieb über ihren Köpfen, schrie und verschwand hinter dem Haus.
Auf diese Art würde er nie zum Ziel kommen; sie sprachen in Chiffren. Zumindest ehrlich sollten sie doch miteinander sein. Das war er Kurt schuldig. Aber wie erzählt man seinem besten Freund, daß sein Vater ein Mörder ist?
»Seit wann bist du denn ein solcher Moralist?« fragte Kurt über die Schulter hinweg, doch David war bereits im Haus. Er fühlte sich schmutzig und wollte duschen, bevor er mit Kurt weitermachte. Er zog die Badehose aus und stieg in die Dusche. Das Wasser stellte er so

heiß ein, daß es fast schmerzte, dann schaltete er plötzlich auf eiskalt. David blieb lange unter der Dusche und sah den riesigen Tropfen zu, die von seiner Nase in die Wanne platschten. Dann stieg er heraus, trocknete sich ab und betrachtete sich nackt im Spiegel. Er sah einen dreißigjährigen Mann mit dem durchtrainierten Körper eines mittelmäßigen Berufssportlers. Einen Mann, den man zu verschiedenen Zeiten für einen Indianer, einen Franzosen, einen Italiener und einen Spanier gehalten hatte. Einen Mann, der im *barrio* geboren war und in Harvard studiert hatte, das Musterbeispiel eines sozialen Aufsteigers. Während er sich das Gesicht abtrocknete, sah er sein Spiegelbild an und fragte sich, welche Hautfarbe er eigentlich hatte.

Kurt saß auf dem Sofa und starrte abwesend in den Fernseher, als David wieder ins Wohnzimmer kam. Auf dem Bildschirm hatte Napoleon Solo eben eine Souterrainwäscherei betreten und ging nun mit verbindlichem Lächeln zu einem Wandschrank im Hintergrund. Er drückte auf einen versteckten Knopf, die Wand glitt zurück und gab den Blick frei auf das geheime Hauptquartier von U.N.C.L.E....

»Ich dachte, wir haben eine Abmachung«, sagte Kurt ausdruckslos.

»Die gilt nicht mehr«, erwiderte David. »Josefina ist tot.«

Summer und Blinklichter zeigten an, daß ein Unbefugter in den U.N.C.L.E.-Komplex eingedrungen war.

»Was?« Kurts Stimme klang eher verärgert als überrascht.

»Die Kerle, die ihr dein Vater auf den Hals gehetzt hat, waren offensichtlich echte Profis. Sie war übrigens wirklich schwanger. Und als sie das Kind verlor, da verlor sie auch alles andere. Sogar das bißchen Verstand, um sich umzusehen, bevor sie die Straße überquerte. Man mußte sie unter einem Auto herausziehen.«
Der Eindringling feuerte auf Solo, doch kugelsicheres Glas hielt das Geschoß ab. Solo machte schnell einen Schritt zur Seite und erledigte den Killer, ohne auch nur eine Strähne seiner Frisur außer Fasson zu bringen. Solo und Illja Kurjakin wechselten wissende Blicke.
»Wahrscheinlich hätte ich es gleich wissen müssen«, sagte David, der nun immer wütender wurde. »Ich weiß auch nicht, warum ich glaubte, es würde dir etwas ausmachen. Vermutlich macht's dir auch nichts aus, wenn die ganze Scheiße in der Zeitung steht.«
»Der Huero ist doch nur ein verdammter Hochstapler«, erwiderte Kurt und schaltete den Fernseher aus. »Ohne das Mädchen glaubt ihm niemand auch nur ein Wort.«
»Ihm vielleicht nicht, aber mir.«
Kurt riß den Kopf herum. »Und für was«, sagte er, »soll das gut sein?«
»Sie hat nie irgendwelche Papiere gestohlen, was, Kurt? Es gab überhaupt keine Papiere.«
Kurt seufzte. »Das ist doch jetzt wohl ziemlich gleichgültig, oder?«
»Für mich nicht.«
Ein flüchtiges Lächeln des Verstehens huschte über Kurts Lippen und verschwand dann wieder. »Es war die einzige Möglichkeit, um sicherzustellen, daß du

mir hilfst. Ein moralischer Anreiz, wenn du so willst. Aber das ist kein Grund, gleich voreilige Schlußfolgerungen...«

»Eine Frau wurde vergewaltigt, und jetzt ist sie tot, Kurt. Das ist kein Gerücht, kein Trick. Ich hab' erst vor ein paar Stunden die Leiche gesehen. Was zum Teufel ist denn los mit dir? Bist du verrückt geworden? Sieh mich an, verdammt! Sie war kein Nichts. Sie war keine von Computern errechnete Wahlkampfstatistik. Sie war ein Mensch aus Fleisch und Blut.« David ließ Kurt Zeit zu einer Erwiderung, bevor er den nächsten Satz aussprach: »Jemand bekommt die Rechnung dafür präsentiert.«

»Und du glaubst, daß mein Vater derjenige sein wird.«

»Er war dafür verantwortlich, Kurt.«

»Nein, das war er nicht.« Seine Stimme klang blechern, als würde sie vom anderen Ende eines langen Tunnels kommen. »Das habe ich dir doch schon gesagt.«

David schüttelte den Kopf. »Ich habe mit Marta gesprochen, Kurt. Sie hat das Auto deines Vaters vor Josefinas Wohnung gesehen.«

»Marta hat meinen Vater vor Josefinas Wohnung gesehen?« fragte Kurt barsch.

»Seinen Cadillac.«

»Also komm, Mann! Willst du mich verarschen? Weißt du, wie viele Cadillacs es in Los Angeles gibt? Diese Leute stecken doch alle unter einer Decke!«

»Das ist eine Behauptung, die ich dir nie abgekauft habe, Kurt. Und nach allem, was passiert ist...«

»Was genau ist denn passiert?« Kurt war aufgesprungen. Er stützte die Arme auf den Tisch vor David, sein Gesicht war zu einer häßlichen Grimasse verzerrt. »Gegen welche Gesetze wurde denn verstoßen, Herr Anwalt? Über deinen Vergewaltigungs- und Mordvorwurf würde jedes Gericht in diesem Staat doch nur lachen. Wenn mein Vater kein bekannter Politiker wäre, dann wäre die Geschichte doch nicht mal 'ne Spalte auf der letzten Seite wert, und das weißt du ganz genau.«

Es stimmte. Es schien gleichgültig, wie sicher er sich einer Sache war, nach fünf Minuten Disput mit Kurt geriet er unweigerlich ins Schwanken. Kurt ging mit gesenktem Kopf auf und ab wie ein Verteidiger, der vor Gericht seinen großen Tag hat. Er spielte Perry Mason, und er spielte ihn mit Bravour.

»Nehmen wir doch mal an«, begann er, »nur um der Diskussion willen, daß deine kleine Freundin aus dem *barrio* recht hat und mein Dad wirklich der Vater war. Aber betrachten wir das Ganze aus einem anderen Blickwinkel – die gleichen Fakten, das gleiche Ergebnis, nur eine andere Perspektive. In meinem Szenario kommt ein mexikanisches Mädchen, hübsch, aber ohne jeden Penny und ganz alleine in die große USA, nach Los Angeles. Warum? Um eine Amerikanerin zu werden, um Geld zu verdienen, vielleicht beides. Sie bekommt einen Job als Dienstmädchen bei einem erfolgreichen Politiker. Sie arbeitet schwer. Sie hat ein angenehmes Wesen. Man vertraut ihr, nimmt sie im Haushalt auf. Ihr Boß ist faszinierend, mächtig und dafür bekannt, daß er versucht, ihrem Volk zu helfen, soweit es in seiner Macht steht. Die Zuneigung beruht auf Gegenseitigkeit. Zuerst ist alles rein platonisch,

nach dem Motto: gütiger Vater trifft Unschuld vom Lande…«
David versuchte, Kurt zu unterbrechen, doch der hob die Hand. »Ich weiß, das klingt ein bißchen zu sehr nach Soap-Opera, aber hab noch etwas Geduld! Wie gesagt, sie stehen sich nahe, aber eben nicht zu nahe. Bis zu jenem schicksalhaften Abend, an dem Josefina länger arbeitet und ihren Bus verpaßt. Es ist schon dunkel, und welche Gefahren in einer nächtlichen Großstadt lauern, kann man sich ja leicht vorstellen. Der gute Senator ist schon eine ganze Weile zu Hause, er hat schon einige Martini intus, vielleicht sogar ein paar zuviel. Aber da er eben ein fürsorglicher Boß ist, bietet er dem armen Mädchen an, sie heimzufahren. Sie lehnt natürlich ab, er besteht darauf, und sie nehmen den Cadillac. Während der Fahrt entsteht ein nettes Gespräch, vorwiegend dank des Schulspanisch des Senators und ein bißchen herkömmlicher Körpersprache. Der Senator ist ein alter Fuchs und weiß genau, wann eine Frau ihn anmacht. Und wie es aussieht, tut sie auf ihre schüchterne Latino-Art genau das. Es kommt schließlich soweit, daß er sie bis zur Tür ihrer schäbigen kleinen Wohnung begleitet. Es ist dunkel, der Senator fühlt sich anonym, fast schon in eine andere Welt versetzt, auf jeden Fall aber sicher vor den Schicksen aus Beverly Hills mit den großen Titten und den entsprechenden Mäulern. Um es kurz zu machen, sie küssen sich. Sie küssen sich leidenschaftlicher. Schnitt.«
»Wer hat bei diesem Film Regie geführt, Kurt?«
»Bitte, warte mit deiner Rezension bis nach der letzten Spule. Der Senator fährt nach Hause und weiß, daß er

was Schlechtes getan hat; er weiß es vom Verstand und vom Gefühl her und nimmt sich vor, es nicht mehr zu tun. Unter normalen Umständen – und ich gebe zu, daß ich den Begriff ziemlich weitgefaßt verwende – wäre dies das Ende. Aber es ist eine moderne Liebesgeschichte, und der Spaß hat gerade erst angefangen. Denn am Montagmorgen kommt unsere Heldin frisch und fröhlich und bis über beide Ohren verliebt zur Arbeit. Zum Unglück für alle Beteiligten hat das Mädchen zwar einen guten Geschmack, aber ein schlechtes Urteilsvermögen. Der Senator zeigt ihr die kalte Schulter, und sie bricht zusammen. Als sie merkt, daß sie schwanger ist, fängt im Hause Randall die Kacke an zu dampfen. Er feuert sie. Aber sie paßt ihn in der Öffentlichkeit ab und erinnert ihn daran, daß er der Vater ist. Und was die Sache noch schlimmer macht, plötzlich zeigt sich, daß sie eine Illegale ist. In der Zwischenzeit muß man den Schein wahren und eine Wahl gewinnen. Der Senator sieht wegen einer einzigen unbedachten Nacht seine ganze Karriere den Bach hinuntergehen. Er dreht durch und hetzt ihr die Meute auf den Hals. Doch die treiben sie nur in die Arme des Kriegshäuptlings ihres Viertels. Und bevor du noch Viva Zapata sagen kannst, erhält der Senator schon einen Anruf von Huero, diesem erpresserischen *bandido*, der ihm gleich mit der Presse droht. Der Senator ist mit seiner Weisheit am Ende und vertraut sich dem einzigen Menschen an, dem er trauen kann: seinem Sohn.«

Kurt hob wieder die Hand, um anzudeuten, daß er schon beinahe fertig sei. Er sprach in einem Tonfall tiefempfundener Aufrichtigkeit, als würde er vor einer

Gruppe Geschworener sein Schlußplädoyer halten. »Also, Kumpel, bevor du irgend etwas sagst, laß dir mal diese tragische Geschichte durch den Kopf gehen. Prüf dein Gewissen, und frag dich, ob das, was passiert ist, den Senator wirklich zu einem schlechten Menschen stempelt, zu einem Mann, der seinen Untergang verdient hat als Sühne für den Tod eines Mädchens, das von Anfang an auf Kamikaze-Kurs war, das sich vielleicht oder vielleicht auch nicht selbst ins Unglück gestürzt hat, das sich aber auf jeden Fall nicht zu schade war, bei seinem mißglückten Griff nach dem großen Glück im Land der Freiheit mit Täuschung, Tricks und politischer Erpressung zu arbeiten.«

Ein dünner Sonnenstrahl fiel wie eine leuchtende Grenzlinie auf den Tisch. David wußte, daß diese Grenze auch in ihm war und seinen Verstand, sein Herz und seine Freundschaft zu Kurt durchschnitt. Nun war sie für ihn endlich sichtbar geworden, und er brauchte jedes Quentchen seiner Kraft, um sie zu überschreiten.

»Es macht ihn nicht schlecht, Kurt. Nur schuldig.«

Kurt trat einen Schritt vor. »Das kannst du nicht tun, David.«

»Warum nicht?« fragte David und nahm allen Mut zusammen.

»Weil es falsch wäre und du viel zu intelligent bist, um das nicht zu wissen. Auch wenn mein Dad der Schurke wäre, als den du ihn hinstellst, wärst du immer noch im Unrecht. Es ist doch lächerlich, Mann! Ich meine, du hängst da ein paar Tage mit deinen verlorenen Brüdern und Schwestern rum, und plötzlich entdeckst du deine Wurzeln wie ein mexikanischer Alex Haley; wie diese Mittelschichtschwarzen, die auf der Suche nach ihren Vorfahren nach Afrika fahren. Ich kenn' das, David. Die Eingeborenen, die echten Afrikaner, die werfen nur einen kurzen Blick auf ihre amerikanischen Brüder in der Haut und sehen nichts anderes als Touristen mit jeder Menge Kohle.«

Kurt flehte nun David schon beinahe an. Er streckte ihm die Hand entgegen. »Gleichgültig, was diese *Raza*-Rebellen dir erzählt haben, du bist keiner von denen und kannst auch nie einer sein«, sagte Kurt, und seine Stimme wurde kräftiger. »Du bist ein verdammter Harvard-Absolvent, Mann! Du bist Amerikaner, kein Mexikaner, David! Du bist einer von uns.«

David sah Kurts ausgestreckte Hand an und zwang sich dazu, sie nicht zu ergreifen. »Wenn man unschuldige Leute umbringen muß, um zu uns zu gehören, dann trete ich aus dem Club aus.«

Kurt ließ die Hand sinken.

»Ich weiß, was du sagen willst, Kurt«, sagte David und bemühte sich, das statische Rauschen in seinen Ohren zu übertönen. »Und vielleicht ist auch was Wahres dran. Aber ich kann es nicht akzeptieren, diesmal nicht.«

»Worauf wartest du dann noch?« sagte Kurt mit bleierner Stimme. »Das Telefon steht da drüben.«

David wußte, wenn er es jetzt nicht tat, würde er es nie tun. Er ging zum Telefon und hob den Hörer ab. Am liebsten wäre es ihm gewesen, wenn eine Bombe aufs Haus gefallen oder die Welt untergegangen wäre, bevor er die Nummer wählen konnte. David wußte sie auswendig, er hatte während der letzten zwei Tage so oft begonnen, sie zu wählen, daß die Ziffern seinem Gedächtnis eingebrannt waren.

»Max Rogers von der Lokalredaktion, bitte. Ja, ich warte.«
»Erinnerst du dich an die Woche am Cape?« fragte Kurt. Er saß nun wieder und hatte die Arme um die Knie geschlossen wie ein Kind, das ein Spielzeug zerbrochen oder seine Eltern im Zoo verloren hat.
»Aber natürlich.«
»Du hast damals geschworen, daß du mir hilfst, gleichgültig, was passiert.«
»Das weiß ich, Kurt.«
»Diese Geschichte, die ich dir eben erzählt habe, was mit Josefina passiert ist…«
»Was ist damit?«
»Es war nicht mein Vater. Ich war es.«
»Hallo?« Am anderen Ende der Leitung erklang Max' Stimme.
David biß sich auf die Zunge und schmeckte Blut, das sich mit seinem Speichel vermischte. Er schluckte und legte auf.

Am Cape ist es genauso, wie Kurt es versprochen hat. Sie sind noch kaum eine Woche hier, und schon kann David sich nicht mehr vorstellen, je anders oder an einem anderen Ort gelebt zu haben. Sie braten in der Sonne, lesen Kafka und Kerouac, pflegen ihren katerschweren Kopf und begutachten Mädchen am »Erstsemesterlaichplatz«, wie Kurt es nennt. Trotz seiner ursprünglichen Vorbehalte läßt David sich verführen von den strahlenden Tagen und den dunstigen Nächten, der üppigen Kitschparade aus Gipsfröschen und Windrädchen in den Vorgärten, von den leichten, weiten Hosen und den Top-Siders, den Arbeiterkneipen und den verwitterten Villen. Kurts Eltern haben den Sommer über ein Haus in der Nähe des Hafens gemietet, aber in dieser Woche sind sie in Europa, und die Jungen haben das ganze Haus für sich alleine. Sie haben sogar Hausaufgaben mitgebracht, in der festen Absicht, sie erledigen zu wollen, aber die Bücher liegen unberührt in der Ecke.

Sie reden über Gott und die Welt – von den schlimmsten Symptomen der Beulenpest bis zu den besten Episoden aus M*A*S*H, von den entscheidenden Schlachten des Ersten Weltkriegs bis zu den wirkungsvollsten Gesprächseröffnungen –, über alles, außer über Jura. Sie trinken Bier zum Frühstück und lassen das Abendessen aus, weil sie sich lieber mit den Hors d'œuvres vollstopfen, die es auf den allabendlichen Cocktailpartys im Überfluß gibt. Sie sonnen sich im Luxus jugendlicher Schönheit und Gesundheit. Kurt hat weiße Strähnen in den Haaren von den vielen Stunden in der Sonne, und Davids tiefbraune Hautfärbung steht in höchst wirkungsvollem Kontrast zu dem weißen Sportsakko, das er seinem Freund aus dem Schrank gemopst hat. David wundert sich beständig, wie viele Leute Kurt offensichtlich kennt, wie viele attraktive Mädchen sie jeden Tag treffen. Abends stolpern sie mit kindischem Lächeln auf dem Gesicht und Zetteln mit gekritzelten Telefonnummern in der Tasche nach Hause. Eines Nachts schaffen sie den Weg bis in die nebeneinanderliegenden Schlafzimmer zweier Freundinnen, und nur Kurts Mädchen, eine geschwätzige Brünette aus Vassar, will das Spiel nicht ganz zu Ende spielen. Jeder hier scheint mit dem Bruder oder der Mutter, oder dem Sohn von einem anderen zur Schule gegangen zu sein, und manchmal hat David den Eindruck, als sei die gesamte Ostküste ein einziges Schulferienlager.

Die Soiree dieses Abends findet in dem restaurierten Kolonialhaus eines Admirals a. D. statt, der berühmt ist für seine Sammlung antiker hölzerner Lockenten. David nimmt eine in die Hand und läßt sie beinahe fallen, als Kurt ihm erzählt, wieviel sie wert ist. Rein aus Gewohnheit wettet David mit Kurt, daß sie nicht schwimmt, und die beiden schleichen ins Badezimmer und setzen sie in das Wasser der Toilettenschüssel, um ihre Schwimmfähigkeit zu testen. Die Holzente kippt nach vorne, bis der Schnabel ins Wasser eintaucht, sinkt aber nicht. Um das Gesicht zu wahren, sucht David eine Ausrede und behauptet, das Toilettenwasser sei nicht so salzig wie das Wasser in den Sümpfen. Aus Gründen wissenschaftlicher Präzision öffnet Kurt den Reißverschluß seiner Hose und stellt sich so, als wollte er auf die Ente pinkeln. Plötzlich platzt eine ältere Dame herein. »Sind nur wir!« ruft Kurt in Richtung der hastig wieder zugezogenen Tür, und beide können nur mühsam das Lachen unterdrücken.

Einige Zeit später sieht David sich von einer Matrone an die Wand gedrückt, die darauf versessen ist, das Engagement der USA in Zentralamerika zu verteidigen. »Wo wäre denn die freiheitsliebende Mehrheit, wenn wir die Contras in Nicaragua nicht unterstützt hätten?« fragt sie. »Wahrscheinlich in Miami«, antwortet David, der schon die ganze Zeit mit den Augen eine schwarzhaarige Schönheit in einem blauen Chiffonkleid verfolgt. Mit ihren langen Beinen und ihrer lebhaften Art wirkt sie wie eine dunkle Blume, die von einem summenden Schwarm Männer umgeben ist. David hat bereits versucht, sich ihr zu nähern, aber er kommt nicht einmal so nahe an sie heran, daß sie auf ihn aufmerksam würde. Kurt am anderen Ende des Zimmers zeigt mit dem Daumen zur Tür, und David gibt nickend sein Einverständnis, daß auch er von hier verschwinden will.

Fünf Minuten später sehen sie den Mond über der Bucht untergehen, während sie langsam am Ufer entlang nach Hause trotten.

»Wer war diese Vision in Blau?«

»Du kommst ja langsam wirklich auf den Geschmack«, entgegnet Kurt boshaft.

»Sag doch!«

»Tut mir leid, ich wußte ja nicht, da du mit ihr verlobt bist. Ihr Vater ist Richter am Berufungsgericht. Jennifer Lansing. Da geht's um die große Kohle und die großen Titten.« Ellipsen hängen in der Luft und treiben davon. »He, was ist noch besser, als wenn ich jetzt einen Hasen aus meinem Zylinder ziehen würde?«

»Du hast keinen Zylinder.«

»Lenk mich jetzt nicht ab, mein Junge!« Kurt zieht seine W.-C.-Fields-Nummer ab. Er greift in die Jakkentasche und zieht triumphierend eine Flasche Mescal heraus.

»O Mann, Kurt. Ich kann's nicht glauben, daß du das getan hast.«

»Jeder, der eine Flasche von dem Stoff in seiner Bar rumstehen hat, muß mit Schwierigkeiten rechnen, *amigo*. Die alten Trottel wissen wahrscheinlich gar nicht, was das ist. Das Zeug ist wirklich gefährlich. Ein Schluck, und die alten Mädchen treiben's mit ihrem

Kristalltürknauf. Ganz zu schweigen von dem, was passieren würde, wenn sie den eingemachten Wurm entdecken, der da drin rumschwimmt. Ich sag' dir eins, wir haben 'nen Orden verdient. Haben ihnen wahrscheinlich ihren guten Ruf und die Ehe gerettet. Vielleicht sogar das Leben.«
»Du hast doch nur Scheiße im Hirn«, sagt David ernst, doch er lächelt dabei.
»Meinste wirklich? Zufällig wurde der Mescal in Mexiko von deinen Vorfahren – den *conquistadores* – erfunden, nachdem ihnen der mitgebrachte Schnaps ausgegangen war. Er wird aus Agaven gewonnen, aus dem die Azteken früher *pulque* machten, und das ist, wie dir deine Großmutter sicher erzählt hat, der älteste Schnaps der Welt.«
Kurt ist wirklich in Fahrt. Wenn er so ist, sprüht dieser drahtige Kerl Funken: Dann ist er Schlangenbeschwörer, Thekenphilosoph, Shawscher Witzbold und guter Kumpel in einem, und Ideen und Gefühle huschen über sein Gesicht wie Wolken über eine Satellitenwetterkarte. Er ist dann nicht mehr zu halten, aber daran hat auch niemand Interesse. Sein Charme besteht zu einem Großteil aus seiner Fähigkeit, den Zauber eines Augenblicks heraufzubeschwören und ihn den Anwesenden zu präsentieren. Spontaneität und Instinkt sind dann seine treibenden Kräfte. Alles ist möglich, solange es dem Spaß und der Freundschaft dient. Kurt sitzt an eine kleine Düne gelehnt, die Flasche steckt zwischen seinen Füßen wie ein Talisman. Mit einer zeremoniellen Geste bricht er das Siegel und schraubt den Deckel ab.
Kurt neigt lässig den Kopf zur Seite, während er

spricht: »Es ist eine altbekannte mixologische Tatsache, daß jeder, der den Wurm ißt, Visionen bekommt und Halluzinationen und eine vollkommen kostenlose Reise zum größten Mixologen des ganzen Universums.«
Er nimmt einen kräftigen Schluck und reicht David die Flasche, der aufpaßt, daß der Wurm beim Trinken nicht in die Nähe seiner Lippen kommt. Der scharfe Kaktusschnaps brennt ihm im Hals. Er findet ihn abscheulich, versteht aber die Bedeutung dieses männlichen Rituals. Eine gestohlene Flasche Mescal miteinander zu teilen ist etwas, das nur die allerbesten Freunde tun, und David fühlt sich geehrt.
»Erzähl mir was über das Mädchen.« David läßt nicht locker.
»Welches Mädchen?«
»Die in dem blauen Kleid.«
»Na gut.« Kurt tut so, als würden sie über alte Geschichten reden. »Aber erst trinkst du noch einen Schluck.«
David fällt auf die Knie und setzt sich die Flasche an die Lippen wie ein Trompeter sein Instrument. Kurt pfeift anerkennend und wirft einen Stein nach einer Krabbe, die über die Dünen huscht. David spürt die angestaute Hitze des Tages im Sand. Der Wind trägt das Klappern von Schiffstakelage zu ihnen herüber, und für David klingt es wunderbarer als eine Sinfonie.
»Sie studiert in Vassar, hat mehr Geld als Hirn und sammelt immer noch Puppen.«
»Ist ja eigentlich gleichgültig. Ist so oder so nicht meine Kragenweite.«

»Woher willst du das wissen?« rülpst Kurt und gibt ihm die Flasche zurück.
Beim Trinken beobachtet David, wie der Wurm sich in einer Spirale träger Kreise dreht. »Das ist doch offensichtlich, Mann. Ich kann doch einem solchen Mädchen nicht das Wasser reichen. Wenn ich Kennedy heißen würde, vielleicht.«
»So einen Blödsinn hab' ich ja noch nie gehört! David, laß dir mal was sagen!« Sein Freund packt David an der Schulter. »Du täuschst dich, Kumpel. Ich weiß das. Ich bin mit solchen reichen Zicken ausgegangen, und ich kann dir eins sagen: Hinter ihrer geldstinkenden Fassade sind die alle nur seelische Dünnbrettbohrer.«
Kurt bohrt seine Finger in Davids Schulter, als wolle er seinem Argument körperlich Nachdruck verschaffen. »Wenn man's genau nimmt, bist du der viel bessere Mensch. Ich schätze dich höher als alle diese reichen, verzogenen Arschlöcher. Sogar noch höher als mich selbst.«
»Du bist betrunken«, sagt David beiläufig.
»Nein, bin ich nicht. Das heißt, natürlich bin ich's, aber ich rede noch keinen Unsinn. Verdammt... Unterbrich mich nicht dauernd! Du, mein Freund, du hast nichts zu verlieren. Die meisten von diesen Leuten haben nur ein Ziel, nämlich das zu behalten, was sie haben. Das macht sie verletzlich und ängstlich gegenüber allem Neuen. Diese Angst tötet etwas in ihnen. Sie werden zu materialistischen Zombies, die in ihren Samtsärgen eingesperrt sind und nur nachts herauskönnen, um auf Wohltätigkeitsbälle zu gehen und jungen Mädchen das Blut abzusaugen.« Er interpunktiert den Satz mit einem Schluckauf.

»Jetzt weiß ich sicher, daß du betrunken bist«, erwidert David höhnisch.
Doch Kurt ist nicht beleidigt, er wundert sich nur über die Begriffsstutzigkeit seines Freundes. »Verstehst du denn nicht? Diese Leute, die *glauben* doch nur, daß sie jemand sind.«
»Und ich glaube einfach, daß ich niemand bin.«
»Au contraire, mon ami. Ganz im Gegenteil. Weil du alles sein kannst.«
Bevor David antworten kann, ist Kurt aufgesprungen. »Siehst du das Boot dort draußen?« Er zeigt auf einen Kahn, der gute hundert Meter vom Ufer entfernt vor Anker liegt. »Wir schwimmen um die Wette hin und wieder zurück.«
»Du bist verrückt, wenn du glaubst...« Aber Kurt streift bereits die Kleider ab.
Johlend wie ein Verrückter, läuft Kurt zum Ufer und springt laut platschend ins Wasser. David sieht lachend zu, zögert, folgt dann. Das Wasser klatscht kühl und träge um seine Knöchel und den übrigen Körper, während er langsam hineintaucht. David war noch nie ein besonders guter Schwimmer, und Kurt vergrößert mit jedem Zug seinen Vorsprung. Der Mond ist bereits untergegangen, doch David kann Kurt irgendwo draußen in der Dunkelheit hören. Er schlägt die Richtung, aus der das Geräusch kommt, ein und versucht schneller zu schwimmen. Eine Welle trifft ihn ins Gesicht, er schluckt Wasser. Er würgt und schnappt nach Luft. In seinem Kopf dreht sich ein träger Wirbel, der Mescal-Salzwasser-Cocktail droht ihn zu ersticken. Irgendwie schafft er es, seine Bewegungen wieder zu koordinieren, und er entdeckt den Umriß des Bootes, einen

Fleck sattes Schwarz vor dem indigoblauen Hintergrund. Kurt steht im Boot und schreit: »Na komm schon, du Schlappschwanz!« Keuchend erreicht David den Kahn, aber er ist so desorientiert, daß er sich nur am Dollbord festklammern kann. Hinter sich hört er ein Platschen, und er merkt, daß Kurt bereits wieder zurückschwimmt. David würde gern beim Boot bleiben, aber ihm ist kalt, und er hat Angst, dort draußen allein zu sein. Einen flüchtigen Augenblick lang sieht er sich selbst von irgendwo weit oben: Ein winziger Fleck zitternden Fleisches, das allein in der nächtlichen Leere treibt. Er kämpft die aufsteigende Übelkeit nieder und läßt das Boot los. In der Ferne, hinter den Dünen, funkeln in eleganten Panoramafenstern Lichter wie Signalfeuer. Sie scheinen unglaublich weit weg zu sein, unerreichbar für ihn. Seine Arme sind wie Bleigewichte, während er versucht, den Kopf über Wasser zu halten. Er glaubt, Kurt rufen zu hören, aber in seinen Ohren dröhnen das Wasser und sein rasendes Herz. Zehn Meter vor dem Ufer setzt der Krampf ein, er schluckt noch mehr Wasser. Die Angst packt ihn wie eine schnell dahinfließende Strömung und zieht ihn unter die milchig-trübe, gekräuselte Oberfläche. Ich ertrinke, denkt er, ich sterbe und werde zu Fischfutter. Die Bucht scheint nach ihm zu greifen, wie es sonst nur Menschen tun. Sie packt ihn an den Armen und am Hals. Er versucht, sich zu wehren, aber es nützt nichts, sie ist stärker als er.

Es ist noch Nacht, als David die Augen öffnet. Er weiß es, weil er den Kleinen Bären über sich sieht und tausend andere Sterne, deren Namen er nicht kennt.

»Shade, bist du in Ordnung? Ich hab' mir richtig Sorgen gemacht.«

Kurt kniet neben ihm im Sand und trocknet ihm mit seinem Hemd das Gesicht ab. David sieht ihn an und dann wieder den Himmel. Er fühlt sich den Sternen unaussprechlich nahe; sie scheinen nur für ihn zu leuchten. Er bleibt bewegungslos liegen, er will den Zauber der Gewißheit nicht zerstören, daß sein bester Freund ihm eben das Leben gerettet hat. Er versucht gar nicht erst, seine Gefühle in Worte zu fassen; es gehört zu der Art ihres Umgangs miteinander, starke Gefühle höchstens durch einen ironischen Blick, einen Stoß in die Rippen oder einen Witz auszudrücken. Das Schmalz konventioneller Gefühlsduselei ist in ihrer Freundschaft überflüssig. Das haben sie nicht nötig. Es ist viel besser, den Augenblick still zu genießen und ihn dann ziehen zu lassen, damit er nie den Boden berührt.
»Flash.«
»Was ist, Shade?« Kurt beugt sich zu ihm.
»Wer hat gewonnen?«

»He, Mister. Hier rüber!« riefen die Jungen. David fing den Ball, ließ ihn ein paarmal auf dem Boden aufspringen und warf ihn dann viel zu heftig zurück. Der Ball segelte über ihre Köpfe hinweg, und einer der Jungen schlug sich in gespielter Entrüstung mit der Faust an die Stirn. David hatte schon beinahe vergessen, wie es ist, auf einem Schulhof voller spielender Kinder zu stehen. Die geplagten Erwachsenen schrien und winkten und versuchten vergeblich, die Ordnung aufrechtzuerhalten.
David beobachtete ein kleines Mädchen, das mit seinen Freundinnen seilsprang. Ihre Zöpfe flogen durch die Luft, während das Seil den Boden streifte.

»Uno. Dos. Tres. Quatro. Cinco…«
Das Mädchen schnitt eine wütende Grimasse, als seine Füße sich im Seil verfingen.
»Muy bien«, rief David. Das Mädchen lächelte ihn an und lief davon.
David drehte sich um und stieg die Treppe zur Kirche hinauf. Im Inneren war von dem Lärm des Schulhofs kaum noch etwas zu hören, dafür registrierte David das leise Flüstern der Gebete. Er ging direkt zum Altar der Jungfrau und kniete sich vor die vergoldete Statue. Dann warf er einen Vierteldollar in den Opferstock und zündete eine Kerze an. Schließlich stopfte er einen ganzen Dollar in den Schlitz und entzündete vier weitere Kerzen.
»Sie sind entweder sehr großzügig oder haben sehr viel zu bereuen.«
Es war Schwester Ramona. Er konnte nicht umhin, die grün- und rosafarbene Swatch an ihrem Handgelenk zu bemerken.
»Vielleicht keins von beiden.«
Die Nonne schüttelte in leisem Tadel den Kopf. »Also noch immer auf Spurensuche?«
»Eigentlich nicht.« David richtete sich auf. »Ich wollte Sie besuchen. Ich habe eine schlechte Nachricht.«
»Wegen Josefina? Das weiß ich bereits. Die Beerdigung ist morgen, David. Vielen Dank!«
»Wofür?«
»Dafür, daß Sie alles versucht haben. Ich weiß, was bei Huero passiert ist und später im Krankenhaus.«
»Es war aber nicht genug, oder?«
»Das haben nicht wir zu entscheiden.« Schwester Ramona sah die Jungfrau an. »Wenn sie nachher noch

etwas Zeit haben, können wir vielleicht einen Kaffee trinken.«
»Gerne«, entgegnete David.
»Bis in ein paar Minuten!«
Nachdem Schwester Ramona gegangen war, sah David an der bekleideten Statue hoch. Der Gesichtsausdruck der Jungfrau blieb unerforschlich, eine unsagbare Traurigkeit schien in ihm zu liegen. Trauerte sie um Josefina und die Tausende, die so waren wie sie? David wußte nun sicher, daß Gott nicht allmächtig war; eine unendliche Kette aus Schmerz und Kummer fesselte Ihn. Er war sich nicht sicher, ob es einen Himmel gab, aber die Hölle stand außer Frage. Diesen Teil der kirchlichen Lehre konnte er ohne jede Einschränkung akzeptieren.
Während David die Statue ansah, fiel ihm wieder ein, was Huero über die Augen der Jungfrau gesagt hatte. Wenn er nur lange genug mit ihnen sehen könnte, um die Welt mit einem solchen Gleichmut zu betrachten. Was hatte Josefina in den sanften Zügen der Jungfrau gesehen? Hoffnung oder Schmerz? Leiden oder Freude? Vielleicht alles zusammen, vielleicht noch mehr. Hätte sie Hueros Behauptung zugestimmt, daß Himmel und Erde näher beieinander lagen, als man allgemein annahm?
Er stand auf und ging das Seitenschiff entlang. Vor drei schmalen Türen blieb er stehen. Vorgezogene Samtvorhänge zeigten, daß zwei der Kabinen besetzt waren. David betrat die dritte. Auf der anderen Seite hörte er den Priester die Absolution flüstern. Gleich würde er an der Reihe sein. Aber David war noch nicht soweit. Er versuchte, sich an etwas Wesentliches zu

erinnern, an einen Satz, den er früher auswendig gewußt hatte. Das kleine Plastikfenster wurde beiseite geschoben, und er sah den Schatten des wartenden Priesters durch das Gitter. Und plötzlich kamen David die Worte über die Lippen. Er hatte sie die ganze Zeit in sich getragen, sicher verwahrt in seiner Vergangenheit, wo sie warteten, bis er sie wieder brauchte.
»Vergib mir, Vater, denn ich habe gesündigt!«

9. Kapitel

Sie nimmt ihn bei der Hand und führt ihn weg vom Strand, hinein in den Dschungel. Kaum haben sie das dichte Blätterwerk betreten, macht das Rauschen der Wellen einer Kakophonie kreischender Vögel Platz und dem wie elektrifizierten Summen der Insekten. Die Luft ist schwer vom Blütenstaub und dem Duft von tausend Blumen, während sie einem schmalen Lehmpfad folgen, der am Ufer eines leise rieselnden Baches entlangführt. David späht in das trübe Wasser und sieht einen Schwarm regenbogenfarbener Fische wie ein lebendiges Kaleidoskop in alle Richtungen davonstieben. Er will stehenbleiben und sie seiner Begleiterin zeigen, doch sie zerrt ihn am Arm weiter. »Beeil dich, sonst kommen wir zu spät«, sagt sie, während sie immer tiefer in das mittägliche Zwielicht unter den Farnen und hängenden Ranken eindringen. Überrascht sieht David auf dem Pfad eine Gestalt auf sie zukommen. Es ist ein Bauer mit einer Kuhherde. Er trägt grobe Baumwollkleider, Sandalen und einen Strohhut. In der Rechten hält er einen Stock, mit dem er die Herde vom Pfad treibt, damit David und Josefina vorbeigehen können. *»Buenos días«*, sagt David, in der Hoffnung, auf diese Weise ein Gespräch beginnen zu können. *»Muy caliente.«* Weil er glaubt, daß der

Mann ihn nicht versteht, wischt er sich die Stirn. Aber der Bauer nickt nur und zeigt ihm lächelnd seine vorstehenden Zähne. »Sie sprechen nicht mit dir«, sagt das Mädchen später, aber David ist zu müde, um nach dem Grund zu fragen. Als er schon glaubt, nie mehr aus dem Dschungel herauszukommen, bemerkt er ein sanftes Gefälle in der Landschaft. Der Pfad entfernt sich allmählich von dem Bach, die Vegetation wird trockener. Sonnenstrahlen brechen durch das Blätterdach. Sie erreichen schließlich eine sanfte Hügelkette, wo ihnen ein leichter Wind durch die Haare streicht.

»Hier wurde ich geboren«, sagt Josefina und deutet auf eine Ansammlung weißgetünchter Häuser am Rand einer weiten Ebene.

Während sie zum Dorf hinuntersteigen, wird das Gefälle so steil, daß sie zu laufen beginnen. David stolpert über lose Steine, Josefina kichert und läuft auf ein reifes Maisfeld zu. Er verfolgt sie durch das Gewirr der grünen Stengel und das Rascheln der Blätter. Ein gelegentliches kurzes Aufblitzen ihres weißen Kleides zeigt ihm den Weg. Am Ende der Jagd wälzen sie sich ineinander verschlungen auf der schwarzen, feuchten Erde. Er drückt sie an den Handgelenken auf den Boden, und ihre Haare sind wie ein Ebenholzfächer hinter ihrem Kopf. Er küßt sie, und die plötzliche Leidenschaft ihrer Erwiderung zeigt ihm, daß sie ihn will.

»Nein«, sagt sie und schiebt ihn weg. »Wir haben keine Zeit.«

Er will protestieren, doch sie ist schon wieder auf den Beinen und läuft auf die Häuser zu. Er fängt an zu lachen, weil alles plötzlich so einfach ist. Sein ganzes vorheriges Leben hat ihn zu genau dieser Zeit zu genau diesem Ort geführt. Eine wunderbare Melodie klingt in seinem Kopf, und er singt mit; seine Stimme hallt durch das ganze Tal. Er ist vollkommen glücklich bei dem Gedanken, in einer endlosen Jagd nur immer hinter Josefina herzulaufen, denn mit jedem Entwischen erschließt sich ihm eine tiefere Bedeutung.

Am Rande des Dorfs verläuft eine Straße, und als David und Josefina am Bankett entlanggehen, rauscht ein Bus voller Touristen vorbei. Sie pressen ihre weißen Gesichter gegen das Fenster und sehen neugierig und doch angewidert heraus. Mit ihren glänzenden Kameraobjektiven und den Sonnenbrillen sehen sie aus wie riesige Insekten oder wie Außerirdische.

»Aasgeier«, meint Josefina.

»Warum sagst du das?«

»Weil alles Lebendige ihnen angst macht. Sie interessieren sich nur für tote Dinge.«

Der Schrei eines zerzausten Esels verkündet ihre Ankunft auf der *plaza*. Der Brunnen in der Mitte des Platzes ist rostüberzogen, an den größeren Gebäuden zeigen sich tiefe Risse. Das Dorf wirkt, von einem Hund und einigen Hühnern abgesehen, verlassen, doch David spürt, daß sie nicht alleine sind. In einer der Lehmhütten bewegt jemand einen Vorhang; oder ist es nur der Wind?

»Einen Augenblick«, sagt David, plötzlich verwirrt. »Du hast eben englisch gesprochen.«

»Nein«, erwiderte sie. »Du spanisch.«

Sie kommen an einer mit farbigen Blech- und Plastikblumen geschmückten Kirche vorbei. Das Tor ist weit offen, und David möchte gern hineingehen, doch Josefina zieht ihn weiter.

»Wo sind all die Leute?« fragt David.
»Bei der Zeremonie. Du wirst schon sehen.«
Das letzte Haus an der Straße hat anstelle einer Tür einen rosaroten Vorhang. Josefina zieht ihn beiseite und bedeutet David, ihr zu folgen. Eine alte Frau in einem einfachen Bauernkleid begrüßt sie. Sie bewegt sich mühsam, wie unter Schmerzen. Ihre olivfarbene Haut ist schlaff und faltig.
»Meine Mutter sagt, es tut ihr leid, daß wir nur *tortillas* und Bohnen haben, aber sie ist krank, seitdem mein Vater getötet wurde.«
»Wann war das?«
»Als ich fünfzehn war.«
Josefina setzt ihm ein einfaches Abendessen aus gekochten Bohnen, Koriander und Zwiebeln in einer Tonschüssel vor. David, der nun plötzlich Heißhunger hat, ist dankbar für diese Mahlzeit. Die beiden Frauen sehen ihm beim Essen zu.
»Wir wohnten in Culiacán«, fährt Josefina ohne jede Aufforderung fort. »Mein Vater war bei der Bundespolizei. Meine Mutter bekam jedes Jahr ein neues Kleid, aber sooft er in den Dschungel ging, beteten wir, daß er heil und gesund zu uns zurückkehren möge. Er blieb für gewöhnlich drei oder vier Tage weg, und wenn wir dann schon ganz verzweifelt waren vor Sorge, platzte er herein, immer betrunken und beladen mit Geschenken wie die Heiligen Drei Könige. Aber eines Tages kam er nicht mehr zurück. Meine Mutter und ich beteten drei Tage lang und baten Jesus, er möge uns helfen, ihn zu finden. Am nächsten Morgen erschien ein Bauer, der am Fluß lebte, an unserer Tür und behauptete, er habe die Leiche meines

Vaters im Fluß treiben sehen. Wir gingen zur Polizei, und dort erfuhren wir, daß man auch dort nach ihm suchte. Man sagte uns, daß mein Vater für die *Federales* gearbeitet habe und unser Leben keine zwei Pesos mehr wert sei. Wir packten unsere Sachen, so schnell wir konnten, und kamen hierher. Ich wollte nach Mexico City, doch meine Mutter erlaubte es nicht. Sie sagte, in den Städten vergiften sie das Wasser und die Luft, um alle zu töten, damit Platz für mehr Menschen ist.«

Die alte Frau nickt langsam zur Bestätigung. Ihre Augen liegen tief in den Höhlen.

»Wie alt bist du, Josefina?«

»Siebzehn.«

»Das ist unmöglich.«

»Warum fragst du mich nicht, ob du träumst?«

»Weil ich will, daß es wahr ist.«

Josefina wird rot. Sie steht auf und streicht sich das Kleid glatt.

»Wir müssen gehen«, sagt sie. »Sie warten auf uns.«

David bedankt sich bei Josefinas Mutter für das Essen, und sie nickt ihm zum Abschied mit einem schwachen Lächeln zu. Draußen führt Josefina ihn wieder zur Straße, in die Richtung, aus der der Bus kam.

»Wo gehen wir hin?«

»Dorthin.« Josefina zeigt auf eine kleine Hügelkette.

»Aber da ist nichts.«

»Auf der anderen Seite, im Tal von Mexico.«

Die Zeit dehnt sich, als würde man durch das verkehrte Ende eines Fernrohrs sehen. Sie steigen auf einen Hügel und stehen am Rand eines Plateaus, das sich erstreckt, so weit das Auge reicht. Sie würden

Tage brauchen, um es zu überqueren, doch als David nach unten sieht, merkt er, daß seine Füße den Boden nicht berühren. Ihr Vorankommen steht in keinem Verhältnis zu ihrer Geschwindigkeit, aber sooft David versucht, mit seiner Führerin zu reden oder sie etwas zu fragen, hält sie ihm die Hand vor den Mund. Spitze Hügel und funkelnde Wasserflächen werden in der Ferne sichtbar. Nach einer Weile erkennt David menschliche Gestalten, die sich auf den massiven Silhouetten bewegen. Beim Näherkommen erweisen sich die Hügel als Pyramiden. Zuerst sieht es so aus, als seien ihre Oberflächen glatt, doch dann sieht David, daß sie mit detaillierten Schnitzereien und Hieroglyphen verziert sind. Sie erreichen eine Brücke, die den Zugang zu einer riesigen Stadt bildet. Ein Mann in einem Federkostüm mit einem Schlangenkopf begrüßt sie vor dem Tor.

»Fünf Pesos Eintritt, bitte«, sagt er.

David sieht sich um, doch von den Touristen ist nichts zu entdecken. Er bezahlt, und der Schlangenmann führt sie an den Wächtern vorbei ins Zentrum eines gigantischen Hofs. Tausende von Menschen singen und tanzen nach einer festgelegten Choreographie. Es ist offensichtlich ein Fest, ein Umzug aus einem unbekannten Anlaß. David ist vom Goldschmuck und den farbenprächtigen Kostümen wie geblendet. Er wendet sich an Josefina, um sie etwas zu fragen, und sieht, daß sie vom Schlangenmann weggeführt wird. David versucht, ihnen zu folgen, doch die Wächter versperren ihm den Weg.

»Wart auf mich!« ruft sie ihm zu und verschwindet hinter der Pyramide.

»Keine Sorge, sie kommt wieder. Sie müssen sie vorbereiten.«
Die Worte kommen von einem verhutzelten alten Mann, der sich auf einen Krummstab stützt. Er stellt sich als Matán vor.
»*Chicano?*« fragt Matán.
»Ja.«
»Ich hab's gewußt«, seufzt Matán. »*Qué lástima!*«
Doch David geht nicht auf Matáns Beleidigung ein, sondern fragt: »Wie lange existiert diese Stadt hier schon?«
»Seit Anbeginn der Zeit und auch nach der Zeit.« Matán hebt den Arm. »Solange die Sonne und der Mond das Universum beherrschen.«
Als David aufblickt, sieht er, daß sich beide Himmelskörper auf unerklärliche Weise denselben wolkenlosen Himmel teilen. Sie hängen direkt über seinem Kopf, unvorstellbar nah beieinander und der Erde nahe. Matán bemerkt seine Verwunderung und beginnt zu lachen. Das Geräusch aus seinem Mund klingt wie trockener Wind. Plötzlich fällt David auf, daß alles in seiner Umgebung in vollkommener Symmetrie angeordnet ist: Sonne und Mond, Silber und Gold, Nacht und Tag, Männer und Frauen. Musik und Tanz hören auf, Stille senkt sich über den Hof. Matán ist verschwunden, aber sein Lachen bleibt. Etwas Wichtiges steht bevor. Ein Schatten huscht über die Erde, das Abbild des kreisenden Flugs eines Adlers in der Luft.
Josefina ist mit dem Schlangenmann zurückgekehrt. Ihre Wangen sind bemalt, an den Ohren und am Hals glitzert Schmuck. Der respektvollen Aufmerksamkeit

nach zu urteilen, mit der der Schlangenmann behandelt wird, muß er ein Priester oder ein Schamane sein. Eine kleine Gruppe mit Josefina in der Mitte steigt nun die gemeißelten Stufen zur Spitze der Pyramide hoch. David folgt ihnen, und diesmal hält ihn niemand auf. Während die Prozession auf den Altar zustrebt, starrt David wie gebannt auf das großartige Panorama der Tempel und Dörfer, das sich bis zum Meer erstreckt. Sie erreichen den Gipfel, und die Veränderung der Aussicht ist so dramatisch wie die Enthüllung eines lange verborgenen Meisterwerks. Wie ein Blinder, der plötzlich sein Augenlicht zurückerhält, sieht David, daß der Horizont auf der Spitze des zweiten Tempels ruht, für ewig ausbalanciert in einem vollkommenen Gleichgewicht mit dem Himmel. Um besser zu sehen, schließt David die Augen. Nun fliegt er hoch über der uralten Stadt und sieht hinunter auf Tausende vielfarbige Ameisen. Er neigt die Flügel, ein Aufwind erfaßt ihn und trägt ihn, den die Lust des Steigens überwältigt, in die Höhe.

Seit Anbeginn der Zeit und auch nach der Zeit...

David sucht den Boden nach Beute ab und sieht sich selbst auf der Spitze der Pyramide stehen. Erst jetzt erinnert er sich daran, daß er kein Vogel ist.

Nun wieder ein Mensch, sieht David Josefina auf einer polierten Steinplatte liegen und merkt, daß er kurz davor ist, sie ein zweites Mal zu verlieren. Er versucht, zu ihr zu gelangen, doch starke Arme halten ihn zurück.

»Wehr dich nicht!« sagt sie zu ihm. »Es muß so sein.«

Ein Gehilfe tritt vor, gibt Matán ein Bündel und kehrt in die Reihe zurück.

»Aber ich will ewig hier mit dir zusammensein.«

Matán schlägt den Stoff zurück. Die Klinge aus Obsidian funkelt im gleißenden Sonnenlicht.
»Das warst du bereits.«
Josefinas Kleid wird hochgehoben, ihr geschwollener Bauch kommt zum Vorschein.
»Warum hast du mich dann hierher gebracht?«
»Damit du dies siehst und verstehst.«
Mit einem einzigen fließenden Schwung schlitzt das schwarze Messer sie vom Schlüsselbein bis zum Nabel auf. David schreit, und der Schrei des Adlers ist sein Echo. Das Blut, das am Altar hinunterrinnt, wird zu Schlangen, die über die schlüpfrigen Steine davonhuschen. David schreit noch immer, als Matán in den klaffenden Körper greift, aber niemand hört ihn. Alle starren gebannt auf den Priester, der die heiligen Worte anstimmt und triumphierend den Fötus hoch in die Luft hält.

Das Paar im Stockwerk über ihm stritt sich schon wieder. Für David klang es, als würde er den Ton einer Seifenoper im Nachmittagsprogramm aufdrehen. Schwere Schritte. Geschrei. Der Aufprall eines Gegenstands an der Wand. Noch mehr Schreie, gefolgt vom feuchten Klatschen von Haut auf Haut. Das schrille Kreischen einer Frau: »Rühr mich nicht an!« Wieder Schritte. Weinen. Das eigenartig technische Geräusch von Wasser in den Leitungen. Eines Tages hatte David, wohl während einer etwas gewalttätigeren Kabbelei, einen Blumentopf an seinem Fenster vorbeisegeln sehen. Glücklicherweise wurde niemand verletzt, als der Flugkörper unten auf dem Bürgersteig auftraf. Später am gleichen Tag hatte David das Paar

in der Eingangshalle des Hauses gesehen: Sie hielten sich umarmt und turtelten wie zwei zahme Tauben.
Im Grunde genommen waren David diese Streitereien gleichgültig. Nur der Lärm störte ihn, doch auch das war inzwischen ohne Bedeutung. In wenigen Stunden würde er New York verlassen. Seine Zelte abbrechen. Den Stöpsel ziehen. Von Bord gehen. Seinen Mietvertrag hatte er einer geschiedenen Mittvierzigerin aus Connecticut überschrieben, die in der Großstadt »ihre Flügel ausbreiten« wollte, wie sie es nannte. David hatte verständnisvoll genickt und ihr den Schlüssel zu seinem alten Käfig gegeben.
Er reiste mit leichtem Gepäck wie ein Vertreter oder ein entlassener Strafgefangener; den Großteil seiner Habseligkeiten hatte er in Verwahrung gegeben, um sie später abholen zu können. Möglicherweise erst sehr viel später. David war kaum überrascht gewesen, als er entdeckte, daß er, wenn man es genau nahm, nur sehr wenig von bleibendem Wert besaß. Alles, was er mitnahm, waren ein paar Koffer, etwas Kleidung und einige Kleinigkeiten von persönlichem Wert. Den Rest hatte er seinen Freunden überlassen oder für die Lumpensammler in die Mülltonne geworfen.
Auf dem Wohnzimmertisch lag ein Brief von Schwester Ramona, in dem sie ihm noch einmal dankte und ihn bat, sich wieder einmal zu melden. Sie hätte nichts Besseres tun können, als ihm »den Segen unseres gnädigen Gottes und die Führung der Jungfrau« für seine Reisen zu wünschen. Der Brief schloß mit einem Postskriptum: »Ich weiß, daß Josefina ihren Frieden gefunden hat und daß Sie finden werden, wonach Sie suchen.«

David schloß die Augen und versuchte, sich vorzustellen, wie Josefina und ihr Baby mit dem traurigen Lächeln der Jungfrau auf die Welt herabsahen. Einen kurzen Augenblick lang hielt er das Bild fest, ehe er zuließ, daß es sich in einem Nebel des Unglaubens auflöste und unwiderruflich und für ihn auf ewig unerreichbar verschwand.

Das Telefon hörte er erst nach dem dritten Klingeln.

»Ich bin's«, sagte Andrea. »Ich hab' deine Nachricht erhalten.«

»Danke für den Rückruf. Ich wollte mich nur verabschieden, bevor ich verreise. Ich weiß noch nicht, wann ich zurückkomme.«

»Hast du gekündigt?«

»Ich hab' ihnen einfach gesagt, *sie* sollen mal Urlaub nehmen.«

Er hörte das Lächeln in ihrer Stimme. »Ich nehme an, die haben den Wink verstanden.«

»Ich glaube schon.«

Wie auf ein Stichwort hörte der Lärm oben plötzlich auf, und man vernahm lautes Stöhnen und rhythmisches Stoßen.

»Hallo? Ist irgend etwas?«

»Nein. Nur die Nachbarn von oben.«

Es entstand eine kurze Pause, und David spürte die Frage, bevor er sie hörte.

»David, was ist denn schiefgegangen? Ich hab' wirklich geglaubt, daß wir auf dem richtigen Weg waren.«

»Du bist ja auch nicht auf den falschen Weg geraten, sondern ich.«

»Ich hab' in der Zeitung gelesen, daß Senator Randall

wiedergewählt wurde«, sagte Andrea. »Deswegen warst du doch da drüben, oder? Als Wahlkampfberater oder so was Ähnliches?«
»Eigentlich nicht. Ich war nur zur falschen Zeit am richtigen Ort, das ist alles.«
»Und du willst nicht darüber sprechen?«
»Es gibt nichts zu sagen.«
»Was ist mit Kurt?«
Eine Pause. »Wir waren mal Freunde.«
»Jetzt nicht mehr?«
»Ich weiß es nicht. Darüber muß ich erst nachdenken.«
»Ich geb's auf. Du warst schon immer ein fürchterlicher Gesprächspartner – aber ein guter Liebhaber.«
Einen Augenblick lang sagte keiner etwas. Vielleicht war die gemeinsame Zeit doch nicht vergeudet. Vielleicht konnte er von den beiden im Stockwerk über ihm doch etwas lernen.
»David, tu mir einen Gefallen: Gib nicht so leicht auf!«
»Werd' ich nicht.«
»Versprochen?«
»Hand aufs Herz.«
Warum ein Happy-End verderben, dachte David und wollte schon auflegen.
Aber es kam anders; sie hatte ihm noch etwas zu sagen: »Ich hätte dich geheiratet.«
»Ich weiß«, sagte David.
»Ich versteh' noch immer nicht, warum du gehst. Und warum gerade nach Mexiko? Deine Familie war dir doch nie sonderlich wichtig! Du magst ja nicht einmal scharf gewürztes Essen.«

Erstaunlich. Sie spürte das Vorhandensein einer anderen Frau in seinem Leben, aber wie sollte er ihr das je erklären? David packte den Hörer fester und verbeugte sich innerlich vor der weiblichen Intuition.

»Wahrscheinlich ist es einfach an der Zeit, daß ich mich daran gewöhne.«

»Gibt es keinen anderen Grund?« Sie holte blind aus, in der Hoffnung, einen glücklichen Treffer zu landen.

»Das hoffe ich ja eben herauszufinden«, entgegnete er.

Fünf Minuten später sah sich David ein letztes Mal in seiner Wohnung um und entdeckte nichts anderes als eine zweckmäßige Anordnung von Fenstern, Wänden und Böden. Er hinterließ keine Gespenster, nur Staub und die Umrisse der Möbel an den Wänden.

Draußen war es besser: ein klarer Herbsttag, scharf wie eine gehärtete Klinge. Die schönste Zeit für New York. Ihm blieb noch viel Zeit bis zum Abflug. Deshalb ließ er sein Gepäck beim Liftboy und spazierte ein letztes Mal die Fifth Avenue entlang. Ein Blatt trudelte an ihm vorbei und landete im Rinnstein, ein frühes Opfer des näher rückenden Winters. David nahm es als gutes Omen: Wo er hinging, gab es kein Jammern über den Schnee.

Die Skyline wirkte in der frischen Herbstluft wie neu, und er betrachtete sie mit wiedererwachtem Erstaunen. Vielleicht war er schon ganz woanders, vielleicht hatte er nie hier gelebt. In diesem Fall war es nur angemessen, daß er die letzten Minuten in dieser Stadt zubrachte wie ein zufällig durchkommender Tourist, der die Geschäfte bestaunt und die Straßenkünstler, die mitnahmen, was von der müßigen Neugier abfiel. Vor der St. Patrick's Cathedral hatte sich eine Menschenmenge versammelt, die irgend etwas anstarrte. David ging hin und sah einen armlosen Mann mit langen, zotteligen Haaren, der sich auf das Pflaster vor sich konzentrierte. David wurde neugierig und schob sich bis zum inneren Rand der Menschentraube vor. Nur mit seinen Füßen malte der Mann einen Christuskopf auf den Bürgersteig. Ein Raunen echter Bewunderung ging durch die Menge, als der Künstler seine Zehen in die Farbe tauchte und sie mit einer geschickten Bewegung der Füße auftrug.

David warf einen Fünfdollarschein auf den immer größer werdenden Geldhaufen und winkte ein Taxi herbei.

Der würzige Duft von *chorizo* und frisch aufgebrühtem Kaffee weckt den Jungen. Er schlägt die schwere, handgenähte Decke zurück und vertauscht den Donald-Duck-Pyjama mit T-Shirt und Jeans. Das Wohnzimmer ist für einen Samstagmorgen eigentümlich leer. Im Spülbecken stapeln sich die Frühstücksteller, doch ansonsten ist das Haus verlassen.

»Oma, wo bist du?«

»Hier, *mijito*«, ruft sie aus dem Garten. *»Aqui estoy.«*

Der Junge stapft in den Garten hinaus; die Sonne sticht, und er muß sich zuerst den Schlaf aus den Augen reiben. Seine Großmutter kauert, dicke Baumwollhandschuhe an den Händen, in einem Winkel des Gartens.

»Was machst du da?« fragte er.

»Plantando un árbol«, erklärt sie ihm, »einen Baum

pflanzen.« Sie spricht mit ihm immer in Spanisch *und* Englisch.

»Warum?«

»Damit er groß und stark werden kann wie du. Und wenn er Früchte trägt, kannst du mir beim Pflücken helfen, und ich koche dann eine große Schüssel von dem *guacamole*, den du so gerne magst. *Venga*, komm, hilf mir!«

Sie nimmt den Spaten und bringt ihm geduldig bei, wie man die Erde ausschaufelt. Dann gibt sie ihm den Setzling in die Hand, und gemeinsam betten sie ihn in die Erde. Dem Jungen gefällt es, die feuchte Erde zwischen den Fingern zu spüren, während er um den schlanken Stamm herum einen kleinen Wall aufschüttet.

»Hast du als kleines Mädchen auch Bäume gepflanzt, Oma?«

»*Si, mijito.* Wir hatten *muchos árboles.* Wir hatten eine große Hacienda mit genug Land für tausend Bäume. Lauf und bring mir den Schlauch, *por favor!*«

»Hast du wirklich tausend Bäume gepflanzt?« fragt er und sieht ihr zu, wie sie den kleinen Avocadobaum wässert.

»Nein«, sagt sie mit nachsichtigem Lächeln. »Aber wir hatten Limonen und Pflaumen und Äpfel...«

»Und Avocados?«

»O ja. *Muchos aguacates.* Als die Revolution kam, haben deine Tante Rosa und ich mitgeholfen, unser ganzes Geld und Gold in einem tiefen, tiefen Loch in der Erde zu vergraben, um es vor den Banditen zu verstekken. Dann haben wir das Loch zugeschüttet und einen Baum wie diesen da gepflanzt, um die Stelle zu markieren.«

»Warum?«
»Damit Pancho Villas Männer es nicht finden und Gewehre dafür kaufen konnten.«
Der Junge kennt Banditen aus Filmen. Daß seine Großmutter vor solch furchterregenden Kerlen einen Schatz versteckte, ist einfach phantastisch.
»Was ist dann passiert?«
»Dein Großvater hat uns nach Kalifornien gebracht.« Sie gibt ihm den Schlauch in die Hand. »Da, jetzt gießt du!«
»Bist du zurückgegangen und hast das Gold geholt?«
Seine Großmutter schweigt eine Weile. Als sie dann wieder spricht, hat ihre Stimme einen träumerischen Klang, den er noch nie zuvor gehört hat.
»Deine Tante ist zurückgegangen, vor vielen Jahren schon, aber sie konnte es nicht finden.« Sie hebt die Schultern. »Vielleicht haben die Banditen es gefunden, hm? *Quién sabe.*«
»Oma?«
»Ja, *mijito.*«
»Können wir beide zurückgehen und das Gold suchen?«
»Deine Oma ist zu alt für solche Abenteuer«, erwidert sie und schüttelt langsam den Kopf. Dann sieht sie ihn an, und ein Lächeln erhellt ihr Gesicht. *»Pero cuando tú seras un hombre, puedes ir a buscarlo.«*
»Was hast du gesagt, Oma?«
»Wenn du ein großer, starker Mann bist, kannst du es selber suchen gehen.«
Der Junge ist so aufgeregt, daß er den Schlauch fallen läßt, und das Wasser spritzt glitzernd in die Höhe wie bei einem Springbrunnen.

»Und wenn ich das Gold finde, darf ich es dann behalten?«
»Ja, *mijito*«, antwortet sie und drückt ihn fest an sich. »Es gehört dann dir, ganz allein dir.«

Übersetzung spanischer Ausdrücke

abrazo	Umarmung
aguacate	Avocado
amigo	Freund
aquí	hier
aquí estoy	hier bin ich
arbol	Baum
atrás	hinten
babosa	Schnecke
bailar	tanzen
bandido	Räuber, Bandit
barrio	spanischsprachiges Stadtviertel
bien	gut
bueno	gut
buenos días	guten Tag
burrito	Maispastete mit Fleisch
cabrón	Ziegenbock, auch: Schweinehund
caliente	warm
Chicano	Amerikaner mexikanischer Abstammung
chile verde	grüne Chili
cholo	Mischling von Indianerin und Europäer

chorizo	Paprikawurst
cielo	Himmel
cinco	fünf
colonia	Siedlung
cómo estás	wie geht es dir?
compadre	Gevatter, Freund
conquistador	Eroberer
dejar	lassen, verlassen
desgraciado	Hurensohn
diez	zehn
Dios	Gott
dos	zwei
dulce	süß
español	spanisch
esperanza	Hoffnung
está bien	ist gut
frijoles	Bohnen
gabacho	Franzmann
gracias	danke!
guacamole	Avocadosalat
hablar	sprechen
hermano	Bruder
hijo	Sohn, Kind
hombre	Mensch, Mann
hora	Stunde
importante	wichtig

madre	Mutter
mañanita	früher Morgen
maño	Liebling
maricón	Homo
mas	mehr
memoria	Erinnerung
menudos	Innereien
mijito	ein Kosename
mosca	Fliege
mujer	Frau, Ehefrau
muy	sehr
norteño corrido	volkstümliches Lied
novella	Romanheft
óyeme	erhöre mich!
pachucho	total erledigt, auch: ein politisches Schlagwort
pan	Brot
pase	komm!
pecado	Sünde
plaza	Platz
por favor	bitte!
pozole	ein Maisgericht
quatro	vier
qué bueno	wie gut!
qué lástima	wie schade!
qué tal?	wie steht's?
quién es?	wer ist da?
quién sabe	wer weiß

rapidamente	schnell
raza	Volk, Rasse
reina	Königin
salsa	Soße
santissimo	heiligst
se fue	er/sie ging weg
Señora	Frau
sí	ja
solo	allein
soy	ich bin
taco	kleiner Maisfladen
tamal	Maispastete
tierra	Erde
tortilla	Maisfladen
tres	drei
uno	eins
un poco	ein wenig
vamos	gehen wir!, auch: laßt uns
venga	komm!